国家舞台艺术
精品工程
剧作集⑪

音乐舞蹈杂技卷一

中华人民共和国文化部艺术司 编

文化艺术出版社
Culture and Art Publishing House

《国家舞台艺术精品工程剧作集》编辑委员会

主　　编：于　平
副 主 编：蔺永钧　刘中军
编 委 会：程桂荣　余建军　尹晓东　安远远
　　　　　邓　林　张凯华　周汉萍　吕育忠
　　　　　陈　樱　唐　凌　杨　雄
资料整理：陈立群　万　素　孙富娟

目录

歌剧

精品剧目

3	歌剧《苍原》
43	歌剧《野火春风斗古城》

精品提名剧目

85	歌剧《羽娘》
119	民族管弦乐《乐府画廊》
123	交响乐《天地人和》
129	歌剧《原野》
163	歌剧《我心飞翔》
207	音乐剧《赤道雨》
247	音乐剧《五姑娘》
279	音乐剧《冰山上的来客》
309	歌剧《张骞》
343	歌剧《雷雨》
373	音乐剧《星》

舞剧

精品剧目

411	舞剧《红梅赞》
417	舞剧《大梦敦煌》
433	舞剧《大红灯笼高高挂》
437	舞剧《妈勒访天边》
449	舞剧《红河谷》
453	舞剧《一把酸枣》
467	舞剧《风中少林》
481	芭蕾舞剧《二泉映月》
497	舞剧《筑城记》

精品提名剧目

517	舞剧《闪闪的红星》
529	舞剧《情天恨海圆明园》
537	舞剧《瓷魂》
547	舞剧《阿炳》
553	舞剧《风雨红棉》
557	舞剧《惠安女人》
561	舞蹈诗《鄂尔多斯婚礼》
567	舞剧《红楼梦》
579	舞蹈诗《阿姐鼓》

歌舞

精品剧目

| 587 | 歌舞《八桂大歌》 |
| 631 | 歌舞《云南映象》 |

精品提名剧目

643	歌舞《喀什噶尔》
651	花灯歌舞剧《小河淌水》
679	歌舞《一个士兵的日记》
693	歌舞《秘境之旅》
703	乐舞《大唐华章》
709	歌舞《楚水巴山》

杂技

精品剧目

729	杂技《侬侬山水情》
735	杂技剧《天鹅湖》
741	杂技晚会《ERA——时空之旅》

歌 剧

精品剧目·歌剧

苍 原

编剧 黄维若 冯柏铭

时间

清代，乾隆年间。

地点

雪原、沙漠、草地。

人物

渥巴锡　土尔扈特汗，三十岁左右。

艾培雷　大台吉，六十多岁。

舍　愣　台吉，二十多岁。

娜仁高娃　舍愣的恋人，十八九岁。

合唱及舞蹈　由部落的男女老幼构成。人数越多越好。

———— 歌剧《苍原》 〉〉〉〉〉

序　幕

〔伏尔加河畔，诺盖草原。

〔隆冬。苍凉的原野，漆黑的夜。一堆堆大火在熊熊燃烧。

〔所有的土尔扈特人跪在地上高声呼喊、流泪痛哭：父母在哭，妻子在哭，儿童也跟着大号。喇嘛们转动法轮，将苍凉的诵经声送上夜空，呼唤死者的灵魂归来，和亲人同归故土。这一切交织成一部悲怆的合唱——

喇嘛们	（合唱）唵嘛呢叭咪吽……		
	唵嘛呢叭咪吽……		
	唵嘛呢叭咪吽……	亲人们	归来呀，归来呀，
	唵嘛呢叭咪吽……		九千九百匹草原的骏马，
	唵嘛呢叭咪吽……		归来呀，归来呀，
	唵嘛呢叭咪吽……		九千九百个战死的灵魂。
	唵嘛呢叭咪吽……		孩子，归来呀！
	唵嘛呢叭咪吽……		与你的亲人同在！
	唵嘛呢叭咪吽……		爱人，归来呀，
	唵嘛呢叭咪吽……		我们在把你等待！
	唵嘛呢叭咪吽……		父亲，归来呀，
	唵嘛呢叭咪吽……		你怎么还不回来？
合　唱	我们恨你！我们恨你！		
	恨你恨你！叶卡捷琳娜。		
	你逼我们去土耳其战场，		

你把我们的亲人断送!

〔火光里走来了渥巴锡、舍愣和台吉们……

卫　兵　渥巴锡汗到!

〔渥巴锡愤怒地引燃了手中的火把……

渥巴锡　站起来啊部落的亲人,

站起来啊苍狼的子孙!

再也不能忍受种族的灭绝,

再也不能忍受沙皇的欺凌!

烧掉你们的帐篷,

挎上你们的长弓,

赶着你们的勒勒车,

踏上回天山的征程!

众　人　向往你啊,

遥远的故乡天山!

古老相传,

那里有你的蓝天白云,

那里有你的细草微风。

花开花落春夏秋冬,

你都缠绕着我们的心灵,

如烟如梦。

〔歌声中渥巴锡举着火把向高台走去……

〔艾培雷突然挡在渥巴锡身前。

艾培雷　一百四十年,

我们在此已经扎根。

为什么要回天山?

去圆那遥远的梦?

渥巴锡　睁开眼看看哪,亲人!

天山母亲在召唤我们。

———歌剧《苍原》 >>>>>

渥巴锡、舍愣、娜仁高娃（三重唱）

　　　　　　我们是马背上驰骋的英雄，

　　　　　　自由才是我们的天性。

娜仁高娃　我们怎能放弃自己的信仰，

　　　　　去皈依东正教堂的钟声？

合　　唱　我们是马背上驰骋的英雄，

　　　　　自由才是我们的天性。

渥巴锡　六十年前，康熙大帝就召唤过我们，现在又有乾隆皇帝的多次邀请。回天山吧！

　　　　　那里有肥美的水草，

　　　　　那里有和煦的春风。

合　　唱　那里有肥美的水草，

　　　　　那里有和煦的春风。

　　　　　回天山去，回天山去！

　　　　　东方的蓝天才是我们的蓝天；

　　　　　东方的白云才是我们的白云。

　　　　　回天山去！回天山去！

渥巴锡　回天山去！

众　　人　回天山去！

〔渥巴锡拿起火把将篝火点燃。与此同时所有的人都流着热泪，跪下来亲吻自己挥洒过血汗的大地……

〔熊熊大火将天地映得通红，人们向天父地母倾诉着自己的祈求和悲愤。

众　　人　长生天啊亲爱的父亲，

　　　　　永生地啊慈祥的母亲，

　　　　　啊，保佑我们，

　　　　　给我们吉祥，给我们光明。

　　〔切光。

第一幕

〔远处,连绵不断的土尔扈特部落在艰难地行进……

〔云层压得很低,远处有隐隐的雷声,眼看着风暴就要来临。

〔渥巴锡站在高处,遥望着来时的方向。

〔舍愣和娜仁高娃随着队伍依偎着走来……

〔渥巴锡深深注视着他们,随即转身而去。

〔娜仁高娃和舍愣远眺着渐行渐远的诺盖草原,缱绻而忧伤——

娜仁高娃　　哦……别了!

　　　　　　富饶的诺盖草原,

　　　　　　你的每一片草叶,

　　　　　　都曾摇曳过我们的牧歌。

舍　愣　　　哦……别了!

　　　　　　美丽的伏尔加河,

　　　　　　你的每一片波纹,

　　　　　　都曾歌唱过我们的爱情。

娜仁高娃、舍愣(二重唱)

　　　　　　你的每一片草叶,

　　　　　　都曾摇拽过我们的牧歌。

　　　　　　你的每一片波纹,

　　　　　　都曾歌唱过我们的爱情。

　　　　　　哦,别了,

　　　　　　富饶的诺盖草原,

　　　　　　哦,别了,

　　　　　　美丽的伏尔加河,

　　　　　　哦,别了,别了,别了……

〔歌声是如此眷恋,歌声是如此无奈,飘飘袅袅在原野上随风而去。

〔突然一声惊雷,渥巴锡带几个士兵冲上来。

一士兵 （指着舍愣大叫）他在那里!

渥巴锡 （威严地）抓起来!

〔几个士兵扑向舍愣。

舍　愣 （大惊挣扎）　　　　　娜仁高娃 （扑过去,试图阻止）
　　　　渥巴锡! 渥巴锡!　　　　　　　　干什么? 干什么?
　　　　你疯啦? 你疯啦?　　　　　　　　他到底犯了什么罪?

〔从旁跋涉而过的部落老少围上来,他们都很悚惶。

众　人 怎么啦? 怎么啦? 渥巴锡汗!
　　　 他是台吉,他是我们自己人!

渥巴锡 （冷笑一声）自己人?（从腰间取出一卷羊皮书,呼地一下抖开）
　　　 这封羊皮书是他写给俄国总督的信,
　　　 上面有部落的行军路线和作战详情。

〔所有的人,包括舍愣自己都震惊得不知所措,片刻之后,他们都愤怒地大叫起来。

舍　愣　　　　　　　众　人　　　　　　　娜仁高娃
不! 我没有写,没有写!　怪不得归途上屡战屡败!　亲人们哪,一定是弄错了,
这一定是有人栽赃陷害!　原来都是你通风报信?　他不是这样的人……

〔一束灯光照亮舞台一隅,这里出现了艾培雷。他脸上是惊疑、意外和幸灾乐祸。

艾培雷　　　　　　　一些人　　　　　　　另一些人
好戏才刚刚开始,　　怎么办? 怎么办?　　　快! 快! 挖出他的心,
一切都在按计划进行。　前面有奥琴山挡住了去路,　先看看是黑还是红?
渥巴锡（宣布）　　　后面有穷追不舍的俄国人,　再用它来祭奠,
明天,当太阳从东方升起,现在部落里又出了奸细,　那些战死的亲人!
挖出他的心,祭奠英灵! 真是危机四伏! 凶险万分!

〔说完渥巴锡转身走了。

〔人们用长枷将舍愣锁住,向他吐唾沫,并嘲笑、推搡着娜仁高

娃散去，只余下两个看守他的士兵。

〔不知什么时候，一钩残月从苍原尽头升起，照得这世界一片凄清。

〔不知什么地方有人在拉马头琴，如诉如泣。

〔良久，舍楞抬起头，突然他爆发出歇斯底里的狂笑，笑声像哭，像鬼啸，像受伤的狼嚎。之后，许久许久，一种冤屈难平、心碎如割的歌声，从这汉子的灵魂深处流淌而出。

舍　楞　　只想过血染黄沙，猛士唱大风，
　　　　　也想过埋骨青山，死亦为鬼雄。
　　　　　就是不曾料到，我的生命
　　　　　　　会结束在耻辱和唾骂声中。
　　　　　为什么，我的生活里，
　　　　　没有安宁，只有不幸？
　　　　　我本是天山脚下
　　　　　　　自由自在的牧马人，
　　　　　只因为无谓的纷争，
　　　　　杀死了清军的将领，
　　　　　逃离了家乡，四处飘零。
　　　　　渥巴锡，是你收留了我，
　　　　　给了我温暖和真诚。
　　　　　可是，为什么，到底是谁，
　　　　　要将我推向这屈辱的深渊？
　　　　　难道就因为我是一个外乡人，
　　　　　就永远也得不到部落的信任？
　　　　　这真是山一样的冤屈，
　　　　　这真是海一样的悲愤！
　　　　　想念你啊！
　　　　　天山，我的故乡。

>　　再也见不到，
>　　你驼铃摇响的清晨，
>　　再也见不到，
>　　你长河落日的黄昏。
>　　可怜你啊！
>　　娜仁高娃，我的亲人。
>　　没有我，你会像深秋的枯草，
>　　没有我，你会像马驹失群。
>　　这真是山一样的悲哀，
>　　这真是海一样的惨痛！
>　　天雷地火啊，求求你们，
>　　让我干干净净去死吧！
>　　现在，就在这里，
>　　让我变成灰烬，化作泥尘！

〔当舍楞仰天悲啸的时候，渥巴锡独自来到了这里，在他的示意下，两个卫兵退了下去。

〔渥巴锡来到舍楞面前，两人长久地对视着。

〔渥巴锡从腰间慢慢地抽出一柄弯刀。

舍　　楞　好！渥巴锡，你现在杀了我，我会永远永远感谢你！

〔渥巴锡却猛地挥起弯刀，将长枷一劈两半。

舍　　楞　（大吃一惊，随即愤怒起来）你想让我背着叛徒的名声逃亡？不！
　　　　　我不走，你杀了我吧！

渥巴锡　（却冷静而沉重）
>　　那一封羊皮书，
>　　是有人冒充了你的笔迹。
>　　我现在不知道他是谁，
>　　我只能将计就计，
>　　好蒙住奸细的眼睛，

为部落寻找生机。

舍　愣　（又一次大笑，但笑声里满是悲凉）原来你早知道不是我写的！可是，你却让人往我的脸上吐唾沫？

渥巴锡　（真诚地）

对不起，舍愣，请你原谅，

是我让你受到了天大的委屈。

因为如今我谁也不敢相信，

但是我相信你，我的好兄弟。

舍　愣　（沉默良久）

你想让我干什么？

渥巴锡　明天，我将带领部落南下，

以引开敌人的主力，而你……

（看看左右，然后将舍愣引至一旁，对他低声交待了一番）

舍　愣　（听罢，精神一振）遵命！（转身就要走）

渥巴锡　慢着！留下你的战袍，涂上马血。

〔舍愣稍稍犹豫了一下，然后脱下自己的战袍，转身消失在黑暗中。

〔一个卫士上来，拿走了舍愣的战袍。渥巴锡也随之消失。

〔稍顷，黑暗深处有人大喊："抓住叛徒舍愣！"

〔合唱陡起：

叛徒，叛徒！

舍愣，舍愣！

抓住他，杀死他！

抓住他，杀死他！

〔一片嘈杂纷乱声中，卫士甲、乙拿着马血染红的战袍跑上。

〔被惊醒的部落老少跑了上来。娜仁高娃也随着人群蹒跚而来。

卫士甲　（高叫）叛贼舍愣，居然想逃跑。

卫士乙　让我们一刀一刀，把他剁成了肉饼！

〔卫士们说着将满是血迹的战袍扔到了娜仁高娃的怀里。

娜仁高娃　（捧起战袍，悲呼）舍愣！

〔人们鄙夷地看着她，低声议论着散去……

娜仁高娃　（含悲饮泣，对着舍愣的战袍唱起了一首古老的情歌）

　　　　　　　送哥送到太阳升，

　　　　　　　送哥送到星儿落，

　　　　　　　叫声远行的人儿哟！

　　　　　　　阿妹有话对你说：

　　　　　　　如果你是辽阔的草原，

　　　　　　　我就化作蜿蜒的小河；

　　　　　　　如果你是蜿蜒的小河，

　　　　　　　我就化作河上的清波；

　　　　　　　从你的胸膛轻轻流过，

　　　　　　　让你紧紧地拥抱着我；

　　　　　　　如果你是河上的清波，

　　　　　　　我就化作渴饮的马儿；

　　　　　　　如果你是牧马的人儿，

　　　　　　　我就化作悠长的牧歌。

　　　　　　　带给你唱也唱不完的欢乐，

　　　　　　　唱也唱不完的欢乐。

〔走来了艾培雷，慈祥宽厚地抚慰娜仁高娃。

〔娜仁高娃放声痛哭……

娜仁高娃　（问艾培雷）艾培雷大台吉，您相信舍愣是叛徒吗？

艾培雷　　不，不！我不相信。

娜仁高娃　慈祥的老人，我该怎么办呢？

艾培雷　　忘掉不幸，嫁一个好丈夫，

　　　　　　到羊群和骏马中去寻找人生。

娜仁高娃　我做不到，我忘不了舍愣。

　　　　　　　　也受不了人们鄙视的眼神。
　　　　　〔艾培雷摇头叹息着走开去。
娜仁高娃　（呼喊着）难道舍愣就这样不明不白地死了？
艾培雷　　（深沉地）部落里不明不白的事数也数不清。
　　　　　　　　渥巴锡杀舍愣是早晚的事情。
娜仁高娃　（惊讶地）为什么？这是为什么？
艾培雷　　只因为他爱上了一个人，
　　　　　　　　而这个人就是你呀！
　　　　　　　　娜仁高娃，
　　　　　　　　他早已将你深藏在心中。
娜仁高娃　（惊叫）我不相信，我不相信！
　　　　　　　　渥巴锡不是这样的人！
　　　　　　　　他待我就像兄长般宽容。
艾培雷　　（叹息）这就是渥巴锡的为人，
　　　　　　　　他的内心像幽幽深井，
　　　　　　　　他的行动像虎豹一样凶狠。
　　　　　　　　只要是他想得到的，
　　　　　　　　哪怕是血流成河，
　　　　　　　　他也在所不吝。
　　　　　　　　就像十年前……
娜仁高娃　十年前……十年前怎么了？
　　　　　　　　你为何吞吞吐吐含混不清？
艾培雷　　（看了娜仁高娃很久，突然）
　　　　　　　　你知道你是谁？
　　　　　　　　你知道你是什么人？
　　　　　〔娜仁高娃愣住了。
艾培雷　　（缓缓地）十年前，一场血腥的谋杀在部落里发生，
　　　　　　　　凶手就是渥巴锡，被害者就是你的父亲。

　　　　　　　只因那时你被寄养在伏尔加河西岸，
　　　　　　　所以你不知道这残酷的事情。
娜仁高娃　（惊叫）艾培雷大台吉你是不是疯了？
　　　　　　　你不要无中生有，危言耸听。
艾培雷　（盯着她）去！去问部落的乡亲，
　　　　　　　去！去问渥巴锡本人，
　　　　　　　去！去问死去的舍楞，
　　　　　　　去！去问天上的神明！
　　　　　〔娜仁高娃惊恐的脸……
　　　　　〔灯光渐暗。

第二幕

　　　　　〔初春。无边无际的沙漠。狂风怒号，黄沙滚滚。
　　　　　〔土尔扈特人蜷缩在沙堆下，所有人都因为干渴、病痛和劳累而呻吟呼号。
合　唱　　沙海茫茫，黄涛滚滚，
　　　　　　仿佛从未容留过生命。
　　　　　　无边无际，无止无休，
　　　　　　就像一个不醒的噩梦。
　　　　　　为什么？为什么？
　　　　　　要踏上这死亡的旅程？
　　　　　〔不断地有人倒下。
众　人　（不断地有人呼号）水！水……
一些人　　我们回到诺盖草原去吧，
　　　　　　我们不要做沙漠中的冤魂。
另一些人　不！我们宁可战死在征途，
　　　　　　也不做俄国人的奴隶仆从！

　　　　　　我们是站着死的英雄，
　　　　　　不是跪着生的蛆虫。
另一部分人　不，不！我们不要死，
　　　　　　我们害怕，我们不要做英雄。
合　　唱　　救救我们！
渥巴锡　　（十分焦急）我的心在激烈地颤抖，我的血液却像停止了流动。舍愣啊，你为什么还没有音讯？上苍啊，请保佑我们，走出这艰难的绝境！
　　　　　〔马蹄声骤起。
一士兵　　（一路喊着）敌人！敌人！（跑上，报告）渥巴锡汗！离开了奥琴山的哥萨克骑兵，已包抄到我们的前面，还有更多的俄国人，正从我们的左侧逼近！
　　　　　〔人们惊惶地叫喊起来，妇女和儿童大哭……
渥巴锡　　（却兴奋无比，大喊）快！土尔扈特的男人们，敌人终于上当了，快将后队变成前锋！向奥琴山谷，前进！
　　　　　〔人们突然悟到其中的奥妙，激动狂呼——
合　　唱　　（男声）啊，热血在沸腾，
　　　　　　快催动我们的战马，
　　　　　　快拿起我们的长弓，
　　　　　　前进！前进！前进！
　　　　　〔所有的男人都拿起了武器，纷纷抢过战马呼啸而去。
　　　　　〔惊恐的妇女、儿童和老人在渥巴锡的鼓舞和指挥下坚定起来，拿起一切能做武器的东西，呼喝着将勒勒车摆成战阵。
所有人　　来吧，敌人！
　　　　　　你们可以夺走我们的生命，
　　　　　　你们消灭不了我们的精神。
　　　　　〔切光。
　　　　　〔战斗的间隙里，一切又显得那样宁静。

〔渥巴锡在巡视着他的老弱病残然而宁死不屈的战士……
〔憔悴的娜仁高娃走来，突然发现渥巴锡。她全身颤抖着向他靠近……拔出匕首，刚要扎下时又犹豫起来——

娜仁高娃　（闪至一旁）我心中有两个声音，
　　　　　　一个声音在说：
　　　　　　渥巴锡是阴险狡诈的暴君。
　　　　　　而另一个声音却告诉我，
　　　　　　渥巴锡说得对，
　　　　　　坚强不屈是我们的天性！
　　　　　　不，他说什么我不管，
　　　　　　他谋杀了我的父亲，
　　　　　　还害死了我的恋人。
　　　　　　我不能忘记这血的仇恨！
　　　　　　扎下去呀，扎下去呀……
　　　　　　这是你的仇人！
　　　　　　扎下去呀……可是为什么
　　　　　　　　你的心却在激烈地跳动？
　　　　　　是因为无数次的战斗
　　　　　　　　在他身上留下的累累伤痕？
　　　　　　是他为部落操劳
　　　　　　　　而日益憔悴的面容？
　　　（犹豫不决，将匕首又收了起来）不，我还是不能相信。
〔渥巴锡转身发现了娜仁高娃。

渥巴锡　（关切地）娜仁高娃妹妹，你千万要小心。敌人随时会袭来，请不要离开父老乡亲。

娜仁高娃　（试探地）我有句话想问问你，
　　　　　　请你驱散我心中的疑云。
　　　　　　难道你只是把我当做妹妹？

　　　　　　　难道你不想对我更加亲近？

渥巴锡　（颇感意外）……你是草原上最美的花，

　　　　　可是我……不能背叛兄弟的情分。

娜仁高娃　（冷笑）所以你做得更加残忍，

　　　　　让他变成了屈死的冤魂！

渥巴锡　（想告诉她，但又不便明说，因此显得有些语无伦次）不，我没有……

娜仁高娃　（看着他的眼睛，一字一句地）你——还杀害了我的父亲！

渥巴锡　（一惊，愣了片刻，然后缓缓地）是的，这件事，今天想起来还是这样令人悲愤。

娜仁高娃　你为什么，

　　　　　要杀害我的父亲？

　　　　　他亏待了你？

　　　　　他杀死了你的亲人？

渥巴锡　（摇摇头，神色悲哀）

　　　　　不，他是我的师长，

　　　　　他是我最亲近的人。

娜仁高娃　（愤怒了）可是，你却杀害了他！

　　　　　还让部落里每一个人，

　　　　　都对我紧闭着自己的嘴唇。

　　　　　你这忘恩负义的小人，

　　　　　你这阴险狡诈的暴君！

　　　　　竟然是这样的残忍。

　　　　　呸！（将一口唾沫吐在了他的脸上）

渥巴锡　（默默地擦去脸上的唾沫，突然凄凉地笑了）

　　　　　你的话像利刃，

　　　　　已刺伤了我的灵魂。

　　　　　但是有些事情，

	我现在还是不能说。
	至于你的父亲，
	我只想先问问你：
	如果一个人阴谋篡夺汗位，
	将部落出卖给俄国人，
	如果他亵渎自己的神明，
	诱使乡亲皈依东正教廷，
	如果他贪生怕死，
	不再向往故国自由的天空，
	你会怎么样？
	会怎样对待这样一个人？
娜仁高娃	杀了他！杀了他！
	像抛弃害群的马，
	像踩死吸血的虻虫！
渥巴锡	你父亲就是这样的人。
娜仁高娃	（大怒）啊！你竟敢侮辱我的父亲！（扑上去猛地向渥巴锡刺去）
卫　兵	（冲过来）住手！

〔但渥巴锡既不躲也不挡。当人们按住疯狂的娜仁高娃时，渥巴锡肩上已是鲜血长流……

〔愤怒的人群涌来，抓住娜仁高娃，将她捆到车轮上，要将她烧死。

合　唱	烧死她！烧死她！
	她竟敢谋杀我们的汗，
	为了她那可耻的父亲！
	烧死她！烧死她！
	对这叛徒的女儿，
	不要再有半分怜悯！

烧死她！烧死她！

渥巴锡　（挣扎着）住手！

〔突然间万籁俱寂，静得令人骇异。

〔一个士兵递上娜仁高娃的刀。

〔娜仁高娃对死无所谓，但对父亲是叛徒这一事实却惊恐万状。

〔渥巴锡接过刀，走到娜仁高娃身边，却割断了捆住她的绳子。

〔人们疑惑地看着他，包括娜仁高娃。

〔一阵马蹄声，一个士兵狂喜地奔来——

士　兵　（大喊）渥巴锡汗！我们胜利了，胜利了！我们占领了奥琴山谷，消灭了两万敌军！

〔凯旋的士兵们列队而来……

士兵们　　我们的怒吼，像大海的涛声！

我们的铁骑，荡起漫天尘云！

士　兵　（对众乡亲）你们知道吗，谁是我们的英雄？

众　人　谁啊？

士　兵　是埋伏在奥琴山的舍楞！

是杀死俄国将领的舍楞！

众　人　（惊讶）舍楞？他没有死？

（欢呼）舍楞！舍楞！舍楞！

〔娜仁高娃不敢相信自己的耳朵……

合　唱　　谁是我们的英雄？

是埋伏在奥琴山的舍楞！

谁是我们的英雄？

是杀死俄国将领的舍楞！

〔渥巴锡走过去想将真相告诉她，她却突然捂着脸凄厉地喊叫着狂奔而下。

渥巴锡　（命令所有的人）不得将她刚才的举动，告诉我们的英雄舍楞。

（命令一名士兵）去，向伊犁总督禀报，送上我们回归的文呈。

　　　　　（对所有人）立即去奥琴山谷，与我们的英雄舍愣会合。向奥琴山谷——

所有的人　（呼喊着）前进！

　　　　〔切光。

第三幕

　　　〔草原之夜。

　　　〔明月高悬，篝火熊熊。

　　　〔土尔扈特人跳起狂欢的蒙古舞，庆祝他们的胜利。

合　唱　　永存的敖包上，

　　　　　燃起了飞腾的大火，

　　　　　燃烧吧永生的火呀，

　　　　　有了火何愁没有生活。

　　　　　疾病和苦难会酿成灾祸，

　　　　　火焰燃烧的是恶魔，

　　　　　把心中的祈祷念出来啊，

　　　　　愿我们能过上火样的生活。

　　　　　长生天啊是我亲爱的父亲哟，

　　　　　永生地呀是我亲爱的母亲哟。

　　　　　天父地母的儿女呀，

　　　　　在你的怀抱里把一生度过，

　　　　　不要再有流血和杀伐，

　　　　　愿我们能过上幸福的生活。

　　　　　永存的敖包上，

　　　　　燃起了飞腾的大火……

　　〔舍愣剽悍的身姿在战士群舞中特别醒目。

　　〔娜仁高娃神情茫然地默坐在远离人群的地方……良久，她悄然离去。

〔舍愣突然发现娜仁高娃不在人群中,他寻找着走出舞蹈的圈子,目光朝着远处搜索……

〔同样的月光下,艾培雷孤独地站在土丘上,渥巴锡捂着伤口疲惫地坐在岩石上,各自发出同样的感慨。

艾培雷、渥巴锡　（二重唱）

　　　　　月光是这样的清亮,
　　　　　原野是这样的苍凉,
　　　　　你们是美丽的永恒,
　　　　　啊,月亮!
　　　　　而人生却如此短暂……

　　　　　渥巴锡　　　　　　　　　艾培雷
　　　　　好像时光轻轻一晃,　　　好像根本没做什么,
　　　　　小女孩就长成了大姑娘。　一转眼就已经白发苍苍。

艾培雷　怀念你啊,当年的日子,
　　　　那时候我的思想
　　　　　　就是部落的主张,
　　　　那时我的权威
　　　　　　差不多要赶上大汗!
　　　　我恨你,渥巴锡!
　　　　你不过是一个黄口小儿,
　　　　可是你却主宰了部落,
　　　　否定了我们的主张。
　　　　啊渥巴锡,十年哪!
　　　　我在等着这一天,
　　　　十年哪,等着再干一场。
　　　　可是我的心
　　　　　　为什么忐忑不安?

是不是他们已发现了

　　我那封伪造的羊皮书？

是不是他们已识破了

　　我与俄国总督的来往？

不！

不要退缩，不要彷徨，

做大事不要计较手段。

〔月色凄凉，远处，娜仁高娃在草原上茫然地踯躅而行……

娜仁高娃、艾培雷、渥巴锡　（三重唱）

月光是这样的清亮，

原野是这样的苍凉，

你们是美丽的永恒，

啊，月亮！

而人生却这般忧伤……

渥巴锡　（看着远处）

诅咒我吧，娜仁高娃，

那时候我很年轻

　　正当血气方刚，

愤怒促使我举起了利剑，

没能宽恕出卖和背叛。

我爱你，娜仁高娃！

你是草原上美丽的朝阳，

可是我却杀死了你的父亲，

怎能得到你的原谅？

娜仁高娃，娜仁高娃，

你这雪花般纯洁的姑娘，

舍愣兄弟，部落的骁将，

他已经深深地把你爱上。

作为一个男人——

我本该与他拼死争抢，

而作为一个汗——

为了部落，却不能这样。

啊……

心中的爱即使像野草般疯长，

也只能将它无情地埋葬！

〔舍愣寻找而来……

舍愣、娜仁高娃、艾培雷、渥巴锡（在不同空间里的四重唱）

月光是这样的清亮，

原野是这样的苍凉，

你们是美丽的永恒，

而人生却这样怅惘……

〔渥巴锡和艾培雷隐去……

〔舍愣和娜仁高娃在不同空间的对唱、二重唱。

舍　愣　（焦急地呼喊着）娜仁高娃！娜仁高娃！

你在哪里？你在哪里？

〔两人迎面而过，却是谁也看不见谁。

娜仁高娃　（凄然地）圣洁的月亮，请你告诉我，

你躲进飘来的云朵，可是不愿见到我？

绿色的原野，请你回答我，

你默默无言，可是不屑于理我？

舍　愣　究竟发生了什么，

你的神情是这样凄凉？

你到底要干什么？

我的心头啊，笼罩着不祥。

舍　愣　　　　　　　　　　娜仁高娃

究竟发生了什么？　　　　　啊……我是部落的罪人，

你的神情这样凄凉？ 啊……我的过错无法原谅，
你到底要干什么？ 我要……我要将自己远远地流放，
我的心头啊，笼罩着不祥…… 流放到没有炊烟和牛羊的地方。
娜仁高娃！娜仁高娃！ …………
你在哪里，你在哪里？ …………
娜仁高娃！ 送哥送到太阳升，
你是我心中的清泉，
你是我心中的朝阳。 送哥送到星儿落，
没有你——
我的生命将是一片干涸， 叫声远行的人儿哟，
没有你——
我的生命将会黯淡无光。 阿妹有话对你说。

女声合唱　如果你是辽阔的草原，
我就化作蜿蜒的小河，
如果你是蜿蜒的小河，
我就化作河上的清波。

娜仁高娃 舍愣
从你的胸膛轻轻流过， （仍在寻找、呼唤着）
让你紧紧地拥抱着我。 娜仁高娃！
如果你是河上的清波， 娜仁高娃！
我就化作渴饮的马儿， 你在哪里？
如果你是牧马的人儿， 你在哪里？
我就化作悠长的牧歌， …………
带给你唱也唱不完的欢乐。

〔舍愣焦急失望地寻觅而去。

〔娜仁高娃一步一拜地朝着草原深处走去……

〔渥巴锡捂着自己的伤处跟跄地急步找来，一把将她拦住——

渥巴锡　娜仁高娃，你不要走！

　　　　　　　　好妹妹，你不要这样！
娜仁高娃　（抬起头来，泪流满面地）
　　　　　　　　对不起啊，渥巴锡汗！
　　　　　　　　对不起啊，哺化我的大地太阳！
　　　　　　　　怎可以，怎可以，
　　　　　　　　将一个罪人原谅？
　　　　　　　　我刺伤了你的身体，
　　　　　　　　我亵渎了你的情感。
　　　　　　　　让我去那无边的黑暗里，
　　　　　　　　永久地流浪、流浪……
渥巴锡　　　娜仁高娃好姑娘，
　　　　　　　　不要这样不要这样，
　　　　　　　　你有土尔扈特人的志气，
　　　　　　　　你的心比羊羔还要善良。
　　　　　　　　如果你能留下，
　　　　　　　　你将得到一个永远的兄长。
娜仁高娃　（感激地跪倒在渥巴锡面前，抱住他放声痛哭）
　　　　　　　　兄长，我仁厚的兄长！
　　　　　　　　你的胸怀比大海还要宽广。
渥巴锡　　阿妹！
娜仁高娃　阿哥！
娜仁高娃、渥巴锡（仰望星空，二重唱）
　　　　　　　　长生天啊你看到，
　　　　　　　　永生地啊你听见，
　　　　　　　　这里有一对兄妹，
　　　　　　　　在向您发出誓言：
　　　　　　　　我们是您的儿女，
　　　　　　　　天塌地陷永不变！

〔舍愣找来，恰好看到这一情景，不由得一愣，退至一边……
〔渥巴锡扶起娜仁高娃，拉着她的手走去……突然，渥巴锡一个趔趄，娜仁高娃连忙一把挽住他，二人相互扶持着消失在黑暗中……

舍　愣　（震惊）啊……

怪不得自从回到部落里，
她就躲着我。
怪不得她总是神不守舍，
满腹心事不肯说。
难道她……
难道渥巴锡对她早就有意，
却从来也没有表露过。
没想到……
不会这样，不会这样，
渥巴锡做事从来磊落。
是不是……

〔舍愣正心烦意乱，神情恍惚，艾培雷出现在他的身边。

艾培雷　舍愣！

我们的勇士，部落的功臣，
什么事在扰乱着你的心神？
是不是因为她，草原上美丽的格日勒？
希望你能摘到这美丽的花朵，尽情亲吻。

舍　愣　艾培雷大台吉，充满智慧的老人，

请你告诉我，我离去的这段时辰，
娜仁高娃她……她怎么像变了一个人？

艾培雷　（沉吟许久）你还是去问渥巴锡汗吧，

我不能说呀，不能说这其中的原因。

舍　愣　（愈发疑心）哦……？

〔突然，传来一阵急促的马蹄声……

〔稍顷，一名士兵急忙冲了上来——

士　兵　（大喊大叫）天朝手谕到！

〔人们闻声纷纷跑上……

〔台吉甲在数名士兵的簇拥下急急而来。

〔渥巴锡迎上前去。

台吉甲　（跪呈手谕）大清国伊犁总督手谕到！

渥巴锡　念！

台吉甲　（念手谕）大清国伊犁总督，晓谕土尔扈特黎民：只要交出钦犯舍愣，欢迎你们叶落归根！

渥巴锡　（大惊）什么?！

〔所有的人都愣住了……

〔切光。

第四幕

〔草原高处的敖包前。各色旗帜在强劲的长风中猎猎飘动……

〔曙光已照耀在旗杆和敖包的顶上，天空却点缀着疏星点点。

〔土尔扈特部落的所有台吉都已聚集在这里，正准备召开"扎尔固"会议，气氛肃穆而又紧张。

〔在喇嘛的诵经声中，在人们默默的注视下，渥巴锡强忍着伤痛端坐中央。

〔舍愣远远地盘坐在一旁，就像一个等待判决的被告。

〔一士兵急急跑上。

士　兵　渥巴锡汗，又发现一支俄国人的军队，正从我们后方追来！

〔人群一阵骚动，诵经声更急促。

艾培雷　尊敬的各位台吉：你们为什么都不说话？每一面旗帜便代表着你们的分支！你们是部落的强者，都有发表自己看法的权利！

台吉甲　（站了出来）
　　　　　尊贵的渥巴锡汗，
　　　　　尊敬的艾培雷大台吉：
　　　　　舍愣五年前杀死的将领，
　　　　　乃天朝伊犁总督的舅兄。

一部分台吉　（附和着）
　　　　　如果舍愣不去投案自首，
　　　　　我们就跨不进天朝的大门。

台吉乙　不行，不行！
　　　　　尊贵的渥巴锡汗，
　　　　　尊敬的艾培雷大台吉：
　　　　　怎么能让舍愣去送死，
　　　　　他是我们部落的功臣！

一部分台吉　我们宁肯不回天朝，
　　　　　也不能交出我们的弟兄。

一部分人	另一部分人
快去吧快去吧舍愣。	不能去！
求求你救救我们！	不能去！
快去吧快去吧舍愣，	舍愣不去做英雄。
求求你再做一回英雄！	不去不去舍愣！
快去吧快去吧舍愣。	不去不去舍愣！

艾培雷　（怒喝）放肆！
　　　　　舍愣已是这部落的人，
　　　　　你们怎能这样的无情！
　　　　　我们哪怕回头西去，
　　　　　也不能出卖自己的弟兄！

另一部分人　我们不回天朝了，
　　　　　我们回伏尔加河去！

那里也有蓝天白云，

那里也有细草微风！

渥巴锡 （大吼一声）住口！

〔人们安静下来。

艾培雷 （盯着渥巴锡）

尊贵的汗，您有什么吩咐？

整个部落都在等您的指令。

〔所有的人都在静静地看着他，内心却在不停地催促……

             所有的人

             （像祈祷一般）

             渥巴锡，渥巴锡，

渥巴锡   快作决定！快作决定！

一双双灼人的眼睛，   渥巴锡，渥巴锡，

如天穹上的疏星闪烁，   快作决定！快作决定！

在默默地注视着我，   渥巴锡，渥巴锡，

在静静地等待着我。   快作决定！快作决定！

而我的胸中却是一片混沌：   时间已经不多了，

彷徨、怅惘、颓唐、困惑……   渥巴锡，渥巴锡，

理智告诉我：   俄国人正在逼近，

应该交出舍楞——   快作决定！快作决定！

为了土尔扈特部落。   再这么犹豫不决，

感情却在说：   渥巴锡，渥巴锡，

你这个鄙卑的东西，   将变成被宰的羊群。

你不能这样做！   快作决定！快作决定！

理智、感情……   啊……

像一根粗大的绞索，   渥巴锡，渥巴锡……

套住我流血的心，   快作决定！快作决定！

在两端紧紧地勒！   啊……

————歌剧《苍原》 〉〉〉〉〉

痛苦、无奈……
像一把生锈的锯子，
从我的头顶落下，
要将我生生分割！
啊——
天上的神明哟请你告诉我：
为何要施予我残酷的折磨？
莽莽的苍原啊请你告诉我：
我该怎么做？我该怎么做？

渥巴锡，渥巴锡，
快作决定！快作决定！
啊……
渥巴锡，渥巴锡，
啊……

〔突然一阵伤痛袭来，渥巴锡大叫一声，捂着伤口倒下。

〔众人大哗。

一些台吉 （七嘴八舌）太窝火了！又不能交出舍楞，又不能回伏尔加河！渥巴锡，渥巴锡，如果你再拿不出主意，我们就各带自己的部落，管他南北东西，爱怎么活便怎么活！

另一些台吉 对，让我们各奔东西吧，不回天朝了！

还有一些台吉 不行，我们不能这样做！

〔台吉们的意见对立得厉害，情形大乱。

艾培雷 （窃喜） 啊——
十年前的一幕
　　马上就要重演，
情节大致一样
　　只是主角不同。
（站出来） 各位尊敬的台吉：
渥巴锡因为伤重，
已丧失判断能力。
不能为我们的部落
　　作出明确的决定。
如今俄国人又从后面逼近，

伊犁总督却拒绝我们入境，

向西向东、何去何从？

我们需要一颗引路的星！

让我们选出一位新的汗，

领我们走出可怖的绝境！

一部分台吉　对！让我们选出一位新的汗，带领我们走出可怖的绝境！

另一部分台吉　不！谁想篡位，我们就和他拼个你死我活！来吧！

〔两派人刷的一声全拔出了长刀，空气紧张得如要炸裂。

艾培雷　（声音颤抖）难道我们就在这里等死？就为了一个优柔寡断的人，而将机会错过？

〔大家都沉默了。渐渐地大多数人将长刀插回了刀鞘，也有人将刀扔到了地上。

〔渥巴锡从昏迷中苏醒，想站起来，挣扎再三，仍然倒了下去。

艾培雷　（突然指着舍楞，大声地）

他就是我们的希望，

他就是我们的救星，

他就是我们新的汗，

新的汗！

台吉甲　（惊叫）他？他是一个外乡人，

他是被通缉的逃犯！

台吉乙　（大声地）不！他是我们的英雄！

为什么不能当我们的汗？

〔人们又是一阵大乱，好些人又拔出长刀。

〔舍楞却精神恍惚，呆若木鸡……

台吉甲　（对其他人）

我看他们都是疯了，

一个迷乱，一个癫狂！

一部分台吉　让我们带着各自的部落，

———歌剧《苍原》

去自己愿意去的地方。

〔人们开始散去……

〔渥巴锡挣扎着站了起来……

渥巴锡 （低喝一声）都给我站住！

〔人们站住了，又都看着他……

〔渥巴锡艰难地伸出手去，将发呆的舍愣拉到身边。

渥巴锡 （艰难而清楚地）好，我同意艾培雷大台吉的建议，将汗位传给舍愣！（拔出自己的长刀，交到舍愣的手中）舍愣，我的好兄弟，从现在起，你就是土尔扈特汗，你就是部落的灵魂。如果谁有异议，你就让他领教这锋利的刀刃！

〔人们一下子安静得出奇。

〔艾培雷又惊又喜又诧异，竟然也是一时无措。

〔娜仁高娃急迫地走向前来……

舍　愣 （仿佛刚刚清醒过来，在许多双眼睛的注视下惶恐至极）

我的脑袋里轰轰作响，
我的眼前一片晕眩，
头上是塌下来的天，
脚下是崩倒了的山，
啊……
哪里有我立足的地方？
向东走——
等待我的只有死亡！
向西走——
就毁灭了全部落几代人的希望！
啊，渥巴锡渥巴锡，
你太精明，你太大胆！
你让我背上部落生存的重担，
你使我不能独自逃亡。

啊，命运，为什么

你要对我如此凶残？

我向谁去倾诉我的怨恨和惆怅？

〔渥巴锡和艾培雷一边一个朝着舍楞跪下……

艾培雷　舍楞，我们的大汗，向东还是向西，你决定吧！你是土尔扈特人的希望！

渥巴锡　舍楞！

舍　楞　（一眼看到娜仁高娃）娜仁高娃！

〔忐忑不安的娜仁高娃不由自主地走出人群，焦灼关注地看着舍楞……

娜仁高娃、艾培雷、渥巴锡、舍楞（四重唱）

啊——

娜仁高娃

艾培雷兴奋狂热的目光，　艾培雷

　　　　　　　　　渥巴锡那无可奈何的目光，　渥巴锡

它使我惶恐不安。

　　　　　　　　　　舍楞那怨怒惆怅的目光，　舍　楞

　　　　它使我欣喜若狂。

　　　　　　　　　　　　　　　娜仁高娃那游移的目光，

渥巴锡汗，渥巴锡汗，

　　　　　　　　　　它使我心胆俱寒。

　　　　舍楞呀，舍楞，

　　　　　　　　　　　　　　　它使我浑身发凉。

我明白了你的意思，

　　　　舍楞呀，舍楞！

　　　　　　　　　　　　　　　娜仁高娃，娜仁高娃，

我明白了你的意思，

　　　　快作出你的决定，

　　　　　　　　　　我把部落的命运，

　　　　　　　　　　　　　　　如果你没有变心，

　　　　快返回诺盖草原！

我明白了你的希望！

　　　　　　　　　　交到了你的手上！

　　　　　　　　　　　　　　　快告诉我该怎么办？

娜仁高娃、艾培雷、渥巴锡、舍楞（四重唱）

啊，向西，还是向东，

将决定部落的生死存亡！

娜仁高娃　（努力寻找着内心的支撑，像是对自己又像是对大家）

　　　　　向西，还是向东？

　　　　　往后，还是往前？

　　　　　两条路都是同样的艰辛，

　　　　　两条路都是同样的漫长。

　　　　　可是我们不能向后走，

　　　　　向后走是一片黑暗，

　　　　　每一步都将绊在

　　　　　　土尔扈特人的尸骨上。

（渐渐地坚定起来）

　　　　　啊——

　　　　　我们已经走过了五千里路程，

　　　　　剩下的五千里照样可以走完。

　　　　　宁可自由死，决不苟且生！

　　　　　这是马背民族不屈的呐喊。

　　　　　向前走，

　　　　　才有土尔扈特人的希望！

　　　　　向东走，

　　　　　才是太阳升起的地方！

　　〔大家热烈地欢呼起来……

渥巴锡　（挣扎着向娜仁高娃伸出双手）娜仁高娃！

艾培雷　（气极败坏地）可是向前走就必须交出舍愣，娜仁高娃，难道你想都不想？难道你就这样无动于衷？

舍　愣　（愤愤地）娜仁高娃，怎么你也毫不留情？难道你的心已经变冷？

娜仁高娃　（含着眼泪）

　　　　　我的心依然如往昔般跳动，

　　　　　我的情比昨日更浓几分。

　　　　　舍愣啊，我的亲人，

　　　　　让我们以自己的牺牲，

　　　　　　　　去换来部落的生存。

　　　　　　　　你的灵魂永不会孤独，

　　　　　　　　我会陪伴你走上天庭。

舍　愣　（怒极大笑）

　　　　　　　　你以为我是这样愚蠢？

　　　　　　　　你以为我会相信？

　　　　　　　　我前脚踏进地狱，

　　　　　　　　你后脚便好嫁人！

娜仁高娃　（伤心地）

　　　　　　　　想不到你会这样看我，

　　　　　　　　想不到你是这样的人……

渥巴锡　舍愣！

舍　愣　（狂怒地）

　　　　　　　　我不去，我不去，

　　　　　　　　我的心中充满了愤恨！

娜仁高娃　舍愣！

　　　〔舍愣一把将娜仁高娃推倒在地，拔出刀来。

舍　愣　我不要做什么大汗，

　　　　　　让我走，让我走，

　　　　　　让我离开你们——

　　　　　　这些无情无义的人！

艾培雷　（站出来）不，不！乡亲们！

　　　　　　我们不能出卖舍愣！

　　　　　　他是我们的大汗，

　　　　　　他为我们立下无数战功，

　　　　　　我们应该和他生死与共！

许多人　向西向西，回诺盖草原去吧，

　　　　　　我们不要残杀自己的英雄！

————歌剧《苍原》 >>>>>

〔人群又开始骚动……

娜仁高娃 （悲凉至极，哀伤至极）啊……

　　　　　　狂躁的呼喊，骚乱的人群，
　　　　　　出鞘的弯刀，满月的长弓。
　　　　　　难道要让眼前发生的一切，
　　　　　　将百年的期盼化作烟尘？
　　　　　　心随着东去的风，
　　　　　　身随着东去的云，
　　　　　　我仿佛看到了神明在召唤，
　　　　　　我仿佛听到了天庭的声音。

（割下一束头发交给渥巴锡）

　　　　　　这是一缕思归的浓情，
　　　　　　这是一丝望乡的游魂。
　　　　　　请将我的头发带回天山，
　　　　　　面向故国朗朗的晴空。

（转向舍愣）

　　　　　　来吧舍愣，我的亲人！
　　　　　　来吧舍愣，我的爱人！
　　　　　　但愿我能为你把路引，
　　　　　　在天父地母的怀抱里，
　　　　　　我们都将获得永生！

〔突然，娜仁高娃奋力扑到舍愣的刀尖上。

〔人们发出一片惊叫。

舍　愣 （连忙抱住娜仁高娃）娜仁高娃！娜仁高娃！

娜仁高娃 （挣扎）好哥哥，别难过，帮帮我们的部落。原谅我不能送你，我给你唱支歌……（死去）

舍　愣 （这才明白过来，悲痛欲绝）娜仁高娃，我该死呀！（然后对着苍穹呼唤）娜仁高娃！！

〔呼唤声久久萦回，人们为之哭泣……

〔仿佛从天边飘来娜仁高娃的歌声：

　　　　送哥送到太阳升，

　　　　送哥送到星儿落，

　　　　叫声远行的人儿哟！

　　　　阿妹有话对你说。

女声合唱　如果你是辽阔的草原，

　　　　我就化作蜿蜒的小河；

　　　　如果你是蜿蜒的小河，

　　　　我就化作河上的清波。

　　　　从你的胸膛轻轻流过，

　　　　让你紧紧地拥抱着我；

　　　　如果你是河上的清波，

　　　　我就化作渴饮的马儿。

男声合唱　如果你是辽阔的草原，

　　　　我就化作蜿蜒的小河。

〔歌声中舍愣将刀交回到渥巴锡手中。

舍　愣　渥巴锡汗，你永远是我们的大汗。你就放心带领部落回天山吧！

女声合唱　如果你是蜿蜒的小河，

　　　　我就化作河上的清波，

　　　　从你的胸膛轻轻流过，

　　　　让你紧紧地拥抱着我。

舍　愣　（猛地跪下）渥巴锡汗，请你把我捆上，送回天朝。

男声合唱　如果你是河上的清波，

　　　　我就化作渴饮的马儿。

合　唱　如果你是牧马的人儿，

　　　　我就化作悠长的牧歌，

　　　　带给你唱也唱不完的欢乐！

———— 歌剧《苍原》 〉〉〉〉〉

啊——

〔歌声如诉如泣,越来越响,以至充满整个空间。

〔歌声中,一轮硕大的太阳从东方升起,血红血红。

〔被捆的舍愣缓缓站起,然后呼喊着娜仁高娃的名字朝着太阳走去……

〔灯光渐暗……切光。

〔响起急促的马蹄声,由强而弱,渐渐远去……

尾 声

〔惨烈而激昂的音乐铺天盖地而来。怒吼和号叫声如惊涛骇浪。

〔突然这一切都戛然而止,只留下一片死寂。

〔激战后的原野像是巨大的坟场。

〔远远地,远远地渥巴锡哦吟悲叹而来。

渥巴锡　　你们在哪里?

　　　　　啊亲人,你们在哪里?

　　　　　长眠在东归路上的父老乡亲,

　　　　　来吧,快来吧,

　　　　　晨风是你们在低吟,

　　　　　星光下的露珠,

　　　　　可是你们流泪的眼睛?

　　　　　啊,来吧,快来吧,

　　　　　啊,一路同行,

　　　　　我们一路同行。

　　　　　看到了吗亲人?

　　　　　前边就是黎明,

　　　　　前边就是天朝,

　　　　　前边就是我们的祖国,

我们的母亲!

〔艾培雷从另一个方向上。同样,他也沉浸在悲戚之中。

〔两人不期而遇,面对面站住了。

〔灯光渐亮……

〔这时才看出,两人是站立在一处悬崖之上。

渥巴锡　（将一卷羊皮书扔到艾培雷的脚下）这封羊皮书,是你伪造的?

艾培雷　（沉默片刻）是的。

渥巴锡　（沉重地）真希望不是你!

艾培雷　（冷笑）我恨你渥巴锡,

你不要装模作样。

我们的事业

从来与血腥和残忍相连。

谁理会什么手段?

我的现在,你的当年,

谁曾经手软?

你杀了我吧!

〔两人都沉默了。

渥巴锡　啊,十年,十年,一切都没有改变!你走吧,回你的伏尔加河,回你的诺盖草原。

艾培雷　（大笑）你把我看得太轻贱,

我为什么要离开自己的部落?

我的灵魂永远和部落相伴!

〔艾培雷缓缓地走去……突然他大喝一声,纵身跃下悬崖……

〔有人高喊:"圣旨到!"

〔乐声大作,灯光骤亮,一张巨大的圣旨横贯舞台。同时华盖下出现天威赫赫的乾隆大帝。他的身后是无数的仪仗。

〔渥巴锡连忙伏地叩首……

〔天地间,一个雄浑的声音在回响:"奉天承运,皇帝诏曰:土尔扈

——歌剧《苍原》 >>>>>

特台吉渥巴锡及众头目，尔等不慕异教，眷念佛法而来，殊为可嘉！圣恩慈悲，赦免舍愣。伊犁总督，不识大体，几酿大祸，削职为民。"

〔四野同声山呼万岁，如春雷滚滚直达苍穹……

〔又响起那个雄浑的声音："欢迎你们，东归的英雄！欢迎你们，百年离散的亲人！"

合　唱　　长生天啊，是我们亲爱的祖国，
　　　　　永生地哟，是我们亲爱的母亲。
　　　　　我们回来了，祖国——母亲！

〔合唱声中，舍愣出现，与渥巴锡见面，两人紧紧地拥抱在一起……

〔渥巴锡从怀中捧出用洁白的哈达包裹着的那一束黑发，郑重地交给舍愣。

〔舍愣接过，久久地盯视着，不觉悲从中来，跪倒在地……

〔土尔扈特部落的人们举着招魂幡来了，绕着战死的亲人发出声声呼唤……

合　唱　　回来吧回来吧，
　　　　　长眠在东归路上的父老乡亲！
　　　　　回来吧回来吧，
　　　　　不要在异国的土地上飘零！
　　　　　回来吧回来吧，
　　　　　回我们的祖国，见我们的母亲。

〔画外音："乾隆三十六年，公元一七七一年七月，土尔扈特蒙古族部落历时七个月，行程万余里，回到了中国天山。自伏尔加河下游启程时，人口约十七万，回到中国故土的，仅剩下七万余人。"

合　唱　　长生天啊，是我们亲爱的祖国。
　　　　　永生地哟，是我们亲爱的母亲。
　　　　　感谢你哟，祖国——母亲。

〔剧终。

精品剧目·歌剧

野火春风斗古城

(剧中主要情节根据李英儒同名小说改编)

编剧 孟 冰

时间

现代。

二十世纪四十年代。

地点

现代：北京。

过去：冀中古城。

人物

陈　瑶　女，在北京上大学的学生，二十二岁。

杨晓冬　男，冀中某地区地下党负责人，二十七岁。

金　环　女，地下党员，二十五岁左右。

银　环　女，地下党员，二十三岁左右。

杨　母　女，杨晓冬的母亲，五十多岁。

关敬陶　男，敌伪城防司令，四十多岁。

高自萍　男，地下党员，后叛变，二十八岁。

多　田　男，日军顾问，五十多岁。

群众演员扮演历史和现代的各色人等

————歌剧《野火春风斗古城》 〉〉〉〉〉

〔古城墙下，空旷、无物……

〔童声合唱：《乡瑶》……

〔多媒体画面：熙熙攘攘的人群，车流……

〔序曲音乐……

1. 城铁车站

〔陈瑶上，她手中拿着一本书……

〔爷爷的画外音："……瑶瑶，再过几天就是你二十三岁的生日了。爷爷想了很久，决定给你寄去一件生日礼物，你肯定想不到会是一本小说，名字叫《野火春风斗古城》。……今年是纪念抗日战争胜利六十周年，你好好看看吧，看看那个时候的中国人是一种什么样的精神气概！每一个炎黄子孙，中华儿女，地无分南北，人无分老幼，或慷慨解囊，或战死沙场……我们中国人以死伤三千五百万的代价才换来了抗日战争最后的胜利！瑶瑶，你一定要好好看看小说里那些和你一样的年轻人，他们是怎样地不怕牺牲，前赴后继，用血肉之躯和侵略者进行着殊死的搏斗！瑶瑶，不管你毕业以后去什么地方，你一定要牢记历史，不忘过去！"

〔陈瑶与乘客一起走进车厢，开始翻看小说……

（合唱《国耻家仇》）

　　烧杀抢掠，王道乐土！

　　烧杀抢掠，王道乐土！

　　母亲啊，你擦干泪花，

孩子啊,你不要害怕。

古城啊,抬起你沧桑的脸,

国耻家仇咱勿忘它!

烧杀抢掠,王道乐土!

烧杀抢掠,王道乐土!

〔城铁列车呼啸着,带着巨大的轰鸣声驶向远方……

〔多媒体画面:现代建筑飞速划过,色彩渐变成黑白色,叠历史画面……

〔列车上的乘客渐变成为:被"日本士兵"奴役着的"中国百姓"……

〔陈瑶从列车走出,她惊讶地目睹着眼前发生的一切……

〔列车远去……

2. 古城下

〔古城楼、残墙渐显……

〔日本士兵押解着众人向城内走去……

〔杨晓冬和金环相继出现、相见……

杨晓冬　金环同志!你好!

金　环　杨政委,欢迎你!……老高怎么还不来?

〔突然,有人高声喊着:城防警备司令部关司令到!

〔杨晓冬一怔……

金　环　(低声地)……我们策反的主要对象就是他,城防司令关敬陶!

杨晓冬　(一笑)……真是冤家路窄呀!

〔关敬陶及两名卫兵走来。

〔杨晓冬和金环欲走,被关敬陶拦住。

关敬陶　……请留步!

〔杨晓冬摘下礼帽向关敬陶微微点头。

关敬陶　从哪儿来？

杨晓冬　定州。

关敬陶　干什么来啦？

杨晓冬　看一位病人。

关敬陶　这么说，你是一位郎中喽？

杨晓冬　祖上单传，在定州挂牌行医，牌号"春草堂"。

关敬陶　……正好，本司令近日身体略有不适，可否请先生开个方子？

〔杨晓冬不答话。

关敬陶　（指着路边一小商贩门前的桌椅）……请！

〔杨晓冬随关敬陶来到桌椅前坐下，关敬陶伸出胳膊，杨晓冬为其把脉。

杨晓冬　请问这位长官，哪儿不舒服呀？

（关敬陶、杨晓冬对唱《人气》）

关敬陶　　不知何故，近一年来，
　　　　　梦里气短，醒来气喘，
　　　　　气憋气闷气虚。

杨晓冬　　脉相不稳，滑腻不实，
　　　　　肝火旺盛，轻则多病，
　　　　　重则卧床不起。

关敬陶　（白）有这么严重？

杨晓冬　　五行归一，贯通一体，
　　　　　谓之元气。

关敬陶　　元气大伤，中气不足，
　　　　　不时虚汗，四肢无力。

杨晓冬　　湿气入骨，则无有骨气。
　　　　　一个人若无骨气，
　　　　　岂不是丧失了生命之本，
　　　　　如同行尸走肉矣！

关敬陶　你说的可是我的身体之病？

杨晓冬　千真万确，身心不可分也。

关敬陶　那请问先生可否有良药？

杨晓冬　关司令若是认真的，不妨改日我专程登门拜访。

〔高自萍匆匆走来。

高自萍　关司令！……多日不见，祝贺老兄荣升！

关敬陶　高科长！

高自萍　杨先生，对不起，我迟来一步，让你久等了，你们这是……

杨晓冬　关司令说身体不适，想让我给开个方子……

高自萍　（笑）……我来介绍一下，这位是杨晓冬杨先生，一代名医，是我专门请来给我叔伯看病的，……对了，关司令，我叔伯常常提起你，说在他的学生里，唯有你是个人才，前程远大，官运亨通啊！

关敬陶　多谢老师夸奖！

高自萍　……关司令，听说最近日本人破获了共产党的地下组织，对你压力很大，你也想抓几个共产党的要人，所以，……你这是亲自盘查可疑之人吧？

关敬陶　例行公事。既然是高科长请来的客人，那我就放心啦，杨先生，改日再请先生开方子，公务在身，告辞！

〔关敬陶带着卫兵走了。

〔高自萍长长地出了一口气，转身紧紧握住杨晓冬的双手。

高自萍　（小声地）杨政委，可把你给盼来啦！这是《良民证》，我好不容易才搞到手……

金　环　老高，你咋来晚了？把我们这里搞得多紧张啊。

高自萍　我错了，下不为例！

金　环　杨政委，把你送进城交给老高，我的任务就完成了，我该回去了。

杨晓冬　金环同志，谢谢你！

———— 歌剧《野火春风斗古城》

〔杨晓冬送走金环。

高自萍　杨政委，咱们走吧？

杨晓冬　不，你先行一步，我们分头进城！

〔高自萍离去……杨晓冬面对古城，他感慨万千。

杨晓冬　（唱《抖落征尘抬眼望》）

　　　　抖落征尘抬眼望，
　　　　抬眼望，是我斑斑古城墙。
　　　　满城泪水蘸血光，
　　　　铁蹄下旧恨未雪添新伤。
　　　　荒郊处，黎明前，
　　　　犹闻枪声响。
　　　　党组织遭破坏，
　　　　战友牺牲在古城旁。
　　　　为了脱苦难、求解放，
　　　　好男儿拼洒一腔血，
　　　　今日就把虎穴闯！
　　　　就把虎穴闯！

〔杨晓冬向城门走去……

〔收光。

（幕间合唱《重回古城》）

　　　　又听风铃含情唱，
　　　　又见芳草埋夕阳。
　　　　还是那秦时青砖汉时瓦，
　　　　城门深，小巷长，
　　　　回来了，我的古城故乡。

〔多媒体画面：古城……

3. 地下室

〔插着日本旗的炮楼下，有日本兵在巡逻……

〔地下室上方有几扇小窗，从那里射进几道光束。许多水管呈网络状从这里穿过……

〔银环带着众青年围在几台老式油印机前印制传单。她们的情绪显得有些低落。

女青年　（拿着传单，哭泣）方书记牺牲了，这是他写的最后一篇文章……

银　环　别哭了，大家都别哭了。……方书记是笑着走的，他说过，我们不需要眼泪！（念传单）……壮士们，团结起，赴国难，夺回我河山！同志们，虽然党组织遭到破坏，但是我说过，上级党组织一定很快就会派人来的！

（领唱、合唱《擦干眼泪盼天明》）

云影儿摇，云影儿动，
半遮星月半压城。
熬过寒夜望春风，
擦干眼泪盼天明。
云影儿黑，云影儿浓，
半锁眉头半堵胸。
何时风吹阴云散，
天边闪亮启明星。

〔高自萍带领杨晓冬来到地下室。

银　环　高科长！

高自萍　同志们，我来给大家介绍一下，这位是杨政委，杨晓冬同志，是上级党组织给我们派来的新的领导人。

〔青年们热情地围上去，与杨晓冬握手。

——歌剧《野火春风斗古城》 〉〉〉〉〉

杨晓冬　（与银环握手）……金环同志，没想到我们又在这里见面了？

银　环　（笑了）……我不是金环。

〔杨晓冬愣住……

银　环　金环是我姐姐，我是银环。

杨晓冬　（恍然）对不起……

银　环　没关系，杨政委，我们可把你盼来啦，快给我们说说，上级党组织对我们有什么要求？我们下一步的主要工作任务是什么？

青年们　（热切地）对，快给我们说说吧！

〔看着热血青年们期待的目光，杨晓冬心潮澎湃。

杨晓冬　（激动地）……同志们，八路军百团大战之后，华北的侵华日军正在开展"强化治安运动"，因此，这两年是我们最困难的时候。中央指出，我们敌后抗日根据地的任务是，坚持长期游击战争，"反扫荡"、"反蚕食"、"反清剿"，要想尽一切办法做好瓦解伪军的工作。同志们，现在全中国，从南方到北方，抗日根据地捷报频传。新四军和八路军，还有我们党领导的各个纵队在晋冀鲁豫、在鄂皖、在淮南淮北、在苏中苏北、在浙赣，还有东江、珠江、海南地区，都给敌人以沉重的打击！……

〔青年们情绪高涨，个个摩拳擦掌。

杨晓冬　（激动地）……同志们，我们面对的敌人是凶残的，方书记已经牺牲了，今天我杨晓冬来了！……我发誓：杨晓冬堂堂七尺汉，今天就把命掏出来了！（伸出手）……来，愿意把生命献给党的同志，愿意用生命去换取伟大的抗日战争最后胜利的同志，让我们把手紧紧地握在一起，让我们把生命紧紧地连接在一起吧！

（领唱、合唱《古城战歌》）

让我们用双手把生命相连，

兄弟姐妹肩并肩。

古城的每一道街每一条巷，

都在发出战斗呐喊，

还我失地、还我古城、还我河山！
让我们把双手都握成铁拳，
同志战友齐向前。
古城的每一面墙每一块砖，
都将成为战斗前线，
还我失地、还我古城、还我河山！

〔在杨晓冬的鼓动和带领下，同志们走上街头，投入到抗战斗争中去……

〔银环一直关注地看着杨晓冬，被他的精神和气质所震动，被他的才华和情感所打动……

〔高自萍一直关注地看着银环，久久不忍离去……

（银环、高自萍二重唱《吸引》）

银　环	像一束光影罩下来，
高自萍	从远方飘进心海，
银　环	想你的每次都是甜蜜，
高自萍	见你的每次都是无奈。
合　唱	如果梦是漫长的等待，
	从今能不能擦去往日的空白？
	谁是吸引心灵的主宰？
	我会听从谁的安排？

高自萍　银环……

银　环　（敏感地）……老高，你又喝酒了？杨政委交给你的任务你完成了没有？

高自萍　（得意地）……我正想告诉你，我已经约了关敬陶看戏，你说让杨晓冬见还是不见？

银　环　你能保证不出问题吗？

高自萍　我想过，戏院里各色人等人来人往，便于掩护……万一谈不好，可以趁乱抓捕关敬陶！

银　环　老高，保护杨政委的同志你安排了吗？和关敬陶见面的地方你提前看过了吗？武工队的同志你联系了吗？

高自萍　（笑）银环，我看你快成你姐姐金环了，你过去不是这样，现在怎么也变得像个领导似的？

银　环　我是担心……

高自萍　……我发现，你对杨晓冬很是关心嘛。

银　环　……要保护好杨政委，这可是姐姐交给我们的任务。

高自萍　你就放心吧……银环，公事说完了，咱们说说私事吧？

银　环　什么私事？

高自萍　银环……我就问你一句话，你爱我还是不爱？

银　环　不知道……

高自萍　不知道？不知道就是……爱呀！

〔突然传来警车尖厉的警报声……

〔高自萍扑到银环身后，紧紧抱住她，银环拼命挣脱，用力推开高自萍，高自萍没有站稳摔倒在地上……

〔收光。

4．百乐园戏院

〔关敬陶在包厢内看演出。

〔银环走来，她坐在观众席间……

〔陈瑶坐在楼梯处，她仍在认真地看着小说……

〔高自萍引领杨晓冬来到关敬陶包厢内，而后离去，他走至观众席，在银环旁坐下。

〔片刻的沉默。

关敬陶　……听高科长说你要见我？

杨晓冬　正是。

关敬陶　……有什么事？说吧。

杨晓冬　……关司令也许忘了，我给你送药方子来了。

关敬陶　（猛地回身盯着杨晓冬）……是你？

杨晓冬　（坦然坐下）……关司令近日身体好些吗？

关敬陶　（放松下来）……如果我没记错，你叫杨晓冬，对吧？

杨晓冬　（点头）……好记性。

关敬陶　杨先生，我想问问你给我开个什么样的药方啊？

　　　　（杨晓冬、关敬陶对唱《开药方》）

杨晓冬　　　这药方，早就开好，

　　　　　　三分"熟地"，两钱"冰片"，

　　　　　　一副"虎骨"浸泡……

关敬陶　　　我不懂，这是什么药……

杨晓冬　　　"熟地"，有你乡亲父老，

　　　　　　"冰片"，让你清醒头脑，

　　　　　　少了"虎骨"，你直不起腰！

关敬陶　　　正是为我的妻儿老小，

　　　　　　在人屋檐下，怎能不弯腰？

杨晓冬　　　所以你甘做"半夏"枯草，

　　　　　　岂知"防风"防不住风狂雨暴。

关敬陶　　　骑驴看唱本，还得走着瞧，

　　　　　　前途怎么样，谁也说不好。

杨晓冬　　　日本的"膏药"，已风雨飘摇，

　　　　　　遍地的"丹砂"，正卷起狂飙，

　　　　　　脱去"陈皮"旧衣，猛火煎熬，

　　　　　　否则"当归"无期，命脉难号！

关敬陶　　　骑驴看唱本，还得走着瞧，

　　　　　　前途怎么样，谁也说不好！

　　　　〔银环、高自萍在观众席中，观察、等待着……

关敬陶　（盯着杨晓冬）……你到底是什么人？

杨晓冬　（斩钉截铁）……共产党！

〔关敬陶愕然站起。

杨晓冬　（按住他）……关司令，你怕什么？这可是你的地盘，门外就有你的卫兵，只要你一喊，我是插翅难飞！……不过，我倒想请关司令等一等再叫人，等我给你开完方子，再叫人抓我不迟……

〔关敬陶放松下来。

杨晓冬　关司令，我们党的政策是，只要你不是罪大恶极，我们可以不计前嫌，如果你能够率部起义，可视为有重大立功表现，我们共产党说话是算数的……

关敬陶　（看了一眼四周的环境）……在我的地盘上不许你说共产党！

杨晓冬　（一笑）……说不说并不重要，重要的是你已经和共产党的代表见了面！这件事如果让日本人知道了，我想关司令的日子怕是不好过吧？

〔关敬陶恼怒，拍了桌子！

（杨晓冬、关敬陶对唱《对峙》）

关敬陶　（白）姓杨的！
　　　　　你走不了，你走不了！
　　　　　我这里前有岗后有哨！

杨晓冬　关司令，你也难逃，
　　　　　出了乱子，你的账可怎么交！

关敬陶　（白）你……

杨晓冬　（白）你听好！
　　　　　根据地人民也有一本账，
　　　　　善有善报，恶有恶报，
　　　　　是黑是白，是歹是孬，
　　　　　都记下你不差半分毫！

关敬陶　（恼怒大喊）……来人！

〔杨晓冬右手抄起一把紫砂茶壶，重重地摔在地上，随即掏出手枪顶住关敬陶……

〔银环听到"信号",立即掏出传单向空中抛去……

〔化装潜藏在暗处的武工队员冲出,将关敬陶及其警卫押下……

〔戏院内一片混乱,人们争看传单……

〔传单像雪花一样飘落着……

〔陈瑶拾起传单……

(陈瑶领唱、合唱《捷报》)

  捷报满天,捷报频传!

  捷报满天,捷报频传!

  斯大林格勒大会战,

  红军歼敌三十三万,

  活捉德国元帅弗雷德里希·鲍里斯,

  俘虏整整十五名将官,捷报频传!

  八路军健儿震敌胆,

  百团大战再挥重拳。

  粉碎冈村宁茨十万人扫荡,

  抗日根据地壮大发展,捷报频传!

  捷报满天,捷报频传!

  捷报满天,捷报频传!

〔多媒体画面:"二战"及中国战场上,反法西斯、抗击日寇的历史镜头……

〔收光。

5. 杨母家

〔天色已晚,繁星闪烁。

〔杨母出,坐在窗前纳着鞋底儿……

(唱《思儿》)

————歌剧《野火春风斗古城》

明月光，似银霜，
借着月光细端详。
照的还是我儿铺过的席，
洒的还是我儿睡过的炕，
月影儿下那只粗木箱，
还压着他小时候的旧衣裳。
自从我儿打东洋，
天天倚窗把月望。
昨夜做了一个梦，
见他打了胜仗回家乡，
骑白马，戴红花，
含着热泪叫声娘！
……
难道我今晚梦没醒，
门儿外怎么传来脚步声儿响……
〔银环来到杨母家门口，敲门……

银　环　大娘！
〔杨母急开门。
银　环　（说暗语）……这附近有桃树吗？
杨　母　（对暗语）村东三里有一片桃树林，一到春天……
二人合　桃花开得望不到边……
银　环　（扑进杨母的怀中）……大娘！（急忙掏出一封信）……这是杨政委给分区首长的信。
杨　母　（收好信，拉起银环的手，来到窗前）……你就是银环吧？来，让大娘好好看看你，……和你姐姐长得真像！你娘可真有本事，咋就生下你们姐俩都这么俊俏！
银　环　大娘……
杨　母　孩子，本该是我上城里去取这封信，这几十里路，累坏了吧？

银　环　　大娘，您这么大岁数还当交通员，真让人敬佩，我年轻，还是我多跑跑吧，再说，我……我早就想来看看您……

杨　母　　孩子，来，给你火，帮大娘把灯点上，让大娘好好看看你。

银　环　　大娘，还是省着点儿吧？

杨　母　　姑娘，你姐姐金环总和我说起你，你和我家冬儿在一块儿工作。
　　　　　〔银环点点头。

杨　母　　本来说好了过年回来的，可连个人影儿也没见着……

银　环　　杨政委可忙啦，这几天正研究着要抓关敬陶呢！

杨　母　　冬儿外表和善，心里头耿直，和我一样，有股子倔脾气。你们在一块儿工作，你可要多担待他……孩子，快，把灯点上。

银　环　　大娘，瞧您说的，杨政委是我们的领导，和他比起来，我们都显得很不成熟……

杨　母　　你们拿他当领导，可在我眼里，他还是个孩子，说起来是个政委，其实比你们大不了几岁……

银　环　　大娘，我还真没问过他多大了？

杨　母　　别看他胡子拉碴的，满打满算还不到二十七呢……

银　环　　（划着一根火柴点油灯）……那杨政委一直就没找一个？

杨　母　　（叹了口气）……说起来，有一个。
　　　　　〔银环愣住，一直到火柴烧着手指头的时候才意识到。

杨　母　　就是我们后街的，小时候就订了亲，后来他们一块参加了工作，再后来上级调她去受训，也就是半年的工夫，回来的路上牺牲了……（从手腕上取下一个玉镯……）
　　　　　……唉，这只玉镯不知道啥时候能戴到儿媳妇手上啊？
　　　　　（杨母、银环二重唱《玉镯》）

杨　母　　　最美的玉石都埋在老坑，

银　环　　　地火孕育出水色晶莹，

杨　母　　　珍藏它的人儿期盼梦想成真，

银　环　　　追寻它的人儿希望爱永恒。

——歌剧《野火春风斗古城》

杨　母	称心的玉石都通人灵性，
银　环	有缘你才会和它相逢，
杨　母	不识它的人儿也许擦肩而过，
银　环	懂得它的人儿无悔这一生。
杨　母	这是我祖上留下的一条根，
	不知它身后传给谁人？
银　环	都说天下可怜父母心，
	儿女的大事托付谁身？

〔银环和杨母相拥在一起……

〔收光。

6．芦苇荡

〔晨雾弥漫，杨晓冬伫立在苇丛中……

〔关敬陶被押上……

杨晓冬　关司令，你想好了吗？

关敬陶　（紧张地四下看着，而后仰头向天长长地出了一口气）……再过三天就是我的生日了，看来，我是等不到那一天啦！……杨先生，我有一个请求。

杨晓冬　请讲。

关敬陶　（深情地摘下手上的戒指）这是结婚时我太太送给我的结婚纪念戒指，我死以后请把它还给我太太，她还年轻，她……

杨晓冬　关司令，你想错了，我们要想处决你，绝不会带你来这样一个干净的地方……　（将关敬陶的手枪和皮包还给他）

关敬陶　（惊异地）你们……是要放我回去？

杨晓冬　（笑着）关司令，没有想到吧？

关敬陶　（笑了）……是是，我以为这次我是死定了！

杨晓冬　知道我们为什么要放你回去吗？

关敬陶　（想了一下）……杨先生，请恕我直言，我关敬陶可以将个人的生死置之度外，可是我不得不为我手下的千把个弟兄和我的家眷的安危和前途着想！你们八路军才有几万人，加上国军有几百万人，还有飞机大炮，但是，就中日双方的力量对比而言，强弱是显而易见的！要打败日本人，谈何容易呀！

〔金环撑船而至。

杨晓冬　关司令，我们并不否认敌我双方军事力量的对比，但是，请你不要忘了，我们中国有四万万同胞，只要我们每一个中国人，都能以浩然之气概，不屈之节操，赴汤蹈火，殊死奋战，燃烧起人民战争的熊熊烈火，就能从根本上改变中日双方的力量对比，早晚有一天，会把日本人从我们的国土上赶出去！

关敬陶　……你们到底要我做什么？

金　环　我们要的是你做中国人的良心！假如我们每一个中国人，都能将个人安危置之度外，横刀敌阵，碎死沙场，像杨靖宇、赵一曼，像张自忠、赵登禹、佟麟阁将军那样，以身殉国，还愁打不过日本人吗？

杨晓冬　关司令，今日一别，总还会有见面的机会，我们就等着看你的行动了！

金　环　关司令，别忘了家乡父老在等着你起义的消息！

关敬陶　让我再好好想一想……

（关敬陶、金环、杨晓冬三重唱《乡谣》）

杨晓冬　　乡间炊烟暖，

　　　　　乡下古井深，

　　　　　乡音说咱们是老乡，

　　　　　血脉一条根。

金　环　　乡学百家姓，

　　　　　乡书三字经，

　　　　　乡情叫咱们是老乡，

　　　　　做人图良心。

杨晓冬、金环

　　　　　　　　回乡的路多坎坷，

　　　　　　　　村口等着归家的人。

　　　　　　　　回乡的天有早晚，

　　　　　　　　天黑天亮都为你开着门。

关敬陶　　　乡谣声声亲，

　　　　　　　　乡谣字字沉。

　　　　　　　　从小会唱的是乡谣，

　　　　　　　　烙着中国印！

杨晓冬、金环、关敬陶

　　　　　　　　回乡的路多坎坷，

　　　　　　　　村口等着归家的人。

　　　　　　　　回乡的天有早晚，

　　　　　　　　天黑天亮都为你开着门。

合　　唱　　乡谣声声亲，

　　　　　　　　乡谣字字沉。

　　　　　　　　从小会唱的是乡谣，

　　　　　　　　烙着中国印！

　　　　　〔关敬陶向金环、杨晓冬深深地鞠躬，而后撑船离去……

　　　　　〔杨晓冬、金环向关敬陶招手告别……

　　　　　〔收光。

7．街头

　　　　　〔高自萍拿着酒瓶子，摇摇晃晃地在深夜的街上走着……

高自萍　　（唱《今朝有酒今朝醉》）

　　　　　　　　今朝有酒今朝醉，

　　　　　　　　对酒当歌人生美。

　　　　　　　　今朝有酒今朝醉，

真是活人见了鬼。
月亮怎么地上坠,
灯泡怎么天上飞,
电杆怎么歪着长,
包车怎么斜着推。
哎呀,醉、醉、醉!
今朝有酒今朝醉,
对酒当歌人生美。
今朝有酒今朝醉,
真是活人见了鬼。
爱情本想鱼得水,
好梦被他搅成灰。
哪点我不比他配。
叫他看看我是谁!
哎呀,醉、醉、醉!
今朝有酒今朝醉,
对酒当歌人生美。
今朝有酒今朝醉,
真是活人见了鬼。
哎呀,醉、醉、醉!

〔高自萍痛不欲生,开始歇斯底里般地大叫起来……
〔几个一直跟踪高自萍的特务的身影在路灯下闪过……
〔金环急匆匆走来。

金　环　（环视四周）……老高,出什么事啦?
高自萍　（仍醉意地）……告诉我杨晓冬在哪儿,我要见他!
金　环　（生气地）你怎么醉成这个样子?……
高自萍　我要见杨晓冬,我要告诉他,我爱银环,银环是我的……
金　环　（愤怒）……你疯啦?我跟你说过多少次,没有紧急情况,不能违犯纪律，你倒好，不但违犯纪律把我约到这个地方来，而且居然是为了你个人的感情问题……高自萍同志，你太过分了，你应该好好地冷静一下，这样下去，早晚是要出事的！
〔就在这时，特务们上前将金环和高自萍抓住，押走……
〔收光。

8. 刑讯室

〔刑讯室内，摆放着各种刑具。
〔高自萍低头站在多田的身旁……

多　田　（多田用欣赏的目光看着那些刑具……唱《中国是一位老人》）
　　　　饮罢你的琵琶美酒，
　　　　斟上你的龙井香茶，
　　　　醉看你昨夜西风凋碧树，
　　　　梦听你隔岸犹唱后庭花。
　　　　我迷恋你古老的中国，
　　　　我迷恋你五千年的文化，
　　　　我痛惜你年迈的支那，
　　　　当年的文治武功，
　　　　守不住今天的家。
　　　　我神明的天皇陛下，
　　　　要收拾你金瓯碧瓦，
　　　　我威猛的帝国武士，
　　　　能吞尽你天宝物华。
　　　　我要你重造一个王道乐土的天下，
　　　　共荣我的大东亚！
　　　　高先生，上苍给每个人只有一条生命，你愿意把它留在这间屋子里吗？我给你五分钟……不，十分钟的时间，我想，你应该有一

个明智的选择。(离去)

高自萍　(跌跌撞撞地环视着那些刑具……唱《终日黑暗惊慌》)

今夜星空迷茫，

今夜月亮昏黄。

就在这间阴暗的牢房，

多少人和我一样面临着死亡。

他们有人高声背诵《满江红》，

他们有人蘸血狂草《零丁洋》。

外面有道亮光，

向我招手摇晃。

这是一个可怕的念头，

它会让我一生跪在地上。

不要看着我，眨眼瞧的星星！

不要盯着我，咧嘴笑的月亮！

走开吧！走开吧！走开！

明天的我已经是另外一个模样，

走开吧！走开吧！走开！

明天的我像老鼠一样活着，

终日黑暗惊慌、惊慌。

〔铁链下的革命志士们鄙视着高自萍……

〔陈瑶注视着高自萍……

〔高自萍痛苦地跪在地上。

〔收光。

9. 日军茶室

〔日军顾问多田边喝茶边欣赏着日本歌舞伎的表演。

〔一个日本军官走来。

军　　官　报告，关敬陶来了。

多　　田　查清楚了吗？失踪的那个晚上他到底干什么去了？

军　　官　据高自萍交待，那个叫金环的女八路曾经说过要亲自和关敬陶谈一谈，不过，他说他真的不知道他们是不是见过。

多　　田　（笑）那好，就让他们在这里见面，那个晚上究竟发生了什么，就一目了然了！……请关司令！

〔日本军官点头后转身喊道：请关司令！

〔片刻，关敬陶快步走来。

关敬陶　多田顾问找我有事？

多　　田　（示意关坐下）……关司令最近在忙什么？

关敬陶　（一笑）……还能忙什么？强化治安运动。多田顾问，你……

多　　田　（摆手）……不要急，没有什么大事，我只是想请关司令和我一起品品茶。

关敬陶　（意外）……品茶？

多　　田　（手势）……请吧！（品茶）……我很喜欢喝你们中国的茶，特别是绿茶，不仅清热祛火，回味悠长，更能够让人头脑清醒，保持冷静。……这杯清茶对关司令来说，也许……

关敬陶　（微微一怔）……多田顾问的话，我有点不明白。

多　　田　（一笑）那就请你见一个人，我的一位客人……（拍了一下手）

〔金环被带来。

〔关敬陶愣住，多田注意地观察着关敬陶的表情。

（关敬陶、金环、多田对唱《生命的光彩》）

关敬陶　　她的眼睛看得直让我心跳，

多　　田　　这样的见面你们恐怕没想到，

金　　环　　鬼多田他休想一箭双雕！

多　　田　（白）关司令，你认识她吗？说不定你们是老朋友吧？

关敬陶　（白）老朋友？不……不，我不认识。

金　　环　（白）姓关的，你不认识我，可我认识你！

关敬陶　（白）小姐……，你，你认错人了吧？

金　环　（白）砸碎了骨头扒了皮，我也认识你！你带着宪兵队烧了我家的房，杀了我的爹娘，你伤天害理！

关敬陶　　她大义凛然为我解脱圈套，

多　田　　她滴水不漏看来很有头脑，

金　环　　他老奸巨猾你要应酬机巧！

多　田　（白）关司令，你们都是中国人，你应该好好地劝劝她……

关敬陶　　识时务者为俊杰，

　　　　　在人屋檐下，怎能不弯腰。

金　环　　咱们的家园叫中华！

　　　　　你数典忘祖遭耻笑！

关敬陶　　走不了阳关道，还有独木桥，

　　　　　留得青山在，不怕没柴烧。

金　环　　你想一想南京大屠杀血迹未干，

　　　　　你看一看华北万人坑尸骨未寒，

　　　　　你可以青山有柴，却无颜面对

　　　　　苦难煎熬的四万万同胞！

关敬陶　　人的生命只有一次，

多　田　　人的生命只有一次，

金　环　　生命只有一次，

　　　　　更应该光彩照耀！

　　〔多田示意关敬陶退下。

　　〔关敬陶退下。

多　田　（拍手示意，日本侍女端给金环一杯茶）……金环小姐，我们可以坐下来慢慢谈。

金　环　没什么好谈的，要杀要砍，去什么地方？

多　田　金小姐，你还不了解我，要想杀你，很容易，在我看来，要想和你交朋友，倒是一件不容易的事情。我们大日本皇军来到中国，

———歌剧《野火春风斗古城》

　　　　　不是为了杀你们中国人，是想和中国人交朋友……

金　环　交朋友？（蔑视地一笑）……我倒想听听你和我怎么交朋友？

多　田　交朋友需要互相了解，这要有一个过程，如果你同意，我们可以慢慢来，你放心，我不会让你坐牢，更不会给你上刑，我可以给你安排一个别墅，你可以很舒适地生活，听听音乐，跳跳舞……请喝茶……（唱《享受生活》）

　　　　　美丽的中国姑娘，

　　　　　青春像樱花绽放，

　　　　　花开只是一瞬间，

　　　　　应该尽情享受爱情和阳光。

　　　　　常言道人生苦短，快享受！

　　　　　别等它来日方长，快享受！

　　　　　用你的金环玉佩、粉黛红妆，

　　　　　用你的七情六欲、奇思妙想，

　　　　　用你的金环玉佩、粉黛红妆，

　　　　　用你的七情六欲、奇思妙想，

　　　　　别等它来日方长……

多　田　……你看，我还忘了，你只需要在报上发表一个声明，脱离共产党……

金　环　……多田顾问，那就请你为我召开一个记者招待会吧。

多　田　好，没有问题！你看，我们不是可以交朋友了吗？

　　　　〔多田拍手示意，众日本侍女将一盒化妆品放在金环面前。

多　田　金环小姐，为了表示我的诚意，这是送给你的一套日本出的化妆品，请慢用……（离去）

　　　　〔日本侍女们推着镜子，在一旁伺候着……

金　环　（注视着镜中的自己）……这一天终于来了。金环，和自己告个别吧。你是党的女儿，你应该用行动告诉党，让党放心，让党知道它的女儿为它献身是多么的光荣和自豪……（唱《永远的花样

年华》)
　　　让远山描我的黛眉，
　　　让流水梳我的秀发。
　　　战火中的女儿还是这样俊美，
　　　永远的花样年华。
　　　也没有抹过那胭脂红，
　　　也没有披过银婚纱。
　　　战火中的女儿还是这样年轻，
　　　永远的花样年华。
　　　月亮，你再照照我，
　　　星光，你再看看我，
　　　战火中的女儿还是这样坚强，
　　　永远的花样年华。
　　　明天我将会变成一颗星，
　　　从九天轻轻划下。
　　　落到高山，我是长春藤，
　　　落到大海，我是珊瑚花，
　　　落到大平原，我是芳草绿，
　　　野火春风又吐新芽。
　　　让远山倾听我的呼唤，
　　　让流水记住我的回答。
　　　战火中的女儿还是这样俊美，
　　　永远的花样年华！
〔金环隐去……
〔暗　转。
〔中外记者相继议论纷纷。
（合唱《今天有新闻》）
　　　新闻，新闻，今天有新闻！

　　　　　　新闻，新闻，今天有新闻！
　　　　　　来吧，快举起我的镁光灯，
　　　　　　来吧，快打开我的采访本。
　　　　　　葫芦卖的什么药？
　　　　　　多田这个老顾问，
　　　　　　听说记者招待会，
　　　　　　换了新闻发布人！
　　　　　　快出来吧，快出来吧，
　　　　　　快出来吧，急煞人！
　　　　〔多田及关敬陶显现。
多　田　女士们，先生们，今天我要向你们介绍一位美丽动人的中国姑娘，在今天之前，她还是本地共产党的一位负责人，一会儿，她本人会告诉你们一个重要的消息，（转身）……有请金环小姐！
　　　　〔在记者们连续的闪光灯里，金环出现。
金　环　（轻声地）……今天，我要向各位宣布一个重要决定，宣布之前，我先介绍一下我自己……（唱《胜利时再闻花儿香》）
　　　　　　我家住在古城边，
　　　　　　小村连着大平原。
　　　　　　清晨放羊我挥鞭，
　　　　　　傍晚家家起炊烟。
　　　　　　那年卢沟枪声响，
　　　　　　战火烧到我家园。
　　　　　　水也不再清，天也不再蓝，
　　　　　　只见那城墙上弹洞斑斑！
　　　　　　乡亲们流血泪，
　　　　　　爹娘他死得惨，
　　　　　　国恨家仇在眼前，
　　　　　　我肩上的书包换成了枪杆！

　　　　　　燕赵大地多豪杰，

　　　　　　古有易水寒，今有狼牙山。

　　　　　　金环我虽是女儿身，

　　　　　　宁为玉碎，不为瓦全！

多　田　（暴怒地站起。咬着牙，拍着桌子）……八嘎！

　　　〔中外记者立即拍下多田暴怒的神态，面对中外记者的照相机，多田只好收敛怒容。

金　环　　你们说的王道乐土，

　　　　　　你们说的大共荣圈，

　　　　　　你们却在侵略霸占，

　　　　　　野蛮凶残，灭绝人寰。

　　　　　　你们犯下的罪行罄竹也难书，

　　　　　　你们欠下的血债要用血来还！

　　　〔金环猛地从头发上拔出一支银簪子，向多田刺去，多田闪身被刺伤，掏出手枪勾动扳机……

　　　〔众记者在惊叹中拍下这一中国女人震撼人心的场面……

　　　〔金环慢慢倒下……

　　　〔众日本兵架起被刺伤的多田离去。

　　　〔众记者们围拢在金环身旁。

金　环　　再见了，我的故园黄花，

　　　　　　再见了，我的古城碧天。

　　　　　　胜利时再闻花儿香，

　　　　　　还我中华好河山！

　　　〔关敬陶、陈瑶注视着……

　　　〔金环隐去。

　　　〔记者们相继隐去。

关敬陶　她死了，我还活着……

陈　瑶　她死了，我们还活着……

〔舞台上,两张桌子上的烛光下分别摆放着生日蛋糕、生日面条……

(关敬陶、陈瑶重唱、合唱《生日》)

关敬陶　　一年只有这一天,
　　　　　花开太仓促。
　　　　　一天过去是一年,
　　　　　花落有谁数。
　　　　　点燃生日的红蜡烛,
　　　　　说一声祝福。
　　　　　是你划亮的火焰,
　　　　　在生命最深处。

陈　瑶　　一年只有这一天,
　　　　　光阴莫虚度。
　　　　　一天过去是一年,
　　　　　远方是征途。
　　　　　点燃生日的红蜡烛,
　　　　　说一声祝福。
　　　　　是你划亮的火焰,
　　　　　在生命最深处。

合　唱　　一年只有这一天,
　　　　　花开太仓促。
　　　　　一天过去是一年,
　　　　　花落有谁数。
　　　　　点燃生命的红蜡烛,
　　　　　说一声祝福。
　　　　　是你划亮的火焰,
　　　　　在生命最深处。
　　　　　一年只有这一天,

　　　　光阴莫虚度。

　　　　一天过去是一年，

　　　　远方是征途。

　　　　点燃生日的红蜡烛，

　　　　说一声祝福。

　　　　是你划亮的火焰，

　　　　在生命最深处。

　〔关敬陶、陈瑶在两个不同的时空中，感受着金环壮烈牺牲的意义；传递着各自的情感……

　〔多媒体画面：相继显现"花瓣儿飘落……"、"金环在剧中出现的影像……"；同时叠入"现代建筑……"、"现代人流、车流……"

　〔影像及舞台物象相继隐去……

　〔收光。

10. 古墙残垣

　〔杨晓冬扶住墙头……

　〔银环将头埋在杨母怀中痛苦地抽泣……

杨晓冬　……金环同志牺牲得很壮烈！

　〔银环……

杨　母　小鬼子又欠下我们一笔债呀！……孩子，哭吧，哭出来会好受些。

杨晓冬　不！我们没有时间流眼泪，银环同志，你姐姐想看到的是，我们更坚强地去战斗！

银　环　（擦了擦眼泪）杨政委……

杨晓冬　……情况很紧急，娘，这份起义计划书要马上送到分区去！银环同志，下一步，我们两个单线联系，你的主要任务，立即了解一下是否还有其他同志被捕？会不会出现叛徒？！

〔银环点头。

杨晓冬　娘……儿子不孝，不仅没有在身边伺候你，反倒让你老人家风里来雨里去地送情报……

杨　母　别说了，……不打跑小鬼子，咱老百姓的日子过不安生！冬儿，你们赶紧走吧，娘也该上路了！银环姑娘，从今往后，大娘家就是你家，大娘和冬儿就是你的亲人！

银　环　大娘，杨政委……

杨晓冬　银环，娘……

杨　母　冬儿……

三　人　（同时）……保重，多保重！（唱《道别》）

杨　母　　还是这一声道别，

银　环　　又多了一番重托，

杨晓冬　　望前路，多坎坷，

银　环　　心难平，情难舍，

合　唱　　情难舍。

杨晓冬　　没有国哪有家，

　　　　　没有家哪有我。

　　　　　七尺男儿身，

　　　　　敢闯血与火，

　　　　　此别无牵挂，

　　　　　唯有家与国。

合　唱　　精忠报国，匹夫有责，

　　　　　精忠报国，重整山河。

重　唱　　还是这一声道别，

　　　　　又多了一番重托，

　　　　　待到野火烧尽时，

　　　　　牵手春风再相握。

〔三人告别，隐去……

〔收光。

11．天主教堂

〔教堂的钟声响起……

〔教堂外有特务的身影闪现。

〔修女们在《圣母玛利亚》的圣歌声中，祈祷……

高自萍　（蜷缩在角落里……唱《信仰是什么东西》）（歌词大意）

　　　　啊，圣玛利亚！温柔的母亲！

　　　　圣明的主啊告诉我，

　　　　人生有什么意义？

　　　　万能的主啊告诉我，

　　　　信仰是什么东西？

　　　　说它的人也许正在身不由己，

　　　　为它的人不过是在替他人做嫁衣。

　　　　还给我，还给我，主啊，

　　　　把我的爱情我的银环还给我！

　　　　还给我，还给我，主啊，

　　　　爱情是我的归宿，

　　　　银环才是我的唯一。

〔银环焦急地走来……

银　环　（急切地）……老高，有急事吗？

高自萍　（点点头）真不忍心告诉你，我得到一个很坏的消息……

〔银环睁大眼睛……

高自萍　杨晓冬的母亲被捕了……

银　环　（片刻）……我已经知道了！

高自萍　（愣了一下）……那杨晓冬呢，他也知道了？

〔银环点点头……

高自萍　我们要尽快想办法把老太太救出来……

银　环　你有什么办法？

高自萍　我就是为这个才急着找你，我必须马上见到杨晓冬……只有你才知道他在什么地方。

银　环　组织上有规定，在这个时候，任何人都不能见他。

高自萍　银环，你怎么糊涂啦，是我要见杨政委，又不是外人，再说，我找他是为了商量营救老太太的事情……

银　环　你真是为救老太太的事？

高自萍　十万火急，万一老太太被转移到别的地方，我们就一点办法都没有了……

银　环　（想着）那……

高自萍　唉呀，你都要急死我了！快告诉我，杨晓冬在哪儿？

银　环　在……我们约好，四点钟在关帝庙见面。

高自萍　（看表）……四点？

银　环　走吧，我们一起去吧？

高自萍　（想了一下）……原来我有个朋友的约会，我打个电话，马上就来。（慌忙离去）

〔银环见高自萍神态反常，急忙跟了过去……

〔银环清楚地听到高自萍对特务说："……下午四点，对，马上就到了，地点是关帝庙！"

〔银环震惊，呆在那里。

〔高自萍回来了。

高自萍　你怎么了，脸色很不好？

银　环　（克制着）……给你的朋友打过电话了？

高自萍　（显得轻松起来）……打过了。

银　环　（冷冷地）……差一点忘了，我也有一个……不好的消息！

高自萍　（愣了一下）……什么消息？

银　环　（盯着他）……我们党内出了叛徒！

高自萍　（愣了片刻，故作镇定）……是吗？你怎么知道？

银　环　你能帮我分析一下吗，这个叛徒是谁？

高自萍　（一笑）银环同志，这可不是小事情，我们不能没有根据地怀疑我们的同志……

银　环　如果有根据呢？

高自萍　有根据？……那你说说，你有什么根据？

银　环　电话！你刚才打的那个电话就是根据，你，高自萍……就是叛徒！

高自萍　你说我是叛徒？银环，……我看你是太紧张了，精神上受了刺激。

银　环　（爆发地）……你骗我！你一直在骗我！你就是叛徒！

〔银环转身欲走，被高自萍拦住。

高自萍　站住！你要去哪里？

银　环　关帝庙！

高自萍　你不能去！日本人的宪兵队已经把那里包围了！

〔银环一阵晕眩，几乎跌倒，高自萍想上前扶她，被银环用力地推开……

〔银环欲冲出去，被高自萍用枪顶住……银环上前夺枪，被高自萍推倒……

高自萍　（唱《跟我走吧》）

　　　　　　这一切都是为了你，
　　　　　　对天发誓我是多么地爱你！
　　　　　　我不能看你走上绝路！
　　　　　　你不能去，你不能去！

〔银环撕心裂肺地笑了……

高自萍　（白）你笑什么？

银　环　（白）我笑你终于说出了实话……

高自萍　（白）银环，别傻啦！你姐姐死了，杨老太太也已经被抓了，四点钟，杨晓冬也会被捕，现在只剩下我们两个啦。银环，跟我走吧……

　　　　　　找一个安宁的地方，

　　　　　　我们需要甜蜜的爱情！

　　　　　　你不能去，你不能去！

　　　　　　我们已经为此做出牺牲，

　　　　　　不能再去白白搭上性命！

　　　　　　跟我走吧，跟我走吧，

　　　　　　我爱你！

　　　　〔银环一记耳光抽向高自萍，同时夺过手枪……

银　环　你这个无耻的叛徒！

　　　　〔银环开枪，高自萍毙命……

　　　　〔银环转身向教堂外边跑去……

　　　　〔多媒体画面：大雨如注……

　　　　〔大雨中，路人撑伞匆匆而行，银环拼命奔跑着……

银　环　（唱《心追风雨》）

　　　　　　风啊，请带上我吧！

　　　　　　雨啊，请捎上我吧！

　　　　　　狂风啊，暴雨啊，

　　　　　　有一颗心在把你追赶。

　　　　　　狂风啊，暴雨啊，

　　　　　　那一颗心啊它含着泪花。

　　　　　　风啊，请带上我吧！

　　　　　　雨啊，请捎上我吧！

　　　　　　用我的生命和你交换，

　　　　　　就让那轻信被风吹散。

　　　　　　用我的灵魂向你负荆，

就让那悔恨被雨洗刷。

我不乞求你谅解，

我只希望你回答。

风啊，请带上我吧！

雨啊，请捎上我吧！

狂风啊，暴雨啊，有一颗心在把你呼唤，

狂风啊，暴雨啊，那一颗心啊它溅着血花。

风啊，请带上我吧！

雨啊，请捎上我吧！

天啊，请你醒一醒，

地啊，请你听一听，

你是风雨我是沙，

一生随你到天涯！

〔警报声响起……

〔多媒体字幕："下午四点，关帝庙前，杨晓冬被捕。"

〔银环昏倒在地上，大雨滂沱……

12. 日军司令部

〔刑讯室里，日军行刑的身影晃动……

〔多田端坐着，关敬陶内心十分痛苦地站在一旁，他紧锁眉头。

多　　田　（注意到关敬陶的表情）关司令，我知道你对你的同胞怀有深深的同情，你甚至会觉得我们日本人过于残忍……不过，我要教给你的不止这些，这只是表面的残忍，我还要告诉你什么是内心的残忍！没有这个，要想征服一个民族是不可能的……

〔多田击掌示意，日本兵分别将杨晓冬和杨母押上……

〔杨晓冬一眼看到母亲，他奋不顾身地扑过去，被日本兵架住……

———歌剧《野火春风斗古城》

杨晓冬　（感情无法控制地暴怒起来）……多田！你这个王八蛋！有种的你冲我来！你为什么要折磨我的母亲？放开她！……你们真是一群畜生！……你们等着！只要我杨晓冬还活着，我会把你们碎尸万段！

〔多田摆了一下手，日本兵松开杨母和杨晓冬……

〔杨晓冬扑向母亲，猛地跪在母亲跟前……

杨晓冬　（声嘶力竭地）……娘！

杨　母　（顽强地站立着）……冬儿？……冬儿！

〔母子紧紧地抱在一起……

杨晓冬　（唱《不能尽孝愧对娘》）

娘啊，是我连累了你！

不能尽孝愧对娘！

疼我的娘，爱我的娘！

多少回梦里扑进娘的怀，

多少回母子相依诉情肠。

那一年孩儿我七岁上，

寒冬腊月灾难降。

可恨那地主黑了心，

吞财害死我的爹，又把孩儿伤！

娘含泪带着孩儿走他乡，

一路上北风呼呼响。

白天讨的千家饭，

夜晚睡在破庙堂。

娘啊你裹着那件老棉袄，

把儿紧紧搂在身旁。

儿是娘的心头肉，

娘是儿的挡风墙。

含辛茹苦将儿拉扯大，

指望着过上好时光。

娘也盼来儿也想,

谁知日寇来了起祸殃。

娘啊你送儿出征上前方,

三更半夜守寒窗。

更叫儿心中多敬佩,

娘把交通员来当。

娘说鲜血要和孩儿一起洒,

没有儿娘也不活在世上!

男儿膝下有黄金,

只跪天地和娘亲。

我跪,我跪,

只跪天地和娘亲!

〔杨晓冬跪在母亲面前,随即母子紧紧地抱在一起……

〔多田、关敬陶在一旁,怀着各自的心境注视着……

杨　母　冬儿,娘知道鬼子让咱们娘儿俩见面是啥意思。他以为娘见到你,娘的心就软了,他以为你见到娘,你的心就变了,可他想错了!娘见到你,知道你还是个硬汉子!……冬儿,那句老话是怎么说的?(唱《娘在那片云彩里》)

春打六九头,

七九河开,八九燕来,

眼看着春天就要来!

一到春天,咱们家的那片田,

麦子返青,柳树发芽,地暖生烟。

桃花红,梨花白,

杏花开,李花艳,

榴花如火一团团,

菜花似金一片片。

房前屋后，望不到边的荷花淀。

数不尽，捧着心，抱着瓣，

它撑着伞，摇着船，

那是出泥不染的并蒂莲。

村里村外都是香，

家里家外笑语欢。

冬儿啊，你抬头看，

日头亮，天空蓝，

花香直扑云彩里，

娘把家搬到那片云里边……

杨　母　（最后端详着儿子……）儿要记着，不管娘出啥事，你都要为娘高兴，娘没有给你丢脸。

〔杨母说完一把将儿子推倒在地上，而后转身向那扇窗户奔去，她用力推开窗户，纵身向楼下跳去……

〔杨晓冬悲痛欲绝……

〔象征楼顶的铁架断裂……

杨晓冬　多田！你这个畜生！我和你拼了！（扑向多田……）

〔多田抽出军刀……

〔关敬陶拔枪将多田击毙……

〔杨晓冬与关敬陶的双手紧紧握在一起……

（混声合唱《古城战歌》）

让我们用双手把生命相连，

兄弟姐妹肩并肩。

古城的每一道街，每一条巷，

都在发出战斗呐喊，

还我失地，还我古城，还我河山！

〔多媒体字幕叠画面："关敬陶率部起义，随杨晓冬与党领导的主力部队汇合，投入抗日斗争的战场"；"抗日战争中，打击日本侵略者的历史影像资料"……

13. 古城下

〔陈瑶走来……

〔陈瑶的画外音:"爷爷,学校放假了,我没有回家,来到那本小说里写的古城脚下,在这里,我回想着小说里写的故事,想象着金环、银环,还有杨晓冬和杨母、关敬陶究竟是什么样子……爷爷,这里很安静,我突然觉得,他们就会从这古城里走出来,真的,我好像听见了他们的脚步声……"

(陈瑶领唱、合唱《再回来》)

等我的是你吗?把城门打开,
离离芳草扑进了心怀。
抚摸你那石墙上长满记忆的青苔,
拂去岁月的尘埃。
茶楼上听你讲野火春风的故事,
生死相依分不开。
跟着你的脚步,感觉你的爱,
心儿跳着同一个节拍。
我知道有一份承诺不需要表白,
彼此在心底珍埋!
再回来,再回来!
我的英雄儿女,
我的激情年代。
再回来,再回来!
与你结伴同行,
我们永不分开。
啊,再回来!

〔古城墙、残垣断壁在陈瑶面前一一划过……
〔历史中的革命先烈们依次从城门中走来……

(《重回古城》)

又听风铃含情唱，

又见芳草埋夕阳。

还是那秦时青砖汉时瓦，

城门深，小巷长，

回来了，我的古城故乡。

又听风铃含情唱，

又见芳草埋夕阳。

春风里几度野火烧不尽，

女儿墙，男儿梁，

回来了，我的古城故乡。

当年离别你，走进青纱帐，

盼望这一天，我要重回你身旁。

寻着你的影，接过你的枪，

盼望这一天，我要重回你身旁。

又听风铃含情唱，

又见芳草埋夕阳。

回来了，我的古城故乡。

〔歌声中，杨晓冬、金环、银环、杨母、关敬陶、高自萍、多田依次与陈瑶擦肩而过，缓缓前行……

〔歌声中，多田向杨晓冬、金环、杨母、全体观众深深地鞠躬……

〔歌声中，全体演员谢幕……

〔剧终。

精品提名剧目·歌剧

羽　娘

编剧　胡宏伟

致观众

　　拂去历史的烟尘，打开发黄的书页，仿佛听到了那遥远的回声。一个古老的故事跨越时空，正鲜活地向我们走来。

　　——大唐盛世，万千气象；大漠烽烟，铁马冰河。一件寒衣，一方手帕，千里寄情；一段奇缘，一曲浩歌，万载传颂。

　　血与泪在这里播洒，爱与梦在这里生长。

　　当你走进了这个故事，用目光去解读，用心灵去触摸，用思绪去追寻，你会感悟很多很多……

时间

唐开元十四年（公元七二六年）秋至翌年春。

地点

长安城、西域边塞军营、战场。

人物

羽　娘　十六岁，宫中侍女。
李　朔　二十五岁，武士首领。
皇　帝　四十岁。
皇　后　三十岁。
老军士　五十岁。
太　监　四十五岁。
小武士　十四岁。
武士甲、乙、丙、丁
众将士
宫女甲、乙、丙、丁
众宫女

————歌剧《羽娘》》》》》》

序　幕

〔观众步入剧场，映入眼帘的是一幅巨大的画幕。画幕上是一尊盛唐时期的裸体少女雕像，秀丽的面容，婀娜的身姿，犹如彩云追月，柔纱缠绕更显飘逸。一对巨大的翅膀扶摇云海，一双明眸俯瞰人间。透过纱幕隐约可见盛唐恢宏壮阔的战争场面，将观众带到神奇的戏剧氛围之中。

〔悠扬的钟声响起，剧场压光，灯光照着身穿盛唐服饰的众宫女慢慢地从乐池走到舞台上。

〔幕启，几十位宫女翩然起舞。古老的埙与富有唐风韵味的舞蹈，展示特定的时空。

〔灯暗转。暮色中，茫茫大漠，狂风呼啸。纷纷扬扬的雪花染白了唐朝守军巍峨的城堡。城堡上布满了鏖战的痕迹。

〔报时守更的梆子声在夜色中传得很远，很远。

〔老更夫冒着寒冷敲着梆子，报着时更，由于冻僵倒在雪地上。小军士来到老更夫面前用嘴向双手哈着热气，拾起更梆，背起老更夫，又继续敲打着巡更的梆子行走在冰雪中。

〔雄浑的男声合唱与哼鸣，豪放中透出一丝悲壮。

（领唱与合唱《热血吴钩照汗青》）

李　朔　　山几重，水几重，
　　　　　披星戴月边塞行。
　　　　　自古男儿赴国难，

热血吴钩照汗青。

啊……

众军士　　今朝倚天拔剑起，

笑指沙场火正红。

〔歌声中，着白色盔甲、饥寒交迫陷入困境的将士们，沉重艰难地前进；倒下去一个，又倒下去一个。李朔眼看着这一个个倒下去的将士，心情无比地悲痛。突然间，长空传来一声鸟鸣，一只洁白的雪望鸟盘旋在天空，随着音乐在飞翔。

〔李朔抬头看见天空中的雪望鸟，难以压抑悲痛的心情，拿起了弓箭对准飞鸟就要射去。此时，只听一声"李将军，且慢——"，原来是站在城堡最高处的老军士在呼喊。

〔李朔与众将士奔向老军士，围拢在他的身旁。老军士凝望着飞翔在空中的雪望鸟，用颤抖的声音讲述着一个美丽凄婉的故事。

老军士　　在很久很久以前，有一个打猎的青年，他在风雪中迷了路，又饿又冷昏倒在雪山。一只雪望鸟飞来了，它环绕猎人飞呀飞，一声声是那啼血的呼唤。它用喙拔下身上的羽毛，一片，一片，又一片。

啊……

漫天飞翔的已不是雪花，

那是一片片洁白的羽毛，

覆盖在猎人身上，遮挡风寒。

当唤回了春风，

大地洒满了温暖，

雪望鸟却飞向遥远、遥远……

〔一束追光打在天幕上，羽娘像一只雪望鸟从天外飞来。花腔女高音如婉转的鸟啼，在这隆冬时节，带来了春的消息。

〔主题歌响起。

（女独与合唱《情缘》）

————歌剧《羽娘》 〉〉〉〉〉

羽　娘　　千万里路，我走近了你，

是有意？是无意？我这样问自己：

这一切可是上天安排？

一路风，一程雨，洗亮了无悔的足迹。

千万个人，我遇到了你，

是陌生？是熟悉？我常常问自己：

这一切可是命中注定？

一个梦，两颗心，编织着永恒的主题。

啊，谁能说清缘分的奥秘？

谁能领悟爱情的真谛？

只要你我相牵相依，

月缺月圆，都是一种美丽。

〔羽娘真情的演唱，如一束阳光照在边陲战场上，炽热的感情温暖着冻僵的勇士们。在歌声中所有冻僵的勇士神奇地复活了，舞台上充满着浪漫的色彩。羽娘好似雪望鸟由远而近又由近而远消失在天幕上，动听的主题歌在穹顶下久久地回荡……

〔又是狂风呼啸。小更夫敲着更梆，李朔与众将士艰难而刚毅地巡守在冰天雪地间。

〔音乐凄凉而空旷……

第一幕　第一场

幕前词

大唐开元，政通人和，国运昌，民富庶。

威仪赫赫的皇帝与雍容华贵的皇后一同指点江山，英姿勃发，抒发兴社稷、固金瓯、抵御外辱的雄心。他们寝食不安，牵挂着远征浴血奋战的将士们。

　　皇帝一声令下，举国万众一心，为前方将士筹粮草、制寒衣。皇宫里，王妃侍女们都在挑灯燃烛，飞针走线地为前方将士赶制寒衣。

　　出身贫寒、美丽善良的宫中侍女羽娘，把一方题写情诗的手帕悄悄藏入她精心缝制的红战袍。她怀着幸福的憧憬，把一颗女儿心遥寄烽火边关。

时间

是年秋。

地点

长安城皇宫。

〔宏伟瑰丽的皇宫。

〔夜空一轮明月，宫殿里灯火闪亮。

〔鼓楼已报五更天，宫女们仍在为前方将士赶制寒衣，一派繁忙景象。

〔一段快板的歌舞，跳跃、欢腾。

〔宫女们载歌载舞，洋溢着青春神采和满怀激情。女子群舞，女声快板式的合唱此起彼伏，带有交响性。

（女合《剪落晚霞　裁出晨光》）

众宫女　　剪刀嚓嚓嚓嚓响，

　　　　　剪刀嚓嚓嚓嚓响，

　　　　　剪落晚霞，裁出晨光，

　　　　　剪断忧虑，裁出欢畅。

　　　　　针儿闪闪亮，

　　　　　线儿悠悠长，

　　　　　飞针走线絮深情；

———歌剧《羽娘》 〉〉〉〉〉

　　　　针儿闪闪亮，
　　　　线儿悠悠长，
　　　　千家万户缝衣忙，
　　　　做好寒衣送前方。

　　　　剪刀嚓嚓嚓嚓响，
　　　　剪刀嚓嚓嚓嚓响，
　　　　剪刀伴我把歌来唱，
　　　　裁出春色铺满边疆。

　　　　剪刀嚓嚓响，
　　　　剪刀嚓嚓响……

〔在众宫女瑰丽的歌舞中，只见一侍女衣着的少女，手推一个线车，车中盛满了五颜六色的线球。她不声不响，微弯着腰身，在众宫女间穿梭，为其传送所需的彩线。从其举止上可看出其出身卑微。她似有满腹心事，始终低垂着头，她就是剧中女主人公——羽娘。

〔歌声越急促，她就越忙碌，柔弱的身躯累得有些佝偻了。而在这略显疲惫的身躯中，却蕴藏着不尽的力量与赤诚。她与华贵的宫女们形成鲜明的对比，愈见其质朴、执著，像众香国里一束淡雅的小花。

〔热烈欢腾的快板歌舞结束。

〔内传："皇帝皇后驾到——""皇帝皇后驾到——"

〔皇帝的金銮宝座从后场推至前场，皇帝与皇后出场。

〔皇帝头戴皇冠，身穿龙袍，威仪赫赫；皇后凤冠玉佩，雍容华贵，光彩照人。

〔舞台上一片辉煌，威严。

（男独《谁不爱这锦绣河山》）

皇　帝　　　浩浩寰宇，泱泱大唐，

开元盛世，万千气象。

文治武功，德泽八荒，
收拾金瓯，山河重光；
紫气东来，风调雨顺，
政通人和，国富民强。

看江南荔枝红，稻谷黄，
百业兴旺国运昌；
望塞北天苍苍，野茫茫，
风吹草低见牛羊。
谁敢犯我锦绣好河山，
西北遥望，射尽天狼，
众志成城，固若金汤。

（女独与二重《向老天借一轮太阳》）

皇　后　岂料塞上雪，
　　　　八月从天降。
　　　　大军十万发边疆，
　　　　征战千里牵衷肠。
　　　　将士无寒衣，我锦衣暖衾身犹寒，
　　　　军中无粮草，我美酒佳肴无心尝。
　　　　向老天借一轮太阳，
　　　　融雪山，化冰川，照我大军打胜仗。

皇　帝　将士无寒衣，我锦衣暖衾身犹寒，
皇　后　军中无粮草，我美酒佳肴无心尝。
二　重　向老天借一轮太阳，
　　　　融雪山，化冰川，照我大军打胜仗。

〔众人齐声喝彩，群情更加振奋。

〔内传:"报——报——"一武士手持报旗上,又一武士手持报旗上,四武士先后手持报旗奔上。一面面报旗犹如一团团火苗,烧灼着众人的心。

〔男声快板歌舞。

(男合《急!急!急!》)

四军士　　急!急!急!

　　　　　十万火急,

　　　　　急!急!急!

　　　　　前方告急。

　　　　　急需粮草,

　　　　　急需寒衣,

　　　　　每一刻都在流血,

　　　　　每一天危在旦夕。

　　　　　军情如火,

　　　　　急!急!急!

　　　　　军情如火,

　　　　　急!急!急!

〔告急歌舞激起皇帝皇后、众宫女心中的狂澜,也强烈地震撼着羽娘的心。

〔像火山喷发般地音乐起,女声加入合唱。

(混声合唱《寒衣堆得高天低》)

众　人　　你缝一件衣,我缝一件衣,

　　　　　寒衣如山堆得高天低;

　　　　　你缝一件衣,我缝一件衣,

　　　　　寒衣如云铺向千万里。

〔众宫女手捧寒衣从皇帝、皇后面前一一走过,请圣上检阅。皇帝被皇宫内外万众一心、抵御外侮的决心所感动,充满了必胜的信心。

〔此时，激情澎湃的羽娘眼里含着泪花，推着车子奔跑穿梭在舞台上。她把彩线球分发给宫女，再把宫女们缝好的寒衣收放在车子上。场上歌舞热烈而沸腾。

〔歌声戛然而止。羽娘手捧着自己亲手缝好的一件红战袍，跪在皇帝、皇后面前。皇帝、皇后以欣喜的目光打量着她，羽娘恭顺地低垂着头。

皇　　后　（疼爱地）贴身十余载，心灵手巧的羽娘已经长大成人了。

皇　　帝　（赞许地）真好比是一树梨花压海棠啊！

〔抒情慢板的音乐起。隐没在云层中的月儿更大更圆了，照得舞台上一片明亮。月光照在羽娘美丽的脸庞上，热泪在流淌。她举头望明月，吟唱着一首深情的歌。

（女独《长安一片月》）

羽　　娘　　　长安一片月，
　　　　　　　照亮巷陌，照亮宫墙；
　　　　　　　长安一片月，
　　　　　　　照亮百姓，照亮帝王。

　　　　　　　针儿穿起几多情，
　　　　　　　谁不挂念好儿郎？
　　　　　　　线儿牵出一支歌，
　　　　　　　歌像月光在流淌。

　　　　　　　长安一片月，
　　　　　　　照亮京城，照亮边疆；
　　　　　　　长安一片月，
　　　　　　　照亮无眠，照亮梦乡。

　　　　　　　手帕作纸针作笔，

热血为墨写诗行。

宫墙难隔女儿情，

心随战袍寄边疆。

〔羽娘从怀中掏出一方手帕，乘人不备，把手帕藏于红战袍之中。

〔云飞月走，皇帝、皇后在月光下思念着前方。一辆辆满载寒衣的车子在月下驶向远方。

〔羽娘手捧红战袍美丽的剪影。

第一幕　第二场

幕前词

衣粮至疆，全军上下群情振奋。将士们载歌载舞，面向国都——长安，表达对皇帝浩荡皇恩、后方百姓奋勇支前深情的感戴，激发了卫国戍边的冲天豪气。

青年将军李朔因战功卓著受赐红战袍。当他把红战袍转披在劳苦功高的老军士身上时，一方手帕飘然而落。

李朔手捧手帕题诗激动不安。这手帕来自高墙森严的皇宫，是祸？是福？这一切显得扑朔迷离。

护送衣粮的宫中太监闻讯赶来。事关皇家无小事，他收回手帕要带回宫中。

将士们不安的心随皇家马队远去……

时间

深秋。

地点

同序幕。

〔在热烈欢快的音乐声中，唐朝守军的城堡上下一片欢腾。

〔将士们兴高采烈地换上新的戎装，戴上新的盔甲，三军上下焕然一新。寒冷浴血的疆场重新焕发出生机与活力。

〔一老兵脸贴着寒衣，忍不住热泪滚滚。

〔将士们按捺不住激情，跳起了威武雄壮的《盔甲舞》，铿锵有力的舞蹈给人以强烈的震撼和感染。

〔李朔手捧红战袍上，是羽娘亲手缝制的那件，他从将士们面前缓缓走过，让所有将士感受皇帝的隆恩与重托。

〔李朔走到没有穿上新衣的老军士面前停住了。

二重唱	让我们同以战功回报皇上。
李　朔	看他衰老冻伤的脸，
	看他难挡风寒的旧军装，
	老军士，二十载戍边劳苦功高，
	你最需要它，也无愧这荣光。
老军士	不，这是皇上赐给您的。
李　朔	您穿上它，
老军士	不能收下它；
李　朔	您穿上它，
老军士	我不能收下它；
李　朔	您穿上它，
老军士	不能收下它；
李　朔	穿上它，
	穿上它，
	请您穿上它！
老军士	不能收下它！
李　朔	您穿上它，
二　重	让我们同以战功回报圣上。

〔老军士几欲推辞，在李朔和众将士的劝说下，收下了红战袍。当他抖开红战袍欲披挂时，一方手帕从战袍中飘落在舞台上。李

———歌剧《羽娘》〉〉〉〉〉

朔拾起手帕，看到手帕上题写的情诗，露出惊愕的神情。

〔此时，一只雪望鸟从空中盘旋而过。

〔李朔捧着手帕陷入沉思，他若有所悟地向着远去的雪望鸟诉说。

（男独《雪望鸟，请你告诉我》）

李　朔　　手帕上写着一个谜，
　　　　　它让我好困惑。
　　　　　它来自皇家宫阙，
　　　　　它出自哪位娟娥？
　　　　　为何要把春闺梦，
　　　　　遥寄沙场征战者？

　　　　　它上面写的是福？
　　　　　它上面写的是祸？
　　　　　如果手帕传回宫，
　　　　　不堪设想这后果。
　　　　　雪望鸟，请你告诉我，
　　　　　手帕好似一团火，
　　　　　它让我好焦灼。
　　　　　雪望鸟，请你告诉我。

〔众将士得知此事后，无不为手帕题诗者担忧。

（男合《怎不叫人捏把冷汗》）

众军士　　险、险、险，
　　　　　悬、悬、悬，
　　　　　怎不叫人捏把冷汗！
　　　　　谁不知皇家的戒律？！
　　　　　谁不晓大唐的威严？！
　　　　　宫墙不可逾越，
　　　　　谁敢私通民间？！

险、险、险，

悬、悬、悬，

怎不叫人捏把冷汗！

〔歌声结束后，一阵马蹄声由远及近。

〔太监匆匆上，向李索回这条手帕。当他看到手帕题诗，不禁倒吸一口冷气，事关皇家无小事，他要带回手帕，返回皇宫后交给皇帝去追查。

〔将士们不安的心随皇家马队远去……

第二场　第一幕

幕前词

手帕题诗火漆封后传至送京。

祸起宫中。面对大唐的威严，面对皇家的戒律，众宫女人人忐忑不安，噤若寒蝉。皇帝亲查此事。羽娘心地坦荡，挺身而出。几番问答，羽娘睿智从容地应对。一片冰心，日月昭昭；肺腑之言，风云动容，令龙颜大悦。因祸得福，羽娘被皇帝收为义女，备嫁妆送其至疆与勇士成婚。

时间

初冬。

地点

长安皇宫。

〔音乐造成紧张气氛，一种巨大的压力在舞台上弥漫。

〔皇帝端坐在龙椅上。众宫女站满舞台，人人神色不安，预感到将有大祸临头。

〔众宫女面面相觑，噤若寒蝉。

〔女声合唱，唱出此时众宫女的心境。

（女合《哪个糊涂牵累无辜》）

众宫女　　情诗一首，龙颜一怒，
　　　　　定要查个水落石出；
　　　　　祸起宫中，伤风败俗，
　　　　　哪个糊涂牵累无辜？

〔皇帝一脸恼怒，他在审视着每一个宫女。

（男独《手帕题诗是何人》）

皇　帝　　从先祖，到如今，
　　　　　六宫粉黛谁敢背叛皇恩？！
　　　　　从前朝，到如今，
　　　　　三千佳丽谁曾败坏家风？！
　　　　　朕倒要看一看，
　　　　　手帕题诗是何人？

〔众宫女在皇帝的审视下，都把头埋得更深。稍顷，只见跪伏在最后一排的羽娘站起。

羽　娘　　手帕题诗是婢女所为。

〔众宫女皆为羽娘的坦白所震惊，从不同的角度仰视她，有的怨恨，有的惋惜，有的担忧，有的敬佩。

太　监　　大胆羽娘！你私通民间，伤风败俗，触犯了皇家戒律。来人哪！皇家家法伺候。

〔穿着猩红色服装的狱吏凶神恶煞般地给羽娘脖子套上白绫。

太　监　　拉下去——让她自缢了断。

〔突然，皇后一声呼喊："且慢——"皇后走到羽娘面前，轻声地问她。

皇　后　　这手帕上的诗真是你的手笔？

羽　娘　　是小女信笔涂鸦。

皇　后　　背给为后听——

羽　　娘　　风雪戍边关，苦寒难入眠，

战袍亲手做，送君御风寒。

蓄意多添线，含情更绵绵，

今生已过也，愿结来世缘。

皇　　后　　拈针引线的描红手，怎么也舞文弄墨？

羽　　娘　　小女作诗，不为附风雅，只是人虽卑微却从未敢忘忧国。

皇　　帝　　此话怎讲？

（女独《慰藉边关的孤独》）

羽　　娘　　父亲战死沙场时，

羽儿还在母腹。

母亲临终叮嘱我，

做人要像先父：

生是大唐人，死是大唐魂，

为大唐江山赴汤蹈火，不惜粉身碎骨。

别看我是女儿身，

女儿自有女儿的情愫。

虽不能万里赴戎机，

跃马扬鞭，挥刀射弩；

却愿把一颗女儿心，

献给戍边的将士，

慰藉边关的孤独。

此心此爱，

天地最清楚；

此情此意，

日月也感悟。

〔羽娘诉说的身世震动了皇帝、皇后及所有在场的人。皇帝走上前来，示意为羽娘解去白绫，挥手让狱吏退下。

皇　　帝　　原来你是西域的烈士遗孤，忠良之后，怪不得你会有此所为。可

　　　　　是儿女情长，卿卿我我，你不怕把军中阳刚之气消磨？

羽　娘　　血性男儿焉能无情？小女子愿许身于戍边的将士，给苦寒中带去一丝甜蜜，给孤寂中送去一份欢乐，只会激起大丈夫以身报国！

皇　帝　　少女怀春，女大当嫁，乃人之常情。只是你贸然之举，可想到手帕会落入谁的手中？

羽　娘　　　手帕落到士兵之手，
　　　　　　我不嫌弃位卑；
　　　　　　手帕落到将校之手，
　　　　　　我不引以为荣贵；
　　　　　　手帕落到伤残者之手，
　　　　　　我精心服侍照料；
　　　　　　手帕落到战死者之手，
　　　　　　我会侍奉双亲大人，
　　　　　　终生守孝相随。

皇　帝　　（赞叹）忠、烈、节、孝，可叹可敬！

皇　后　　荣辱不惊，寒温不改，此女子只有出在我大唐。

　　　　〔皇帝与皇后在一起兴奋地交流内心的感受。

　　　　（男女对唱《国家兴旺民为本》）

皇　帝　　　无论他是姓赵，还是姓李，
　　　　　　只要爱我大唐江山社稷，
　　　　　　都是朕的好儿女。

皇　后　　　不管他是在东，还是在西，
　　　　　　只要保我大唐金瓯统一，
　　　　　　都让为后常挂记。

皇　帝　　　是男儿出征，朕当送好马，

皇　后　　　是女儿出塞，后当送嫁衣。

二　重　　　国家兴旺民为本，

这正是大唐千秋根基。

〔羽娘见此情景，机智地插言。

羽　娘　皇上，您之所以英姿勃发，一展治国安邦的雄才大略，不也是皇后对您恩爱有加，幸福祥和的结果?!

〔皇帝被羽娘的睿智与机敏逗得哈哈大笑。

皇　帝　哈哈哈，（赞许地）对对对，说得好！说得好！

〔皇帝龙颜大悦，怜爱有加地赞叹不已。

（男独《巾帼更风流》）

皇　帝　好一个小女子，芳龄才十六；

　　　　好一个奇女子，才高有八斗。

　　　　有胆有识，有勇有谋，

　　　　有情有义，有刚有柔；

　　　　堪称人中女杰，花中魁首。

　　　　来来来，让我圆了你的梦，

　　　　送你去边关结鸾俦。

　　　　来来来，看我大唐黎民，

　　　　须眉皆英豪，巾帼更风流。

〔皇帝激情的演唱，皇后的花腔重唱华丽多彩。

皇　帝　羽娘，不用等来世，朕今天送你出嫁成婚配。

皇　后　皇上，我们何不把羽娘收为义女？

皇　帝　好，朕也正有此意。羽娘，从今后，你就是朕的爱女了。

羽　娘　（跪拜）皇上！

皇　后　（更正地）叫父皇。

众宫女　公主！（跪拜齐声诵唱）

　　　　风雪戍边关，苦寒难入眠，

　　　　战袍亲手做，送君御风寒。

　　　　蓄意多添线，含情更绵绵，

　　　　今生已过也，愿结来世缘。

皇　　后　　羽娘，皇上收你为义女，一慰你故去的双亲；二慰边关浴血奋战的战士；三慰报效国家的天下百姓，此中用心你可知晓？

羽　　娘　　羽娘铭记在心！

皇　　帝　　朕送你这支佩剑做嫁妆。

〔皇帝摘下腰中的佩剑，送与羽娘。

皇　　后　　这支佩剑，代表父王，在所有人的眼里，它至高无上。危难时，它会保佑你。

〔羽娘庄重地接过宝剑。皇后走上前来，细细地叮咛。

（女声独唱《开弓没有回头箭》）

皇　　后　　　　羽儿呀，愿你一路珍重，
　　　　　　　　此一去边塞风寒雪冷；
　　　　　　　　羽儿呀，祝你一路平安，
　　　　　　　　此一别何时母女重逢？

　　　　　　　　羽儿呀，愿你带去皇恩，
　　　　　　　　此一番用心胜出奇兵；
　　　　　　　　羽儿呀，愿你带去祝福，
　　　　　　　　此一去边关早传佳音。

　　　　　　　　莫说是嫁出去的女儿泼出去的水，
　　　　　　　　手心也亲哟，手背也疼；
　　　　　　　　只说是放飞的风筝扯不断的线，
　　　　　　　　那线儿总缠绕母后的心。
　　　　　　　　开弓没有回头箭，
　　　　　　　　母后的心伴着女儿行。

〔皇后深情地目送羽娘踏上西行的征程。

第二幕 第二场

幕前词

　　云飞雾走，兵车疾驰。

　　江河滔滔，不能使她勒转缰绳；关山重重，不能使她拨回车马。

　　羽娘像展翅的雪望鸟冲破层层风雪，飞越道道险阻，奔向西域疆场。

时间

隆冬。

地点

西行路上。

　　　　〔纱幕上，云飞雾走，兵车在疾驰。霎时，整个舞台化作一只硕大的雪望鸟，它伸展着巨大的翅膀驮起兵车，托起羽娘飞向前。
　　　　〔激情的交响合唱响起，歌声把情感推向高潮。

合　　唱　　千万里路，我走近了你，
　　　　　　千万里路，我走近了你。
　　　　　　啊……
　　　　　　啊……
　　　　　　一步步风啊，
　　　　　　一程程雨啊，
　　　　　　洗亮了无悔的足迹，
　　　　　　洗亮了你的足迹。

　　　　〔气势磅礴的交响合唱响遏行云。天幕上骏马飞奔。长风吹起羽娘的裙裾，她像雪望鸟张开矫健的翅膀在高傲地飞翔。

第三幕 第一场

幕前词

　　一路征尘，历千辛万苦后，羽娘终抵边关。李朔亲迎，处炮火硝烟中，劝羽娘速离此地。

　　四目相对，一见钟情。一个是琴心剑胆，一个是铁骨柔肠；儿女情长，国事为重。俩人相见未相认，同把彼此爱慕深埋心底，携手奔赴血火之中。

时间

数九隆冬。

地点

同一幕二场。

〔明亮、欢快的号角响起。
〔舞台上，硕大的枪戟直刺苍穹。身着盔甲、手持盾牌的众将士像钢铁森林排列屹立。
〔城门打开，金戈铁马的队伍浩浩荡荡地走来。众将士跳起了《出征舞》。
〔老军士身着那件大红战袍威风凛凛，在李朔指挥下，率队伍奔向战场。
〔李朔在巍峨的城堡上，眺望祖国大好山河，心潮澎湃，渴望投身疆场，以生命报效祖国。他引吭高歌，是一代戍边将士的人生抒怀。

（男独《弯弓拉圆英雄梦》）

李　朔　　　大风起兮，

　　　　　　旌旗十万，

猛士高歌。

秦时明月碾过大漠，
黄沙磨不灭血染的深辙；
汉时雄关傲立苍穹，
黑云压不垮无言的巍峨。
弯弓拉圆英雄梦，
唯愿一箭定山河。

功名过眼皆浮云，
壮志尽忠当报国。
人生无处不青山，
睡卧沙场，何须回还裹马革？
冷的边关热的血，
一腔澎湃，挥洒天地满春色。

〔历尽艰辛极度疲惫的羽娘上场。沾满风尘的衣衫，可以想象一路上所经受的风雨坎坷。

〔羽娘没有看到迎亲的队伍，也没有看见身披红战袍的人，她在急切地寻找；找遍了军帐营地，但已空无一人，将士们都投入了杀敌的战场。羽娘忘记了自己所处的危险境地，牵挂着将士们。她的心已飞向了血战疆场。

〔李朔身披硝烟，匆匆而上。他看到了羽娘——皇帝义女，随即虔诚地跪拜在地。

李　朔　因前方战事吃紧，李朔带兵御敌，有失远迎，请公主恕罪。

〔羽娘看到英俊剽悍的李朔，心中顿生爱意。但她不知道红战袍落在谁手，于是把爱意深埋在心底。

〔李朔抬头，细看羽娘，他为羽娘的美丽而惊呆了，怦然心动。

〔四目传情，羽、李二人以内心独白各诉心愿。

———— 歌剧《羽娘》 〉〉〉〉〉

　　　　（男女二重唱《是梦还是醒》）

李　朔　　是梦还是醒？

　　　　　是幻还是真？

羽　娘　　是真啊还是幻？

　　　　　是醒还是梦？

李　朔　　美丽的雪望鸟飞到了军营。

羽　娘　　好像在哪里见过这面容。

李　朔　　你像天边那颗星，

羽　娘　　你像天空那轮月，

李　朔　　灿烂又温馨，

羽　娘　　皎洁又晶莹，

李　朔　　夜夜走进我的梦，

羽　娘　　夜夜照亮我的心。

二　重　　走进我的梦，

　　　　　照亮我的心。

〔李朔从遐想中回过神来，不禁为羽娘所处的危险境地而担忧。

　　　　（男独《女人应该远离沙场》）

李　朔　　这里只有冰雪风沙，

　　　　　没有华清池玉液梳洗容颜鬓发；

　　　　　这里只有冷月昏鸦，

　　　　　没有大雁塔风铃摇响笑语喧哗。

　　　　　女人应该远离沙场，

　　　　　女人应该远离流血，

　　　　　应该远离厮杀。

〔羽娘闻听此言，心潮起伏，她向李朔倾吐肺腑之言。

　　　　（女独《我的爱开出美丽的花》）

羽　娘　　要我离去，要我离去，

　　　　　怎敢轻言这句话。

107

虽然这里只有冰雪风沙，冷月昏鸦，
我从未勒转前行的车马；
虽然这里只有清苦寂寞，流血厮杀，
我不曾让脚步停歇一下。

肩负父皇的嘱托，
这嘱托山一样的高；
心系百姓的深情，
这深情海一样的大。

我怎能离去，
为了今日，
一片真情题写在手帕；
我怎能离去，
为了边关，
感动圣上圆我塞上出嫁。
我愿许身戍边将士，
给苦寒中送去一条甜蜜的河；
我愿做边关新娘，
给孤寂中带来一幅温馨的画。
这一切只为激起
　大丈夫以身报国，
这一切只为抚慰
　将士心冰消雪化。
同是父母生，
同是血肉躯，
你们不怕我为何怕？

————歌剧《羽娘》》》》》》

这里有我的红战袍，
这里是我永远的家。

无情，远在咫尺，
有缘，近在天涯。
西天的红云，
可是红战袍舞起的彩霞？
走近了你，
我的爱就会开出美丽的花。

〔羽娘的回答，更加赢得李朔的敬重与爱慕。他早已把自己的生死置之度外。但为羽娘着想，他只有把这一切都埋在心底。

李　朔　　她的容颜闭月羞花，
她的心地圣洁无瑕；
从梦中走来的羽娘啊，
驱散了边塞的寒冷肃杀。
她的青春金枝玉叶，
她的襟怀高远博大；
从天上飞来的羽娘啊，
带来了春光如诗如画。
虽然是一见倾心，
却不能捅破这层窗纱；
虽然是相见恨晚，
却只有把这一切压下。
她是我心中的女神，
生离死别不该属于她；
她是我生命的阳光，
忧愁痛苦不该伴随她。

〔急促的号角声、杀声又起，火光在蔓延，紧张的战斗音乐敲打

〔李朔披挂战袍，跪辞羽娘，携剑将要奔赴前方。

〔此时，羽娘已打定主意，一定要随李朔上战场。李朔再一次阻挡，羽娘亮出皇帝所赠佩剑，李朔只得跪拜从命。

羽　娘　　昨日千里赠寒衣，

　　　　　今朝一同上战场。

〔两人携手奔向血火之中。

第三幕　第二场

幕前词

　　烽火冲天，壮怀激烈。李朔率众将士奋不顾身，与敌鏖战，终因寡不敌众，众将士纷纷倒在血泊之中。李朔孤身一人杀入敌阵。

　　乌云遮月，今夜如此漫长。羽娘在焦急地等待李朔与将士们归来。

　　灯光朦胧，羽娘在梦幻中见到了李朔，俩人相亲相爱。天人合一，同祝福这对新人共结连理。

　　号角连营。惊醒后的羽娘奔赴血火之中寻找红战袍。待再相见，李朔已战死沙场，以身殉国。

　　活未相认，死亦相随。羽娘登上战车，亲扶将军不倒之躯，毅然走向死亡谷。

　　天人共怒，冰崩雪塌，把入侵之敌深深埋葬。

时间

紧接前场。

地点

激战的沙场。军帐一角。

〔烽烟滚滚，血染大漠黄沙。勇士们身着金黄色盔甲，满腔怒火，挥刀射弩，誓与入侵之敌决一死战。

（男领与男合《英雄赋》）

李　朔　　残阳如血，

　　　　　染红边关，染红大漠；

　　　　　长风如歌，

　　　　　唱着铁马，唱着冰河。

　　　　　挺金戈，驾长车，

　　　　　破敌阵，踏烽火，

　　　　　壮怀激烈，慷慨悲歌，

　　　　　天惊石破，气壮山河。

男　合　　挺金戈，驾长车，

　　　　　破敌阵，踏烽火。

　　　　　泱泱气节从不曾弯折，

　　　　　浩浩国风永不会失落。

〔雄壮有力的合唱结束后，激烈战斗的音乐骤起；李朔身先士卒率领勇士们冲向敌阵。一阵箭雨射来，勇士们饮恨纷纷倒下。热血染红了战场。

〔暗转。一弯冷月，投下一束月光。朔风呼啸，羽娘走出军帐，来到泉水边。她焦虑不安，坐卧不宁，盼望着天亮，盼望着大军凯旋归来。

〔四周静谧，羽娘面对一弯冷月，倾诉衷肠。

（女独《今夜这样漫长》）

羽　娘　　月亮，冰凉的月亮，

　　　　　是谁把你锁在天上？

　　　　　星光，寒冷的星光，

　　　　　是谁把你钉在朔方？

　　　　　时光好像停止了流淌，

　　　　　今夜啊是这样的漫长。

多想能有一把弓箭，

射落你这寒冷的星光；

多想能有一道长缨，

牵走你这冰凉的月亮。

恨不能化作那飞天去托起朝阳，

照耀大军凯旋，

盼望心上人，快回到我身旁。

月亮，冰凉的月亮，

星光，寒冷的星光。

时光好像停止了流淌，

今夜啊是这样的漫长。

〔羽娘恍然入梦，场上出现了幻觉：莫高窟的奇观异彩，释迦牟尼佛祖祥光普照。壁画与石雕展示着大唐灿烂的文化与丰厚的底蕴。千手观音婀娜多姿。羽娘在仙境中穿行，尽情起舞，抒发心中对爱情的追求与对美好明天的憧憬。高潮中，气宇轩昂的李朔着将军服饰，雄赳赳地走来。漫天的花雨在飘洒，欢迎胜利之师光荣凯旋。羽娘扑向前去，与李朔幸福地相拥。天人合一，共祝福两人忠贞不渝的爱情。

〔无数的雪望鸟在展翅起舞，场面壮丽辉煌。

（合唱《天人合一》）

合　唱　　天上一颗星，

地上一个人，

天上人间遥遥相望；

那颗星是你，

这颗星是我。

———— 歌剧《羽娘》 〉〉〉〉〉

啊，天地感应，

啊，天人合一，

天是那圣明的君主，

天是那善良的百姓。

啊，天地感应，

啊，天人合一。

〔骤然间一阵急促的鼓点，羽娘被惊醒。

〔急促的号角声，激昂的音乐，杀声四起，战火烧红了半边天幕。

〔羽娘踏着血迹来到战场。她看到遍地倒下的勇士，难以抑制心中的悲愤。她艰难地爬上山顶，亲手把李字大旗重新插上失地。

〔身披红战袍的老军士上场，当他看到羽娘时，不由地转过身去。

〔羽娘终于看到了那件熟悉的红战袍。她惊喜地呼唤。

羽　娘　红战袍！

〔老军士不忍回头。从他颤抖的肩头可以看出内心复杂的情感。

〔羽娘转到老军士的正面，老军士掩面又把头转向另一方，他实在不忍面对羽娘。

羽　娘　披此战袍者应该是我的夫君。（对老军士）你可是我命中注定的夫君？

〔老军士闻听此言，内心翻江倒海，他该怎样向羽娘讲述这一切啊！

（男独《怎忍心回头面对她》）

老军士　　怎忍心回头面对她，

　　　　　这一切叫我怎回答？

　　　　　千里送寒衣，

　　　　　万里来出嫁。

　　　　　红战袍未迎红花轿，

　　　　　他却一腔碧血溅黄沙。

　　　　　面对一团火，

　　　　　　凉水怎泼下!
羽　娘　夫君,我是千里万里来寻找你的羽娘,请受娘子一拜。
　　　　　〔老军士再也忍不住了,他猛转身,向羽娘缓缓地跪下。
　　　　　〔羽娘这才看清这是一位须发斑白的老者,她惊讶了。但这神情转瞬即逝,她的眼里仍露出柔情。
老军士　公主!
羽　娘　(更正地)该叫我娘子,夫君请起。
老军士　不,不——
羽　娘　夫君!
老军士　启禀公主,这件红战袍本不是赐予我的,是红战袍的主人顾念我年老多病又转送于我的。
羽　娘　(急切地)那,这件红战袍主人是谁?
老军士　他、他、他……(用手指向天幕)
　　　　　(女独《一定是他》)
羽　娘　啊,他是谁?
　　　　　他在哪?
　　　　　只见红战袍,
　　　　　为何不见他?

　　　　　他是谁?
　　　　　他在哪?
　　　　　只听朔风吼,
　　　　　为何他不答?
　　　　　可是他?
　　　　　会是他,
　　　　　一定是他!
　　　　　恨不能是那天河水,
　　　　　冲开他心上的闸,

———歌剧《羽娘》 〉〉〉〉〉

　　　　我要亲耳听他说出那句话。

〔一道电闪雷鸣，照亮了身中数箭的李朔。他巍然屹立，像一座不倒的山峰。

〔羽娘扑上前去，抱起奄奄一息的李朔。李朔倒在羽娘的怀中，吃力地从怀中掏出那方手帕，交还给羽娘。羽娘把李朔紧紧抱在怀里，她像雪望鸟一样，用自己的生命来温暖着李朔。李朔用手帕为羽娘擦去泪花，断断续续地讲述老军士讲给他的雪望鸟的故事。

（男独《雪望鸟的故事》）

李　朔　　在很久很久以前，
　　　　　有一个打猎青年，
　　　　　他在风雪中迷了路，
　　　　　又饿又冷，昏倒在雪山。
　　　　　……
　　　　　一只雪望鸟飞来了，
　　　　　环绕猎人飞呀飞，
　　　　　一声声，是那啼血的呼唤。
　　　　　用喙拔下身上的羽毛，
　　　　　漫天飞翔的已不是雪花，
　　　　　那是一片片洁白的羽毛，
　　　　　覆盖在猎人的身上，遮挡风寒；
　　　　　当唤回了春风，
　　　　　大地洒满了温暖，
　　　　　雪望鸟却飞向遥远，遥远……

〔李朔"遥远"刚刚吐出，就倒在羽娘的怀中。
〔羽娘悲痛欲绝，泣不成声。
〔飘飘大雪从天而降，把战地变成了灵堂。

（女独《在这天亮的时光》）

羽　娘　　　你慢慢地走啊，
　　　　　　在这天亮时光；
　　　　　　你缓缓地行啊，
　　　　　　在这大漠边疆。

　　　　　　你轻轻地唱吧，
　　　　　　走在回家的路上；
　　　　　　你甜甜地笑吧，
　　　　　　飞向爱的天堂。

　　　　　　漫天的大雪呀送你上路，
　　　　　　你可看见，那就是你的羽娘。
　　　　　　有一只雪望鸟把你环绕，
　　　　　　你可知道，那就是你的羽娘。
〔羽娘含泪边唱边把染血的手帕补在李朔破碎的战袍上。
〔羽娘拥抱着已死去的李朔登上了战车。她抽出父王赠予的宝剑高举着，仿佛李将军仍在指挥着将士们奋勇拼杀。
〔将士们众志成城，尾随着兵车发起新的冲锋，像雄狮发出震天撼地的吼声。
羽　娘　　李将军，站起来，长安父老盼你凯旋归来；父皇母后为你亲手把城门打开。
　　　　　举起天子的宝剑，把敌人引向死亡谷，笑看豺狼的末日已经到来！
〔在激昂的歌声中，羽娘高举宝剑催动着兵车从容地走向死亡谷。
〔壮丽的合唱起——
　　　　　（合唱《大唐自有雄魂在》）
合　唱　　风猎猎，旗飘飘，
　　　　　　车辚辚，马萧萧。

壮士一去不回头，
留得江山分外娇。

天地崩，日月摇，
冰川裂，雪山倒。
壮士一去不回头，
留得江山分外娇。

大唐自有雄魂在，
自有雄魂在！

〔霹雳闪电，隆隆地巨响，巨大的雪崩压向敌人，使入侵之敌陷入灭顶之灾。
〔一束红光打在舞台最高处——
〔羽娘一袭红装，像一树红梅，怒放在雪峰之上。她成为一座冰清玉洁的塑像。
〔千山万水都在呼唤并传颂羽娘的英名。
〔后援的唐朝守军排山倒海席卷残敌。
〔胜利的钟声敲响，在大地上传得很远很远……
〔无数的雪望鸟在盘旋，在飞翔……

尾　声

幕前词

雪花飘飘，情思绵绵。

举国上下，皇宫内外，帝王与百姓一同遥拜苍天。那片片雪花，可是羽娘圣洁的爱在挥洒？

从此，每年的这一天，人们都要祭雪，纪念羽娘与为国捐躯的戍边将士。

一只雪望鸟从远方飞来，久久地徘徊，向着这片土地轻轻地歌唱……

时间

翌年冬。

地点

长安城皇宫。

〔金碧辉煌的宫殿。
〔皇帝、皇后与众宫女站满舞台。
〔缅怀思念的音乐声起。
〔飘飘大雪从天而降，每个人都满怀崇敬地遥望远天。

皇　帝　老天又下雪了。

皇　后　这是咱们的羽儿回家了。

（领唱与合唱《雪花飞》）

皇帝、皇后　雪花飞，雪花飞，
　　　　　　雪花伴你同把家回；
　　　　　　雪花飞，雪花飞。
　　　　　　天上人间年年岁岁。

合　唱　雪花飞，雪花飞……

〔音乐声大作。一只雪望鸟从远方飞来，它无限依恋地在空中盘旋，向着这片土地久久地歌唱。
〔幕落。

精品提名剧目·民族管弦乐

乐府画廊

中央民族乐团

————民族管弦乐《乐府画廊》 〉〉〉〉〉

《乐府画廊》音乐会是以中国音乐、美术（绘画）相结合而创编的综合性大型舞台艺术产品。它通过视听效果及舞台美术、灯光、服饰的变化来达到人们认识、了解我国丰富多彩的绘画艺术和音乐文化。可以说这种音乐会在我国文艺舞台的历史上还没有出现过，它所带来的艺术价值是非常珍贵的，形式是新颖的，相信它会填补我国音乐文化演出形式的一项空白，同时，我们也可以将这台音乐会作为对外文化交流和奥运宣传的一个重要项目。

在创作上，其绘画题材以唐、宋、明、清历代具有代表性名画为主线，并在音乐上力求做到"画中有情、乐中有画"，可以说，这是中国民族特色的图画展览会。

《乐府画廊》音乐会主要以大型民族管弦乐乐队演出为主，并适当融入独奏、重奏、协奏等形式的优秀作品。但各种不同形式的演奏，在突出民族器乐的风格特色上将有所创新，特别是乐队音响风格的展现具有交响性的多声部变化，并突出中国特色的管弦乐风格和韵味。创作上大胆吸取西方现代音乐作曲技法和表现手法，力求在此次音乐会中推出一批富有时代精神和风貌的新作品，使民族管弦乐的发展步入一个新的阶段。

《乐府画廊》音乐会，它汇集了我国当代众多的一流作曲家，如：郭文景、唐建平、赵季平、程大兆、李黎夫，他们都从不同时代的绘画题材入手以画作曲，从而赋予中国国画和民族音乐以新的艺术生命力，并将人们带入一个民族文化的历史长廊中。

音乐会的构思：

1. 音乐会要耳目一新，要通过舞台美术、灯光的色彩变化对比来达到不同题材音乐的意境，这样，乐队在舞台上才能得到相应的包装，而达到一种新的舞台效果。这对在今后的国内演出市场必然会有极大的影响力,同时,为了巡演需要,曲目要有一些群众熟悉的,以便同观众产生共鸣。

2. 用"画廊"名称,让人们有听、有看,不要实的东西,以乐衬画,不是小人书,应以写意手法表现,其连接方式:不要主持人,用画外音,全场用四次左右的画外音,用底衬的形式连接,将幕间的过渡用动画、男女声的声间插空。

3.《乐府画廊》是专业性极高的大型音乐会,不是综艺晚会,因此,在艺术表现上应突出音乐本体,舞台美术与音乐风格要有一种相应的统一性。

4. 音乐会由管弦乐曲、交响合唱曲、协奏曲、独奏曲等形式组成,音乐在写作技法上有创新意识,音乐风格既通俗化,又艺术化。由此,将人们带入一个视听艺术享受的历史长河中。

精品提名剧目·交响乐

天地人和

作　曲　朱践耳
指　挥　陈燮阳

天地人和

管弦乐《灯会》

创作并首演于 1999 年。

2004 年略作修订。

东海之滨的潮州音乐,西南山区的彝族音乐,两者远隔千万里,能否将它们结为"近亲"呢?

由此而构成的民间节日情景,也许会有独特的风味吧。

第六交响曲《3Y》

创作于 1992—1994 年,首演于 1995 "上海之春"。

中国民间音乐使作曲者入迷如醉,浮想联翩:何不将自己采集来的这种原生态的录音带直接纳入交响曲中去呢?比起电脑合成的声带来,不是更富有鲜活的生活气息和人文气息吗?

于是,乐曲的结构有三个层面:

原汁原味的民间音乐(第一乐章中有藏族喇嘛诵经和条神音乐,哈尼族男生独唱;第二乐章中有拉祜族、小三弦独奏和爱尼人女生合唱;第三乐章中有纳西族男女合唱,彝族女生合唱,景颇族的巴乌二重奏,佤族和纳西族的口弦等)。民族器乐(古琴、琵琶、埙、古筝、锯琴、铜磬、芒锣、十面锣、和尚钹、方响、果格隆等)。交响乐队(弦乐、木管、铜管与打击乐组等)。三者有机地融合为一个巨大的"音色库",构成了五光十色的交响世界。

三个乐章的标题"3Y"(Ye, Yun, Yang)是三个抽象的符号。数字

"三"在中国传统文化中具有独特的象征性和寓意性。在虚虚实实之中，任你的遐想去自由驰骋吧。

唢呐协奏曲《天乐》

完成并首演于1989年。

数年后又作了修订。

《天乐》是指"天然的乐趣"，兴致所至，随意吟来，自由自在，无拘无束。

特点有二：

一是"南腔北调，多元综合"。

吸收了民歌、吹打、戏曲等音韵，融会了南北各派唢呐的风味和技巧，形成一个新品种。

二是"土洋结合，花样翻新"。

运用现代交响乐的多种技法，使得传统乐器现代化，又使交响乐队民族化。

乐曲的结构：

大开门（气势轩昂）——摇板（紧打慢唱）——悠板（幽静抒情）——急板（活泼诙谐），四个段落，一气呵成。

第十交响曲《江雪》

依据柳宗元的诗《江雪》而作。

完成于1998年，由美国哈佛大学弗罗姆音乐基金委约，首演于1999年。

柳宗元，唐代文学家、哲学家。唐朝中期，政治日趋腐败。公元805年柳宗元参加了王叔文发起的"永贞革新"运动，仅五个月，即遭镇压。为首二人被害，其余八人，包括柳宗元，被贬至边远地区。十年后，被召

——交响乐《天地人和》 〉〉〉〉〉

回京城，柳宗元仍批判时弊，不改初衷，于是第二次被贬到更遥远的边荒之地柳州。四年后病死他乡，时年仅46岁。《江雪》是他最著名的诗，作于第一次被贬至永州时。

千山鸟飞绝，万径人踪灭。

孤舟蓑笠翁，独钓寒江雪。

这首交响曲，并非单纯为古诗谱曲，也不是在写柳宗元个人遭遇，而是借助于诗的意境，以吟、诵、唱相结合的手法，加上古琴新韵，站在今人的立场上，给予交响化、现代化的表述，以弘扬浩然正气和独立人格精神。

精品提名剧目·歌剧

原　野

（根据曹禺同名话剧改编）

改编　万　方
作曲　金　湘

人物
金子、仇虎、焦大星、焦母、常五爷、白傻子

———歌剧《原野》 >>>>>

序　幕

〔秋幕的原野，大地一片昏暗，渐渐升起灰露。铁镣的声音一声接一声由远而近，由弱到强……

〔突然大地死一般沉郁。渐而有人声，声音像是"呜呜"的风声，像是在呻吟，像是在叹息哭泣，又像是在呼喊，啊，这是压在旧中国黑暗底层的冤魂。

〔复仇冤魂的合唱：

　　啊！哦！呜！

　　黑呀！黑！

　　恨呀！恨！

　　天哪！天哪！

　　冤哪！冤冤！

〔出现冤魂的影子，几乎与阴霾的天空融为一体。

一　幕

〔傍晚的原野，乌云层层低压地面。

〔远处天空火烧似的晚霞索张着的血口，将黑云渐渐吞噬。

〔一声火车汽笛划破长空，仇虎从坡下爬上来，这是一个充满生命活力的野汉子。他喘息着，背身看着天际。他举起一块石头一次又一次地捶击自己脚上沉重的铁镣。石头砸在了他腿上，一阵剧痛使他从坡上滚了下来。仇虎跪起，双手捧起一把泥土……

仇　虎　（低声独唱）

　　　　　　我回来了，回来了！

　　　　　　死不了的我又回来了！

　　　　　　阎王，焦阎王！

　　　　　　你听见了吗？

　　　　　　你的对头星仇虎回来了！

　　　〔传来"哦哦"的人声，仇虎藏起，白傻子学着火车奔跑上。

白傻子　（独唱）

　　　　　　喊嚓喀嚓，喊嚓喀嚓。

　　　　　　喊嚓喀嚓，喊嚓喀嚓，

　　　　　　呜——，呜——

　　　　　　吐吐吐吐，吐吐吐吐，

　　　　　　吐吐吐吐，吐吐吐吐，呜——，呜——

　　　〔白傻子趴在地上用耳朵贴着地面听，时而发出傻笑。仇虎出，用脚踢踢白傻子，白傻子不理，继续聚精会神地听……

仇　虎　（大声）起来！

白傻子　（抬头看见仇虎，爬起来就跑）鬼！鬼！

仇　虎　站住！鬼？！（忽然大笑起来，又突然止住）对，我是鬼！鬼要你的斧头！

　　　〔白傻子不给。

仇　虎　快拿来！

　　　〔白傻子把斧头藏在身后，仇虎上前一把抓住他。

白傻子　哦，给我……这斧头是焦大妈的，送晚了她要……

仇　虎　（打断）你说什么？这斧头是谁的？

白傻子　焦，焦大妈的。

仇　虎　这个瞎老婆子她还活着？！那焦老头子呢？（白不明白）就是焦阎王！

白傻子　焦阎王呀？（独唱）

　　　　　　　死了，埋了，入土了……

　　　　　　　光屁股来，

　　　　　　　光屁股去，

　　　　　　　嘻嘻嘻嘻，

　　　　　　　光屁股来，

　　　　　　　光屁股去，

　　　　　　　嘻嘻嘻嘻。

仇　虎　什么？你再说一遍！

白傻子　他死了，埋了，入土了。

仇　虎　（独唱）

　　　　　　　那么，我是白来了！白来了！

　　　　　　　阎王，焦阎王！

　　　　　　　你怎么死了？

　　　　　　　你怎么不等我回来！

　　　　（顿足）不等我回来！

　　　　（咬牙）不等我回来！

　　　　　　　你抢了我家的地，

　　　　　　　你烧了我家的房，

　　　　　　　你活埋了我爹，

　　　　　　　你害死了我妹，

　　　　　　　你，你你你……

　　　　　　　你诬告我是土匪，

　　　　　　　把我打下大狱，

　　　　　　　一待就是八年，

　　　　　　　我熬了八年，

　　　　　　　我等了八年，

　　　　　　　我等的就是这一天。

　　　　　　　两代的冤仇，

几代的恨……

你不等我回来就死了?!

我家的冤仇找谁报?

不,

我要挖地十丈,

焦阎王,你听见了吗?

我仇虎回来了,

你出来,出来!

阎王!

〔仇虎绝望地扑倒在巨树上。白傻子慢慢凑上去。

白傻子　焦阎王家还有人哪!

仇　虎　阎王的儿子焦大星呢?

白傻子　就是焦大呀,他,他又娶了个新媳妇,你认识他?

仇　虎　我们从小就认识。

白傻子　焦大的新媳妇长得好看着呢,叫金子……

仇　虎　(惊愕)金子?金子?

白傻子　你也认识她?(念叨)新媳妇好看,傻子看了直打转;新媳妇美,傻子看了流口水……

仇　虎　你这傻王八蛋,(举起斧头)我宰了你!(发现有人来,将白傻子拉下)

〔焦母上。她扶着一根粗重的拐杖,异常俊俏的脸上,一双没有眸子的眼睛,直瞪瞪地望着前方。

焦　母　金子!金子!这个活妖精跑到哪里去了?(听听四周无人坐下)(独唱)

　　　　　　唉,好看的媳妇败了家,

　　　　　　娶了个美人就丢了妈。

　　　　唉!(打开红包袱,拿出小木人。数着小人身上的钢针,嘴里念念有词)

焦　母　金子！金子！（将小木人托在手里，举了三举，跪下叩三个头，拿出钢针，对准小木人心口）金子！金子！（一针扎下去）你就美吧！（胜利地将小木人包好，下）

〔传来人声，金子上。她气冲冲地，一对明亮的眼睛蓄着魅力与强悍。焦大星急急地随上。大星追上拉住金子，金子把他的手甩开。（对唱）

焦大星　（乞求地）

　　　　　金子，我的好金子，

　　　　　这半天，你为什么不说一句话？

　　　　　是谁得罪了你？

　　　　　不说明白，我心里放不下。

金　子　是放不下你妈！

　　　　　舍不得妈，丢不下妈。

　　　　　你为什么不倒活几年，（做抱婴儿状）

　　　　　到你妈怀里吃奶去，

　　　　　一时一刻别离开她！

焦大星　（不好意思，解释）妈，妈是个瞎子！

金　子　她可比有眼睛的人还会看。哼！有一天我就要做做她看看。

焦大星　你要做什么？

金　子　你妈说我是狐狸精，早晚要偷人养汉。我就偷给她看看。

焦大星　你要偷谁？偷谁？（抓住金子）

金　子　（忽然笑眯眯地）我偷你，偷你，我的小白脸。好不好？！

〔焦母上。

焦　母　（把拐杖重重在地上一捣）哼！

焦大星、金子　（同时回头）啊妈！（三重唱）

焦　母　你们在说什么？

焦大星　没说什么，

金　子　什么也没说。

焦　母　　　我眼睛瞎了，还长着耳朵。
　　　　（对金子）
　　　　　　　　死不了的狐狸精，
　　　　　　　　迷你男人迷不够，
　　　　　　　　荒郊野地你还要寻快活。
　　　　（对大星）
　　　　　　　　没出息的男人就是你，
　　　　　　　　不如变个元宵，
　　　　　　　　让那妖精把你吞。
金　子　　　瞎老婆子。你狠吧！
　　　　　　早晚会有这一天，
　　　　　　阎王请你去做他的手下人。
焦　母　　　小妖精，你在念什么？
　　　　　　我看透你的骨，看穿你的心。
金　子　　　我念婆婆的好，我念婆婆的恩。
焦　母　　　你想咒我呢。你就等着吧，
　　　　　　天有多长命，我有多长命。
金　子　　　阎王老子有眼睛，
　　　　　　永生永世不请您！
焦大星　　　金子，金子，
　　　　　　别说了，别说了！
焦　母　　　我要到你坟上去烧纸，
　　　　　　叫你阴曹地府去安身。
焦大星　　　妈呀，妈呀，
　　　　　　别说了，别说了！
金子、焦母　阎王小鬼你听真，
　　　　　　求你快点招她去，
　　　　　　下辈子让她变猫、变狗、变毒蛇，

就是不能再做人！

焦大星　　别说了，别说了，

求求你们别说了。

金子、焦母　天有灵我的话有灵，

盼着地狱早开门！

焦大星　　妈，您消消气，别伤了身子，我走了。

焦　母　　知道知道，不要废话，快走。

金　子　　妈不稀罕你说这一套……

焦　母　　谁说的？儿子是我的，他说得好，我爱听。

焦大星　　金子，我走了。

焦　母　　（忽然）回来，（大星回来）刚才我给你的钱呢？拿来叫我再数一下。

〔大星交钱袋给母亲。焦母摸里面的钱，口里叨念着。

金　子　　妈，您放心，大星不会给我的。

焦　母　　（数好交给大星）拿去，快滚！

〔大星下。

焦　母　　哼，迷死男人的狐狸精，走，回家去。（金子伸手扶焦，焦母甩开）去，假殷勤！

〔远远传来庙里的磬声，焦母双手合十。慢慢下。磬声仍在响着。金子失神地望着天边。

金　子　　（独唱）天要黑了。我的心更暗，

这一天天长得永远过不完。

等来了早晨，又熬到夜晚，

漫漫的夜啊，闷得像坟墓一般。

多想有那么一天！

太阳亮得耀眼，

云高高，天蓝蓝，

我变成一只小鸟，

想飞，飞得自在，

想歇，落在树尖，

再也听不到那声声咒骂，

再也看不到那阴沉沉的脸。

什么时候啊，能如了我的心愿！

天又黑了。我的心更暗，

又要去守着孤灯，

又要去伴着凶神，

梦里黑发熬成白发，

醒来一颗心碎成几瓣。

不，这难道就是我金子的命?!

我要活下去，活下去！水里火里，天上人间。

我金子总有变成飞鸟的一天！

〔金子倚树，凝望远天。仇虎悄悄走上。

仇　虎　（轻声）金子！

金　子　（猛回头）谁？（见仇虎，吓住了）你是谁？

仇　虎　我——你不认识我了?!（把断了的铁镣扔在地上）

〔金子惊愕地看着他。

仇　虎　金子，你连我都忘了？

金　子　（倒吸一口气）啊，你，你是虎子！

二　幕

〔一幕后天，焦大星家。一间正房，两厢各有一扇门。墙上挂有焦阎王半身像。

〔幕后：金子笑着从自己的房间里跑出。

金　子　讨厌，丑八怪！（向外张望。对室内）外面没有人，还不滚出来。

〔仇虎出来，一动不动盯住金子。

金　子　天快黑了，快走吧！

〔仇虎仍不动，盯住金子。

金　子　快滚，滚到你那把兄弟那儿找窝去！

仇　虎　（一把抓住金子）你在哪儿，哪儿就是我的窝！

金　子　放开我，疼死我了……

仇　虎　疼？叫你疼。（抓得更紧）

叫你今生忘不了我，

来世还要做我的妻。

你说疼我不疼我？

你说疼不疼？

金　子　（咬住嘴唇点点头）我疼，我疼，我——就——这——么——（忽然向仇虎脸上打去）疼——你！滚出去！

〔仇虎向外走去。

金　子　回来！（猛地扑到仇虎怀里）（独唱）

哦，我的虎子哥，

你这野地里的鬼。

这十天的日子胜过一世，

我活了，我又活了。

这活着的滋味啊，

什么也不能比，

黑夜变得那么短，

醒来心里阵阵欢喜。

这一切啊，都是因为有了你，

有了你，

我的亲人啊，我哪能不疼，

哪能不爱，哪能丢了你？

〔二人紧紧拥抱。

〔门外传来常五爷的敲门声与喊声："大星媳妇！开开门。"金子仍抱着仇虎不放。

〔门外："大星媳妇，你在干什么？快开门呀！"

金　　子　（仍与仇虎拥抱着）别急哦，常五伯，我在念经呢！

〔仇虎笑了。金子笑着把仇虎推进里屋，然后将门打开，常五爷手提酒壶进。

常五爷　我说大星媳妇，你们这门可不好叫。

〔常五爷东张西望。

金　　子　真对不起。（走到香案前，在红垫上跪下，敲着木鱼，喃喃地）南无阿弥多婆也，多他加多也，多地夜它阿弥利都婆比，阿弥利多……

常五爷　你在念什么呢？

金　　子　（摆手，更虔诚）……加米尼，加加那，根多加利婆婆可……（又敲了两下磬，深深拜三拜，严肃起立）公公在世杀过人，我替他老人家超度呢！

常五爷　好孝顺的儿媳妇呀，你婆婆她，她也真是……（欲言又止的样子）

金　　子　哟，常五伯，您这是打酒去吧，大老远的别跑了，我家有办喜事剩下的酒，我给你灌一壶。

常五爷　那，那可不行。

金　　子　有什么不行，谁喝不是喝。

〔金子拿过酒壶，下。稍顷打酒上。

金　　子　给您，常五伯，这可是好汾酒，不信，您尝尝。

常五爷　（尝了一口）好，真是好酒，大星媳妇，你这样好的媳妇到哪儿去找，回头大星回来我得替你说话。

金　　子　（一惊）什么？大星一会儿回来？

常五爷　啊……（猛打自己的脑袋）你婆婆叫我不要说，可我……唉……干脆，我都告诉你吧，是你婆婆叫我来看你，看看你在家做什么。她说这些天屋里不安宁，像是藏了生人，所以叫大星快回

　　　　　　来……

金　　子　藏了生人？有谁敢上阎王家来？

　　　　　〔常五爷欲说又止，看见金子手上拿的鞋面。

常五爷　你手上绣的是什么？

金　　子　老虎。

常五爷　对喽。虎，仇虎从狱里逃出来了。

金　　子　（惊，针扎手）哎哟！谁？仇虎？

常五爷　（独唱）

　　　　　　你会不知道他？

　　　　　　当初你两人要成亲，

　　　　　　又因仇虎吃官司，

　　　　　　你才成了焦家的人。

　　　　　　焦家，仇家，有怨有恨，

　　　　　　你公公没有还，可当留给了你们。

金　　子　（故作害怕）哎呀！常五爷，这可怎么办哪？

常五爷　不要怕。

　　　　　　有你婆婆一句话，

　　　　　　送他到侦缉队，

　　　　　　保住焦家苗，

　　　　　　除了仇家恨。

　　　　　　你要小心，我走了。（下）

　　　　　〔仇虎上。

金　　子　虎子！

仇　　虎　我都听见了，来吧，我仇虎等着呢……

金　　子　虎子，我怕！

仇　　虎　怕什么？

金　　子　我怕大星回来……

仇　　虎　回来得正好。

金　子　为什么？

仇　虎　正好替他爹还债。

金　子　不。他不知道。

仇　虎　是他把你抢走的。

金　子　是阎王，阎王把我抢来的。

金　子　（独唱与二重唱）

　　　　　虎子，我要走，

　　　　　你带我走吧。

仇　虎　　走，上哪儿去？

金　子　　远远地，

　　　　　就是你说的黄金铺满的地方。

仇　虎　　世上哪有这样的地方？！

金　子　　有啊，有啊！

　　　　　我梦里见过。

仇　虎　　世上哪有这样的地方？！

金　子　　你不肯带我走，你不要我了，（哭）

　　　　　你不要我了……

仇　虎　　我要你，要你，

　　　　　我要你的人，

　　　　　我要你的心，

　　　　　我要你跟我走，

　　　　　今生呆不够，

　　　　　来世再相聚，

　　　　　金子，金子，

　　　　　还记得我们小时候，

　　　　（二重唱）

　　　　　我

　　　　　梳着油亮的小辫，

———歌剧《原野》

　　　　　　你

　　　　　　　　我

　　　　　　坐在家的窗口，

　　　　　　你

　　　　　　嘴里唱着一支歌：

金　子　　大麦呀，穗穗长，

　　　　　漫过山头的是那红高粱，

　　　　　我天天都在把你望，

　　　　　盼你快来到我身旁。

　　　　　〔焦母出现在门口，金子发现"啊"了一声，用手捂住嘴，三人僵在那里。

焦　母　　金子！

金　子　　哦，（做哄小孩状）小宝贝睡觉呀，哦，哦……

　　　　　〔焦母向着摇篮走去。

　　　　　〔金子急忙跑过去想抱孩子，并示意仇虎进屋。仇虎盯视焦母，不动。

金　子　　哦，哦，小宝贝听话，听话的孩子我喜欢！

焦　母　　谁？！你给谁唱歌？

金　子　　就我一个人。给小黑子唱歌呢！

　　　　　〔边说边拉仇虎向大门退去。

　　　　　〔忽然大门开了，白傻子闯了进来。

白傻子　　焦大妈，焦大妈！（看见仇虎，住嘴，又想起了什么）吐吐吐吐，吐吐吐吐，呜——，呜——

焦　母　　狗蛋，你看这屋里有什么人，快说！

白傻子　　有，有一个……

　　　　　〔金子冲着白傻子笑着，并向他走来。

焦　母　　谁，快说，是谁？

白傻子　　是个新媳妇。

焦　母　还有谁？

〔金子走到白傻子面前，摸了摸他的脸。

白傻子　（呆住）新媳妇好看，傻子看了直打转；新媳妇美，傻子看了流口水。

〔金子趁机把仇虎推进自己屋里。焦母听到动静，拿着拐杖向金子屋冲去。

金　子　（拦住她）妈，您要干什么？

焦　母　你这贱子，滚开！（打了金子一拐杖，金子摔倒在地）

〔焦母冲进了屋子，屋里传来铁拐落地声、焦母的叫声，白傻子吓得跑了出去，金子吓呆了，片刻寂静。

〔大星背着包袱，提着点心，满面风尘进来。

焦大星　金子，（看见金子坐在地上）你怎么了？（将其扶起）出了什么事了？

〔金子忽然不由自主地哭了。

焦大星　你怎么了？哭什么？别哭了，看我给你带了什么？

〔焦母一步步走来，拐杖在地上重重地响着。

焦大星　妈！

焦　母　（甩开大星，走向金子）

　　　　　你哭，你痛痛快快地哭吧！

　　　　　在你男人面前诉诉你的冤。

　　　　（对大星）她是你的命根子，

　　　　　手里捧着不够，

　　　　　放在嘴里含。

　　　　　丢下可怜瞎眼的妈，

　　　　　没人疼来，招人嫌！（也伤心地哭了起来）

　　　　　大星，我的儿呀，

　　　　　我这都是为了你！……

焦大星　妈，妈，您别这样。金子又有什么不是啦？

———— 歌剧《原野》 》》》》

焦　母　　你问她，你问她，

　　　　　　你问她，这十天和谁在一起，

　　　　　　和谁亲亲热热宝贝心肝。

　　　　　　金子，当着你男人，说呀！

金　子　　谁看见有人来这里？

　　　　　　谁听见亲亲热热宝贝心肝？

焦　母　　你，你还嘴硬，大星，大星！

焦大星　　啊，妈！

焦　母　　你这个糊涂东西，你媳妇偷了人，你的老婆和别人睡了……

　　　　　　你这个窝囊废，活王八……

焦大星　　（疯狂地捶桌子）妈，妈，您别说了……

焦　母　　（拿皮鞭）这是你爸爸的鞭子，打她！问她！要她招出来！

焦大星　　（接皮鞭）金子——这是真的吗？

焦　母　　叫她跪下。

　　　　　　〔金子怒视焦母。

焦　母　　跪下！

　　　　　　〔金子跪下。

焦大星　　金子，你说……

焦　母　　你给我打她，你要是阎王的儿子，就打她！

焦大星　　（狠了心）说，你说！

焦　母　　说！说！

金　子　　（独唱）

　　　　　　你们逼我吧，

　　　　　　你们打我吧，

　　　　　　我做了，我做了，

　　　　　　我偷了人，我养了汉。

　　　　　　你爹押我来做儿媳妇，

　　　　　　进你焦家门，

　　　　　　你妈不把我当人看。
　　　　　　她恨我、骂我，想要害死我！
　　　　　　天下没有比她再毒的女。
焦　母　打她！打她！
焦大星　你快说，快说！
金　子　你打死我吧，
　　　　　　你是个没用的"窝囊废"——
　　　　　　要我再和你们一起过，
　　　　　　我宁可到地狱，
　　　　　　去度那日日夜夜岁岁年年！
　　　　　　你们打我吧，
　　　　　　打死我吧！
焦　母　你，你……你还不给我打，打！打死她！
焦大星　好，打！（举起鞭）
　　　　〔外面传来敲门声和人声："开门，开门！"
　　　　〔停顿。
焦母、焦大星　你是谁？
仇　虎　（在门外）仇虎！我是仇虎！
　　　　〔幕落——

三　幕

〔夜。焦家正屋。高桌上燃着一盏昏惨的油灯，三首六臂的菩萨匿在黑暗里，只有神灯一丝火光照着焦母脸，她默默地敲着磬。

焦　母　（独唱）
　　　　　　菩萨，菩萨求求你，
　　　　　　我家藏着鬼和怪，
　　　　　　求您保佑我的小黑子，

保佑我的大星儿!

〔屋里传来仇虎的声音。

初一十五庙门开,

牛头马面两边排。

焦　母　　菩萨,菩萨求求您,

为我除妖免祸灾。

我夫在天国侍奉您,

我在世上把您拜。

拜过二更是三更,

拜过冬去是春来,

直拜到黄土把身埋!

菩萨,求您!

菩萨,求您!

〔仇虎在屋里继续唱。

殿前的判官呀,

掌着生死簿。

青面小鬼拿着勾魂的牌。……

〔仇虎的唱与焦母的拜佛唱组成一种特殊的二重唱。

〔仇虎出。他冷笑着慢慢地走向焦母。焦母突然伸手抓住他。

仇　虎　（吓一跳,半晌,狠恶地）干妈,您干什么?

焦　母　虎子,你来,来坐会儿。

仇　虎　（坐下）干什么?

焦　母　（拉住仇虎的手）虎子,我的干儿,你们家可就你一个了。

仇　虎　托干妈的福我还活着。

焦　母　孩子,你可别死心眼,干出那害人害己的事。

〔仇虎哈哈大笑。

焦　母　　啊,露腾腾,天阴沉,

我看见你人头落了地,

　　　　　　鲜血四处喷，

　　　　　　阎王要来收你的尸，

　　　　　　招你的魂！

仇　虎　（看着焦母，突然唱起）

　　　　　　初一十五庙门开，

　　　　　　牛头马面哪，两边排，

　　　　　　判官拿着生死簿，

　　　　　　青面小鬼拿着勾魂的牌。

焦　母　别唱了，别唱了……

仇　虎　是我那屈死的爹和妹子在唱哪！

焦　母　虎子，你来个痛快，干妈这条老命交给你了。

仇　虎　干妈你长命百岁，都死了，您也不能死！（拿过焦母的拐杖）瞧，您还那么结实，这拐杖还是铁的呢！

焦　母　（夺回拐杖）虎子，你也那么结实，你没忘！你在金子屋踢我的那一脚。

仇　虎　（狞笑）没有忘。干妈，您的拐杖可也不含糊。

　　　　〔焦母也大笑，突然，她举起拐杖，金子冲出来。

金　子　（喊）虎子！

　　　　〔仇虎又掏出枪。眈眈地对着焦母。三人不动。

焦　母　（慢慢放下铁杖，一字一句地）虎子，金子我们焦家不要了，你可以带着她走。明天就走。只有一件事，什么也别让大星知道，你们俩好好合计合计。（下）

仇虎、金子　（二重唱）

　　　　　　她让我们走？

　　　　　　这是为什么？

　　　　　　等着我们的是万丈深渊，

　　　　　　还是成群的野兽？

　　　　　　管它前面是刀山，

———歌剧《原野》 >>>>>

　　　　　　　是火海，是妖魔，

　　　　　　　我们也要走——

　　　　　　　走，一刻也不停留！

金　子　咱们快走，迟了怕要出事情！

仇　虎　不，等我办完事就走！

金　子　虎子，放了大星吧，

　　　　　　　他是个好人，

　　　　　　　是你从小好朋友……

仇　虎　住口！不要再说，

　　　　　　　两代的冤，两代的仇，

　　　　　　　人不能白死，血不能白流。

　　　　　　　我起过誓，不能饶了他们！

金　子　我们快走吧，

　　　　　　　走得远远，远远，

　　　　　　　再不回头。

　　　　　　　随他们死

　　　　　　　随他们活……

　　　　〔仇虎一把抓住金子：

仇　虎　你是为了让他活才跟我？……

金　子　你怎么这么不懂人心？

　　　　　　　我是你的人，

　　　　　　　心是你的心，

　　　　　　　我不喜欢他，讨厌他，

　　　　　　　虎子，我可怜他，

　　　　　　　我不能眼睁睁看着他……

　　　　　　　你也不忍心……

仇　虎　住口，住口！不要再说！

　　　　〔此时大星醉醺醺地上。金子推仇虎进屋，仇虎不肯。

焦大星　你们在这儿。(对金子)拿酒来!(对仇虎)咱哥儿俩喝一盅。
仇　虎　我要让他先动手!
金　子　(拿酒上)菩萨保佑,保佑!
焦大星　我知道她讨厌我!

〔金子给大星斟酒,大星一饮而尽。金子给仇虎斟酒,仇虎示意让她离开。金子下。

焦大星　(又饮一杯)(二重唱与三重唱)

　　　　我难受,我难受,

　　　　白白地做了男人,今天,

　　　　她竟敢说她心上另有一个人,

　　　　那心上的人不是我。

仇　虎　那个人是谁?
焦大星　她不肯说,

　　　　妈也瞒着我。

仇　虎　该动手时要动手,

　　　　男子汉,要有种!

焦大星　谁说我没有种?

　　　　你看看我是谁?

　　　　阎王的儿子,

　　　　阎王的后代就是我。

仇　虎　你应把那个人找出来,

　　　　拼他个你死我活。

　　　　我要,我要,杀了他——(刀插在桌子上)

〔金子冲出,仇虎看刀,笑起来。

焦大星　你,你笑什么?
仇　虎　大星你看看,我是谁?
焦大星　你是我的好朋友。

　　　　你笑我软弱,笑我窝囊,

　　　　　　笑我没出息，

　　　　　　你想帮助我！

　　　　　　不，不，这一回，我要靠自己！

仇　虎　　你这个糊涂虫，

　　　　　　怎么才能叫你明白。

金　子　　虎子，别说，

　　　　　　放他过去。

仇　虎　　想开口，

　　　　　　嘴在发抖；

　　　　　　想说话，

　　　　　　却没有声音……

焦大星　　她这样看着我，

　　　　　　看我是个没用的男人。

金　子　　虎子，别开口，

　　　　　　放他过去吧！

三　人　　不，不，不！

焦大星　　我让她知道我是谁！

仇　虎　　那复仇的火在煎烤我！

金　子　　天上的神灵快来保佑我们！

焦大星　　（对金子）你快讲吧，他是谁？

　　　　　　你不说，我就杀了你！（拿起刀子）

仇　虎　　告诉他吧，金子，

　　　　　　那人就在他面前，

　　　　　　早就等得不耐烦！

焦大星　　（渐渐明白）怎么?！那个人，

　　　　　　难道是你？是你！

仇　虎　　来吧，大星，

　　　　　　阎王的儿子，

阎王的种，

我仇虎就等着你的刀呢！

〔大星举起匕首，向仇虎冲去。金子用身子护住仇虎，大星盯着金子……

焦大星　（对金子）

你真的喜欢他，

真的要和他在一起？

金　子　　我喜欢他喜欢他，

一生一世跟着他，

天涯海角，寸步不离！

〔大星刀落地，扑倒在桌上痛哭。仇虎看着看着，突然用双手抱住自己的头。金子呆住了。

〔暗转——

〔灯复明，半夜，神像前的灯放出昏惨的光，焦母抱着小黑子不安地在室内来回走动。

焦　母　哦——狼来了，虎来了，小黑子，快睡觉。哦——哦。

〔一边注意着门外，放下小黑子。

〔常五爷轻轻敲门。焦母开门，常提灯笼上。

焦　母　怎么样？

常五爷　侦缉队说就来。队长还说，活的一百五……

焦　母　归你。

常五爷　死的一百块。

焦　母　什么，死的也要？

常五爷　对，打死他，不偿命。

焦　母　（咬牙）打死不偿命。（听到屋里有动静）走，到外面去。

〔仇虎轻轻从室内走出。他手里拿着刀。

仇　虎　（独唱）

现在已是夜深深，

——歌剧《原野》

    地狱打开了黑色的大门。
    青面小鬼拿着勾魂的牌，
    把那新鬼引。
    该动手了，莫迟疑！（走向大星门前）
    啊，大星，大星，
    为什么是阎王的儿子，
    偏偏就是你！
    菩萨！菩萨！
    不是我仇虎心毒——心在颤！
    莫说我仇虎手狠——手在抖！（猛看到焦阎王像）
    阎王，你笑什么？
    你笑我不敢，
    你笑我不是堂堂男子汉！
    两代的仇，两代的冤，
    决不能不算。
    爹，妹子！
    帮帮我吧！
    帮帮我吧！

 〔金子抱小包袱上，看见虎子。
 〔金子抱孩子进焦母屋。仇虎出外，金子复出。

焦大星 （突然冲出来）金子，金子！（看见金子，松了口气）刚才我做了一个梦，梦见你头也不回，一步一步地走了，你的身影越来越远，消失在天边。

金 子 我要做你梦里人。

焦大星 不。你不能走，
    过去的就让它过去，
    只要你不走，
    一切我都依了你。

　　　　　　我求求你了，

　　　　　　别走，别走……（不由地跪下）

金　　子　我是野地里生，

　　　　　野地里长，

　　　　　有一天我会在野地里躺下。

　　　　　人就活一回，

　　　　　没有他，我会死，

　　　　　离开他，我活着和死了一个样。

焦大星　你一定要走？

金　　子　我走定了，永生永世不回头！

焦大星　那好！（拿着刀，向金子走去）你不要我，你也别想得到他！（举起匕首向金子刺去，金子一闪，只划破了右臂）

金　　子　（大叫）虎子，虎子！

焦大星　（追金子）你不要我，我绝不让你得到他！（抓住她，举起匕首，仇虎进来，金子扑向仇虎）

仇　　虎　侦缉队就要来了……

焦大星　（突然高兴起来）好，好呀！你们走不了了，你们别想走。侦缉队就来抓你们，杀了你们，宰了你们……

　　　　〔仇虎怒视大星，一步步逼上去，大星仍笑着一步步退进屋里，虎子一把把大星推进屋。

金　　子　（惊叫）虎子！

　　　　〔片刻，仇虎从屋里出来，睁着眼似中了魔。

金　　子　哦，你的手，你的手，血——

仇　　虎　（抬起一双带血的手，颤抖着）

　　　　　　哦！这双手，这双手！

　　　　　　这双手头一次这样颤抖。

　　　　　　杀人不过是手一抬，

　　　　　　这么一下来，

———— 歌剧《原野》 >>>>>

    一条活活的命，

      就没有了，没有了……

金　子　虎子，你怎么了？我们快走，快！

    〔二人刚冲到门口，门开了，焦母进来。她走到案前，擎起沉重的铁杖向屋里走去。仇虎、金子躲在黑暗处。

焦　母　打死人不偿命，仇虎，你就睡吧……

金　子　她要干什么？

仇　虎　她要打死我，也是这么一下子……

金　子　小黑子就在你床上……

仇　虎　什么？

二　人　啊，天！

    〔传来一个沉重的声音，接着是焦母的喊声："啊，我的小黑子……"

仇　虎　（拉着金子）快走！

    〔幕急落。

四　幕

    〔深夜，黑树林里。漆黑的天空，惨森森的月亮，被黑云遮了一半。黑林子笼罩着恐怖与神秘。

    〔仇虎蹒跚跑上。他满脸汗水，不时摸着腰里插好的手枪和弹夹，他神色恐慌，四处探望片刻，金子支着一根粗树枝走来，她头发披散下来，手里抱着小包袱。

金　子　这是到哪儿了？（靠在死树枯干上）我渴，好渴！

仇　虎　再忍忍，我们快出林子了。

    〔忽然一只怪鸟飞起并怪叫。金子扑过去抱着虎子。

金　子　啊……虎子。我怕，怕……

仇　虎　再忍耐一些，我的好金子，我们快逃出林子了，前面就是那黄金铺满的地方!

〔二人拉手往前走,仇虎看见了一棵巨树,猛扑过去用拳捶击……

金　子　怎么了,虎子?

仇　虎　　这棵树!我们又转回来了……

啊!该死的天!

迷路了,迷路了,

向东?向西?向南?向北?

我们该往哪里走?

出不了林子就见不到铁道,

见不到铁道就找不到活路;

找不到活路……

啊!啊!啊!

(一下,两下,三下把衣服撕去,露出胸膛,抄起手枪,绝望地)

看来,我是命里注定逃不出去了!

好吧,

我虎子生来命不济,

你们来一个,我杀一个,

来两个,我杀一双。

你们要我死,我也不想活!

金　子　　老天,老天!(跪下)

求您发发慈悲保佑咱。

我们没有害过人,

凭什么要我们死?!

老天爷,求求您,

给我们一点光,

让我们活下去……

仇　虎　(暴跳)你求什么?

———歌剧《原野》

　　　　求什么天！
　　　　天，是他们的天，
　　　　从来不会发慈悲。
　　　　天，我恨你！
　　　　该死的老天！
　　〔仇虎悲愤到极点，突然倒地。

金　子　虎子你怎么了，你醒醒！
　　〔远处传来庙里的鼓声与磬声，仇虎渐渐起来，他已失去理智……

仇　虎　你看，她们又来了……

金　子　谁？

仇　虎　瞎老婆子抱着小黑子……我没有，没有……（向后退）

金　子　虎子，你中邪了……

仇　虎　她走了……（又看见）
　　　　啊，这不是我妹子？！
　　　　妹妹——我知道你死得委屈。
　　　　啊，爹。爹，我知道你死得惨！

金　子　虎子，这里只有你和我，
　　　　可怜的虎子！
　　　　他们把你逼疯了，
　　　　快醒醒，快醒醒！

仇　虎　啊，又来了，别来！小黑子不是我害死的……

金　子　虎子，你怎么了？！
　　　　这里只有咱们俩，
　　　　你看看，看看我！

仇　虎　金子！（一把拉住）金子，
　　　　救救我，我有罪，
　　　　我杀了人！快救我呀！

我有罪，有罪！

〔仇虎声嘶力竭地喊着，金子抓住仇的衣领，用力打了他两耳光，停顿。渐渐林子里响起了合唱：

  初一十五庙门开，

  牛头马面两边排。

〔林子里一片雾气。小鬼们从黑暗中出来，有牛头马面飘然而至……组成阎王殿。

  殿前的判官哟，

  掌着生死簿，

  青面的小鬼哟，

  拿着勾魂的牌，

〔一个手执勾魂牌的青面小鬼带着仇虎爹上。仇虎爹跪在阎王面前。

  阎王老爷哟，当中坐，

  一阵阴风吹了个女鬼来。

〔仇虎妹手拿绳子飘上来。二人一起向阎王叩头。仇虎跑进来。

仇　虎　（对爹和妹）爹，妹子！

  为什么只是叩头不说话，

  在阳世你们受尽委屈吃尽苦，

  到了阴曹地府，

  应把那苦来诉一诉。

  应把那苦来诉一诉。

  你们说呀，说呀……

〔阎王突然睁开眼，死死盯住仇虎，仇虎不由自主地跪下。

仇　虎　阎王爷，你睁开眼，

  小人仇虎跪脚下，

  我杀了人，犯了罪，

  只因我有似海的两代仇。

———— 歌剧《原野》

　　　　　我年迈老父被那狠心的焦连长活埋，
　　　　　弱小的妹子又被他卖死在烟花巷。
　　　　　他们又陷害我，入狱八年……
　　　　　入狱八年……
　　　　　我仇虎是好百姓，苦汉子，
　　　　　为什么我们一生一世做牛马？
　　　　　阎王还不把我放？
　　　　　为什么天高地大却容不上我一家？！
　　　　　啊，阎王爷，你开开恩，
　　　　　放过我的爹和妹！

　　　〔阎王指了指仇虎爹、仇虎妹，二人默默地站起。从仇虎面前走下去。

仇　虎　什么？他们还要上刀山、下地狱？！不行——
　　　　〔马面一叉将其打倒。
合　唱　下地狱，下地狱，
　　　　十八层的地狱一层层地去。
　　　　火来烤，锯来锯。
　　　　上天无门，只有入地，
　　　　下地狱！下地狱！

　　　〔鬼们边唱边舞，狞恶的狂笑，仇虎抬头看牛头，牛头止笑，变脸成焦阎王，所有的鬼都变脸成焦阎王。

仇　虎　什么，原来你是焦阎王？！
金　子　虎子，你怎么了？
仇　虎　我杀了你，我宰了你。（向鬼魂扑过去，鬼魂隐去）
金　子　虎子，你中邪了……
　　　　〔仇虎拔出枪放了两枪，远处传来枪声。一枪打中仇虎的腿。仇虎倒在金子怀中。
　　　　〔灯暗——

〔复明，天际出现曙光。巨石前，仇虎靠在金子怀里。二人因惊吓、流血，极度疲乏而昏睡着。

〔金子渐渐醒来……她仿佛听见什么。

金　子　虎子，虎子，醒醒，你听！

仇　虎　（警觉地坐起）什么？

金　子　火车，吐吐吐吐……我们有救了！

仇　虎　没有，你做梦了。

金　子　你听啊！（听了一阵，好像又没有了）

仇　虎　（怜爱地）你跟着我只有苦。

金　子　（望着仇虎）可我心里舒服。

仇　虎　人家看我是个强盗。

金　子　我是个强盗婆。

仇　虎　人家逮着我就砍。

金　子　我生下儿子为你报仇！

仇　虎　金子！

〔二人紧紧抱在一起。

仇虎、金子　大麦呀，穗穗长，

　　　　　　漫过山头的是那红高粱。

　　　　　　我在窗口把你望，

　　　　　　望啊，望啊，

　　　　　　盼你快点来到我身旁。

〔远远一声汽笛。

金　子　你听，是火车，是火车，咱们快走。

〔金子扶起仇虎，走了几步，仇虎忽然停住，片刻。

金　子　怎么，虎子？

仇　虎　这帮狗杂种，四面围上了。

〔金子大惊，四下看，她看见那些躲藏着的身影，她反倒镇静了。

金　子　不，虎子，咱们走。

仇　虎　不走了，我逃够了！

金　子　怕什么，我们也有枪。

仇　虎　子弹就剩两颗了……

　　　　（二重唱与独唱）

仇虎、金子　难道我们就这样完了，

　　　　　　就这样完了？

仇　虎　　不，不，不能完！

　　　　　金子！你要逃出去！

　　　　　记住刚才的话，

　　　　　生个儿子，为我报仇。

金　子　　不，不，我不走！

　　　　　我一辈子跟着你，

　　　　　死也要死在一起！

仇　虎　　你要活下去，

　　　　　要为我报仇，报仇！

金　子　　不，虎子！（痛哭）

仇　虎　（对天放了两枪，扔掉手枪）

　　　　　金子，你不走，

　　　　　我死也不饶你！

　　　　　快走！

金　子　好，我走，我走！（慢慢退着下）

仇　虎　（手里握着匕首）

　　　　　啊，金子，孩子生下来，

　　　　　告诉他，他爸爸没有叫人抓住，

　　　　　他情愿这样死去！（用匕首向心口扎去）

金　子　（扑上来，抱住仇虎）

　　　　　虎子，我的虎子！

〔仇虎慢慢倒下，手里摸到铁镣。

仇　虎　　啊，老朋友，你还在这里。

你在等我吗？

不，不了，

我再也不会戴上你，再也不！

〔仇虎举起铁镣，挺起身，用力将铁镣扔了出去。铁镣发出一声声巨响，一声又一声……

〔剧终。

精品提名剧目·歌剧

我心飞翔

编剧　冯柏铭　黄维若

时间

1950—1953 年。

地点

西方某大城市。

人物

秦时钺　留学海外的中国学者,教授,三十二岁。

杰弗琳　律师,秦时钺的女友,二十八岁。

班克斯　联邦移民归化局官员,男,三十六岁。

布莱恩　秦时钺的导师,班克斯的母亲,六十八岁。

鄢雨萍　中国留学生,秦时钺的研究生,二十三岁。

孕　妇　T 国偷渡者,三十来岁。

其他人物　中国留学生若干、当地民众若干、联邦警察若干、T 国偷渡者若干。

———歌剧《我心飞翔》 〉〉〉〉〉

序　幕

〔呈现在观众眼前的，是巨大的日期显示屏。随着音乐响起，仿佛时光倒流，叠印出如下画面：天安门广场上人如潮涌，毛泽东宣布中华人民共和国成立，五星红旗冉冉升起；田野上，中国农民在喜气洋洋地分田分地；工厂里，铁水奔流、钢花四溅……

〔音乐随之变得深沉而悠远，画面逐渐由黑白变为彩色，大屏幕上渐渐出现了浩瀚的海洋、广袤的原野、富饶的乡村……最后，出现在观众眼前的是新大陆西部海岸拔地而起的摩天楼群。

〔字幕：1950年夏。

〔新大陆西部某大城市，海滨。

〔一群肤色各异的人和许多中国留学生在此狂欢畅饮——这是为秦时钺获得联邦勋章而开的野餐舞会。

〔人们不断地将酒杯伸到秦时钺的眼前，大声地祝贺着：

　　　　　　　　　　　　　　　　为发明与创造干杯！
　　　　　　　　　　　　　　　　为火箭与飞行干杯！
　　　　　　　　　　　　　　　　为你荣获联邦勋章，
　　　　　　　　　　　　　　　　干杯，干杯，干杯！

杰弗琳　（对秦时钺）真有点嫉妒你，　　哈哈、哈哈、哈……
　　　　你拥有太多的赞美。　　　　　　哈哈、哈哈、哈……
　　　　真的为你骄傲，　　　　　　　　哈哈、哈哈、哈……
　　　　你充满东方的智慧。　　　　　　哈哈哈哈……干杯！

秦时钺　（对杰弗琳）亲爱的，也祝贺你，

即将跨入律师的行列。

愿你的前途铺满鲜花，

愿你永远如朝霞般明媚。

〔热情奔放的杰弗琳激动地吻了秦时钺。欢呼声口哨声响成一片：

所有人 （将二人簇拥） 为法律与科学干杯！

为美丽与才华干杯！

为你们相爱到永远，

干杯，干杯，干杯！

鄢雨萍 （对秦时钺）祝贺您，祝贺您， 哈哈、哈哈、哈……

我亲爱的老师！ 哈哈、哈哈、哈……

是您非凡的理论与成就， 哈哈、哈哈、哈……

让人类的飞天梦变得真切。 哈哈哈哈……干杯！

秦时钺 （举杯致谢，然后走向布莱恩——一位白发如雪的女科学家）

感谢您，感谢您，

我尊敬的导师！

是您给了我坚强的翅膀，

是您给了我飞翔的秘诀。

〔所有人都兴奋不已： 为所有的老师干杯！

秦、杰、布、鄢　哈哈、哈哈、哈…… 为真诚和友谊干杯！

哈哈、哈哈、哈…… 为战后安宁的岁月，

干杯，干杯，干杯！ 干杯，干杯，干杯！

哈哈、哈哈、哈…… 哈哈、哈哈、哈……

哈哈哈哈……干杯！ 哈哈哈哈……干杯！

〔人们的情绪正达至沸点，几名报童骑着自行车突然冲上，大喊："号外，号外，号外！世界又一次面临大战。联邦空军轰炸安东，共产党中国出兵朝鲜！号外，号外，号外……"

〔报童一扬手，无数报纸如雪片一般飘落……

〔所有的人读着报纸都惊呆了，不禁喃喃唱道：

——歌剧《我心飞翔》〉〉〉〉〉

为什么？为什么？
连年的战火刚刚熄灭，
为什么？为什么？
为什么又要走进硝烟？

秦时钺　　一百年，一百年，
　　　　　祖国啊你真是多灾多难！
　　　　　从南方，到北方，
　　　　　你曾经多少次遭遇列强？

为什么？为什么？
连年的战火刚刚熄灭，
为什么？为什么？
为什么又要走进硝烟？
……

　　　　　今天哪，
　　　　　一个新的中国刚刚诞生，
　　　　　一缕新的希望刚刚出现。
　　　　　暴虐的狂风，
　　　　　却再一次向你吹来，
　　　　　无情的战火，
　　　　　又再一次将你席卷。
　　　　　我的心在哭泣，
　　　　　我的心在震颤！
　　　　　我的心在哭泣，
　　　　　我的心在震颤！

〔雷声隆隆，乌云翻卷……

秦时钺　　（郑重地）我正式宣布：从今天起，我将辞去联邦空军咨询团以及联邦海军炮火研究所顾问的职务。同时，我还将辞去一切与武器制造相关的教职！

〔一道闪电，一声霹雳，暴雨倾盆而下。
〔所有出席野餐会的人都发出一声惊叫，纷纷跑下避雨。
〔秦时钺却一动不动地站在那里，任由暴雨浇淋……
〔杰弗琳、布莱恩还有鄢雨萍都站在了雨中。他们看着秦时钺，看着他痛苦的模样，心灵受到了强烈的震撼。

〔切光。

第一幕

〔随着一阵如诉如泣的箫声,灯光渐亮。
〔秦时钺独自坐在家门前一片绿草如茵的缓坡上,正在用手中的箫吹奏着一支家乡的曲调——《清明》。
〔班克斯似乎是循声而来,默默地在秦时钺的身边坐下。
〔曲罢,秦时钺凝望着天边,神色竟是那样忧郁和迷茫。

班克斯 (看着他)
　　兄弟,你很忧郁,你在徘徊。
　　这场战争你怎么想,怎么看?

秦时钺 (仍然凝望着远方)
　　我又想起了圆明园,
　　那月光下低泣的残垣。
　　我又看到了旅顺口,
　　那海面上飘荡的硝烟。

班克斯 (笑着)
　　不能这样简单类比,
　　我们是为自由而战。
　　把民主和文明带给世界,
　　动机纯洁,愿望也善良。

秦时钺 (正色地)
　　谁需要枪口上的纯洁?
　　谁需要舰炮上的善良?

班克斯 (提醒他)
　　记得你曾经是联邦上校,
　　与我们肩并肩参加"二战"。

秦时钺　　但那是为了打败法西斯，

　　　　　把强盗赶出自己的家园。

班克斯　　而眼前最凶恶的强盗，

　　　　　就是贵国的共产政权。

秦时钺　　我以为这是一种偏见，

　　　　　思想不能被主义纠缠。

班克斯　　听起来你像是在同情共产主义。

秦时钺　　请原谅本人对眼下的各种主义还知之甚少。但我清楚地知道，我国从前的旧政权早已经腐败不堪，而今天的新中国则给全球华人带来了新的希望。

班克斯　　难怪你要辞去一切联邦军职。

秦时钺　　我不能制造射向同胞的火箭！

班克斯　　这么说，秦，你是决心要和一个邪恶政权站在一起了？

秦时钺　　班克，你去过中国吗？

班克斯　　没有。

秦时钺　　你了解中国吗？

班克斯　　不了解。

秦时钺　　那你凭什么来这样评判一个新生的，甚至连我自己都还来不及了解的国家？

〔班克斯一怔……

秦时钺　　（真诚地）班克，作为朋友我必须告诉你，每一个国家都有自己独特的历史，每一个国家的发展道路都应该由她自己的人民来决定。

班克斯　　不不不，正确的道路只有一条，那就是自由和民主！

秦时钺　　站在万里之外，对另一个自己毫无所知的国家说三道四、指手画脚，就是你所要的自由和民主？

班克斯　　既然上帝选择了联邦作为世界文明的典范，当然有责任来帮助那些贫穷落后的国家。

秦时钺　班克，你太自大了，没有人赋予你们这种责任。我甚至怀疑，是不是有人在打着自由民主的旗号来谋取一国之私。

班克斯　你……

〔难堪的沉默中，班克斯的母亲布莱恩走来。

班克斯　（沉默良久，对秦时钺）……看来，秦，实在是对不起。我现在认为你很有必要去一趟联邦忠诚调查委员会。

秦时钺　（头也没回）干什么？

班克斯　宣誓效忠联邦。

秦时钺　（冷笑一声）忠诚是一种信仰，是心灵中最神圣的东西。我是一个中国人，我只能将她献给自己的祖国和亲人。

班克斯　可是这样，你会有麻烦的。

秦时钺　如果这样，那将是贵国的悲哀！

班克斯　我希望你能为你今天的言行负责。

秦时钺　这是威胁？

班克斯　不，是好心奉劝。

秦时钺　那我告诉你，我从不后悔。（气愤地离去）

〔班克斯欲追，布莱恩将他拦住。

布莱恩　孩子，你这是干什么？你怎么能这样莽撞？

班克斯　（连忙解释）对不起妈妈，我也是出于无奈。因为这关系到国家的安全。

布莱恩　可是你知道吗？那些宣誓效忠的把戏，是对人格的污辱和侵犯！

班克斯　妈妈！

　　　　　作为移民归化局的官员，
　　　　　我有责任进行忠诚调查。
　　　　　麦卡锡参议员说得对，
　　　　　共产主义是一种灾难！

布莱恩　（生气了）愚蠢！

　　　　　秦是最杰出的军事科学家，

　　　　　　　本身就是强大的武装力量。
　　　　　　　如果我国失去这样的人才，
　　　　　　　那是由于你的无知和狂妄。

班克斯　（严肃地）
　　　　　　　妈妈，您是科学界的泰斗，
　　　　　　　您的话就是最权威的判断。
　　　　　　　您说他是强大的武装力量，
　　　　　　　我会立即报告给国务院！

布莱恩　（惊悚地）
　　　　　　　不不不，你想干什么？
　　　　　　　天哪，我都说了些什么？

班克斯　（真诚地）
　　　　　　　妈妈，请您一定要记住，
　　　　　　　国家的利益，永远至上！（转身离去）

布莱恩　（绝望地）
　　　　　　　该诅咒的麦卡锡主义，
　　　　　　　竟让我的孩子如此疯狂。
　　　　　（呼唤着）班克，班克！（追下）
　　　　　〔切光。

〔随着一阵巨大的轰鸣，大屏幕上出现了颇为壮观的当时世界第三大风洞。这是联邦理工学院的空气动力实验室。
〔此刻的实验室里，气氛显得有些沉闷和特别。众多实验人员在秦时钺的指挥下，正忙忙碌碌、一言不发地穿梭来往，但他们在忙碌中有时会突然"定格"，并以一种喁喁私语的方式合唱：
　　　　　　　　　　　　　　　　　　心神不定心神不定，
　　　　　　　　　　　　　　　　　　总觉得有人在跟踪。

秦时钺　　我喜欢这管道的曲线，　　　　心神不定心神不定，我喜欢这空气中的波纹。　　　　总觉得电话被窃听。
我喜欢这明灭的尾焰，　　　　　上帝，不要传我去作证，
我喜欢这狂野不羁的风。　　　　千万，别让我宣誓效忠。
这里有我昨日的辛劳，　　　　　心神不定心神不定，
这里有我心血的结晶。　　　　　总觉得有人在跟踪。
这里有我明天的憧憬，　　　　　心神不定心神不定，
这里有我梦中的飞行。　　　　　总觉得电话被窃听。
可是今天啊！　　　　　　　　　上帝，不要传我去作证，
气流轰鸣，　　　　　　　　　　千万，别让我宣誓效忠。
却没了往日的欢乐，　　　　　　心神不定心神不定，
涡轮飞转，　　　　　　　　　　总觉得有人在跟踪。
竟搅得我心神不定。　　　　　　心神不定心神不定，
心神不定心神不定……

〔众多实验人员中的中国留学生激烈地争论起来：

一部分人　　回去！回去！回去！
另一部分　　冷静！冷静！冷静！
又一部分　　小声！小声！小声！
更多的人　　心神不定，心神不定……　　更多的人
一部分人　　回去！回去！回去！　　　　我们就要拿到学位，
另一部分　　冷静！冷静！冷静！　　　　我们的前途充满光明。
一部分人　　我们要回自己的祖国！　　　可是我们又想回去，
另一部分　　小声！小声！小声！　　　　如何选择，难以决定。

　　　　　一部分人　　　　　另一部分　　　　　更多的人
　　　　回去！回去！回去！　冷静！冷静！冷静！　怎么办？怎么办？
　　　　祖国正需要我们！　　科学也需要我们！　　是留下还是回去？
　　　　回去！回去！回去！　小声！小声！小声！　怎么办？怎么办？
　　　　去迎接民族的复兴！　想一想再作决定！　　真叫人心神不定！

〔这时，秦时钺走来。于是众留学生便一齐向他发问——

———— 歌剧《我心飞翔》

一部分人	另一部分	更多的人
秦老师，	秦大哥，	秦先生，
请你告诉我们！	请你告诉我们！	请你告诉我们！
面对两难的选择，	面对两难的选择，	面对两难的选择，
我们该何去何从？	我们该何去何从？	我们该何去何从？

〔静场。所有的人都在等待着秦时钺的回答……

秦时钺 （沉吟良久之后，终于郑重说出）回去也好，留下也好，每个人都有自己的处境，每个人都有权作出各自的选择。但是我要说的是，科学没有国界，科学家却有自己的祖国。

所有人 （都在仔细地品味着这句话的含义）科学没有国界，科学家却有自己的祖国。科学没有国界，科学家却有自己的祖国……

〔杰弗琳走来，听到这句话她显然是震惊不已……

〔灯光变幻。除秦时钺和杰弗琳外，其余的人都渐渐隐去。

杰弗琳 （呆呆地）科学没有国界，科学家却有自己的祖国……（突然）秦，难道你有了回国的念头？

秦时钺 （像是问自己）我……难道不应该回去？

杰弗琳 （有些幽怨）秦，五年了，我们一直深深地相爱，我可从来没想过有一天你会要离开我。

秦时钺 （像是自言自语）我本想利用战后的安宁，学习更多的知识，研究出更多的成果以随时报效我的祖国，可现在……

杰弗琳 现在是我们的国家在交战，在流血。

秦时钺 所以我更应该回去，不是吗？

杰弗琳 但你要明白，今天你一旦离开这个国家，那对于我俩来说，将意味着永远的分离！

秦时钺 （痛苦地）杰西……

杰弗琳 （突然哭了）别走，秦，别走！我爱你……
　　　我无法忘记，
　　　那刻骨铭心的爱恋。

我无法忘记，

那曾经美好的时光。

你像清洌的甘泉，

曾滋润过我的心房。

你像炽热的火焰，

曾燃烧在我的胸膛。

你是东方吹来的风，

吹得我心潮荡漾。

你是东方飘来的云，

带给我无限欢畅。

你说过生死不渝，

你唱过地久天长。

请不要轻言离别，

抛却你当初的诺言。

让两颗相爱的心，

永隔着浩瀚的大洋；

让我的伤心泪，

日夜不停地流淌……

秦时钺　（伤痛地）

你腮边的每一滴泪水，

都是我生命的狂澜。

你唇边的每一声责问，

都让我的灵魂震颤。

留下来吧，留下来，

把离别的话儿咽下。

我不能伤害，不能伤害，

天使般纯洁的姑娘。

〔随着灯光变幻，鄢雨萍和一些中国留学生出现在另一演区，他

────歌剧《我心飞翔》 >>>>>

们遥望着祖国的方向，轻轻地唱起了那首家乡的曲调——《清明》。

〔这歌声清朗空明，一如掠过心头的春风；大屏幕上随之出现一片江南美景：小桥流水，绿杨如烟，粉墙黛瓦，杏花如雪……

鄢雨萍　　　　　　　　　　　　　　　　　　杏花雨里说清明，

飞絮蒙蒙。

数不尽车如流水马如龙，

云帆画桥，

笙歌透帘栊。

看绿杨烟外酒旗风，

听小巷深处卖花声。

鄢雨萍与众学生　　　　　　　　　　　　　　岁月如歌，

秦时钺　　故园的梦啊，如幻如烟，　　　　　故园如梦！

那样悠长，那样久远。　　　　　如梦……

无论我今生，走到哪里，　　　　岁月如歌，

你永远都在，我的眼前：　　　　故园如梦！

如梦……

桥弯弯……　　　　　　　　　　弯弯……

杏花春雨江南。　　　　　　　　…………

水弯弯……　　　　　　　　　　弯弯……

粉壁青檐柳岸。　　　　　　　　…………

路弯弯……　　　　　　　　　　弯弯……

踏歌陌上桑间。　　　　　　　　…………

月弯弯……　　　　　　　　　　弯弯……

几点渔舟唱晚。　　　　　　　　…………

岁月如歌，

故园的梦啊，如丝如茧，　　　　故园如梦！

那样真切，那样缠绵。　　　　　如梦……

　　　　　　　无论我离你，千里万里，　　　　　　岁月如歌，
　　　　　　　你永远都在，我的心间。　　　　　　故园如梦！
　　　　　　　我的心间！　　　　　　　　　　　　如梦……
　　〔待歌声达至高潮处，灯光复明。
　　〔突然，不远处传来一声刺耳的汽车刹车声。
　　〔接着，便见班克斯和两名戴礼帽穿黑色长风衣的便衣警察走来。
便衣甲　请问哪位是秦时铖教授？
秦时铖　（站了出来）我是秦时铖。
便衣乙　（亮出逮捕证）请您跟我们走一趟。
所有人　（都惊愕地）什么？
杰弗琳　（急切地）他是一位科学家，是联邦理工学院的教授，你们是不是弄错了？
班克斯　（走上前来）没错！
秦时铖　（不敢相信）班克？！
班克斯　（躲避着他的目光）根据联邦忠诚调查委员会的指控，秦时铖教授涉嫌参加共产国际的活动，有可能对国家安全构成危害。
杰弗琳　可笑！证据，证据呢？
班克斯　放心吧，律师小姐，一切都会按法律程序来办。（说完转身走了）
　　〔只听得"咔"的一声，一副锃亮的手铐便戴在了秦时铖的手上。
　　〔所有的人都惊呆了，他们谁也不敢相信这发生在眼前的事情：
　　　　　　　心神不定心神不定，
　　　　　　　总觉得有人在跟踪。
　　　　　　　心神不定心神不定，
　　　　　　　总觉得电话被窃听。
　　　　　　　心神不定心神不定，
　　　　　　　心神不定……
　　〔切光。

第二幕

〔半月后。联邦移民归化局的监狱。

〔在各种狂笑怪叫声中,突然从舞台的后部伸出许多手来——这都是些偷渡入境被抓起来又即将被遣返的T国人。他们一个个因绝望而不停地嘶喊、乞求——这其中甚至还有一名怀孕的女人。

男偷渡者　　让我留下吧!
　　　　　　遍地金元的国家。

女偷渡者　　让我留下吧!
　　　　　　充满机遇的国家。

男偷渡者　　让我留下吧!
　　　　　　富足繁华的国家。

女偷渡者　　让我留下吧!
　　　　　　美丽自由的国家。
　　　　　　就让我留下吧!

男偷渡者　　我们不怕偷渡的艰辛,
　　　　　　我们不怕遣返和关押。
　　　　　　哪怕是在这里乞讨流浪,
　　　　　　也胜过呆在贫困的老家!

众偷渡者　　我们不怕偷渡的艰辛,
　　　　　　我们不怕遣返和关押。
　　　　　　哪怕是在这里乞讨流浪,
　　　　　　也胜过呆在贫困的老家!

偷渡者A　　(突然悲愤地)
　　　　　　为什么会这样?
　　　　　　这是别人的国家。

孕　妇　　(劝慰地)

　　　　　　你不要害怕，

　　　　　　这是仁慈的国家。

　　　　　　众偷渡者坚持住，就能留下！

　　　〔一束强光猛然照亮了被单独关押着的秦时钺。那强光始终跟随着秦时钺，这使得他坐卧不宁，愈加愤怒。

秦时钺　（几乎是嘶喊着）

　　　　　　放我出去！放我出去！

　　　　　　你们简直是无法无天！

　　　　　　竟然用莫须有的罪名，

　　　　　　来剥夺我做人的尊严。

　　　　　　我的心在愤怒中燃烧，

　　　　　　我的灵魂被屈辱熬煎！

众偷渡者　让我留下吧！

　　　　　　富足繁华的国家。

　　　　　　让我留下吧！

　　　　　　美丽自由的国家。

　　　〔突然冲出来一排警察，将警棍玩得滴溜溜乱转，驱赶着偷渡者。

警察们　　有知识的，有才能的，

　　　　　　一个也不许出去！

　　　　　　不许壮大了别的国家。

　　　　　　没本事的，穷酸溜的，

　　　　　　一个也不许进来！

　　　　　　不许分享我们的繁华。

　　　　　　这是国策！这是律法！

　　　　　　不汲取全球精华，

　　　　　　又怎能有今天的强大？

　　　　　　　　　　　　　　　　　　警察们

秦时钺　　让我出去！让我出去！　　一个也不许出去！

————歌剧《我心飞翔》 〉〉〉〉〉

偷渡者　　　让我留下！让我留下！　　　　一个也不许留下！
秦时钺　　　让我出去！让我出去！　　　　一个也不许出去！
偷渡者　　　让我留下！让我留下！　　　　一个也不许留下！

〔混乱中，那名T国孕妇突然倒地，捧着她硕大的肚子痛苦地厉叫着挣扎起来……众偷渡者大惊，立即将她团团围住。

〔渐渐地，孕妇没了声息，众偷渡者不忍卒睹地捂着脸慢慢闪开……

〔但见孕妇身下，一摊殷红的血还在缓缓地流淌。她流产了。

〔孕妇苏醒过来，木然地卷起被鲜血染红的长袍，并将其当做襁褓抱在了怀中……

孕　妇　（突然狂笑）

哈哈哈哈哈哈哈，
我争气的儿子啊，
哈哈哈哈哈哈哈，
你终于在这里降临！
哈哈哈哈哈哈哈，
哈哈哈哈哈哈哈！
按照联邦的法律，
你就是这里的小公民！

警察们　（大怒）

这是个疯子，快将她拖走！
上帝，连我都要得精神病！

〔一警察夺过T国孕妇的血袍欲撕。

孕　妇　（挣扎大喊）

不能，不能，求求你们！
我的儿子，是联邦公民！

秦时钺　（目睹着这一幕，终于忍不住冲了上去）住手！
你们，为什么这样野蛮？

　　　　　他们是人，不是畜生！
　　　　　纵然触犯了你们的法律，
　　　　　也不该遭此虐待欺凌！
　　〔偷渡者在骂、警察在呵斥、秦时钺在怒吼，而 T 国孕妇却在尖声大笑。此刻，她真的疯了。

偷渡者	孕　妇	秦时钺	警　察
遍地金元的国家，	哈哈哈哈……	……	……
你就这样残暴凶狠？	我争气的	……	……
充满机遇的国家，	儿子啊，	啊……	不许进来，
你是这样毫不留情！	哈哈哈哈……	……	疯子！
美丽自由的国家，	你就是这里的	他们是人，	不许进来，
你就这样残暴凶狠？	小公民！	不是畜生！	出去！
富足繁华的国家，	哈哈哈哈……	啊……	他们是疯子，
你是这样毫不留情！	哈哈哈哈……	……	不许进来！

　　〔一棍子落在秦时钺头上，血淋淋而下，他立即抱着头倒在了地上。
　　〔一道带铁栅边框的玻璃墙在秦时钺面前猛然落下。
　　〔警察们将偷渡者们驱赶拖拽而去，一如驱雀屠羊。
　　〔舞台上走来了杰弗琳和布莱恩，她们亲眼看到了这一幕。

杰弗琳　（猛地冲上，扑在玻璃上惊恐痛切地呼喊）
　　　　　为什么会这样？
　　　　　为什么会这样？
　　　　　快放弃你的主张。
　　　　　跟我回家吧！
　　　　　快跟我回家！
　　　　　快离开这血腥的地方。
秦时钺　（挣扎着也扑了过来，用拳头狠命地捶打着玻璃）
　　　　　啊，我亲爱的姑娘，

———歌剧《我心飞翔》 〉〉〉〉〉

这里不是我的家园。
这里再也没有我的梦，
这里再也不值得流连！
〔杰弗琳惊呆了，痛苦而徒劳地摸索着，努力想感觉到秦时钺的手。（二重唱）

	杰弗琳	秦时钺
	啊，一片冰凉，一片冰凉，	啊，一片冰凉，一片冰凉，
	这看不见的东西隔开了我们。	这专横的东西隔开了我们。
	再也触摸不到昨日的温馨，	
秦时钺	再也触摸不到往昔的柔情。	
杰弗琳	再也感觉不到阳光的坦荡，	
秦时钺	再也感觉不到空气的清纯。	
杰弗琳	我恨你，这可怕的坚冰，	
秦时钺	原谅我吧，心爱的人，	
杰弗琳	你狂暴地离间了我们。	
秦时钺	我的心已碎，梦已醒。	

	杰弗琳	秦时钺
	虽然我离你很近很近，	即使我不想舍你而去，
	而你的心却渐渐远行。	命运却迫使我独自远行。
杰弗琳	我恨你，这可怕的坚冰，	
秦时钺	原谅我吧，心爱的人，	
杰弗琳	你狂暴地离间了我们。	
秦时钺	我的心已碎，梦已醒。	

	杰弗琳	秦时钺
	虽然我离你很近很近，	即使我不想舍你而去，
	而你的心却渐渐远行。	命运却迫使我独自远行。

〔布莱恩，这白发苍苍的科学家走上来，伸出手去，隔着玻璃印上了秦时钺的另一只手……

布莱恩　（歉疚地）

　　　　　孩子啊，对不起，

　　　　　悔恨在噬咬着我的心。

　　　　　我不该说那些话，

　　　　　使你陷入今天的困境。

　　　　　我不知道这些人，

　　　　　有如此险恶的用心。

　　　　　孩子啊，我请求你，

　　　　　不要对良知失去信心。

　　　　　他们是一群偏执狂，

　　　　　并不代表这里的人民。

　　　　（拿出许多报纸和信件）

　　　　　这是联邦教授协会，

　　　　　写给政府的公开信。

　　　　　还有众多报刊杂志，

　　　　　在为你声援鸣不平。

〔随着布莱恩的歌声，大屏幕上出现印刷机飞速运转的特写：一份份报纸源源而出，全是抨击麦卡锡主义迫害科学家的大字标题……

杰弗琳　　求求你，想一想，再作决定。

　　　　　请仔细看看，我痛苦的眼神。

布莱恩　　如果你回去，我也觉得惋惜，

　　　　　我担心你的天才会埋没殆尽。

秦时钺　（向布莱恩）

　　　　　一千句，对不起啊恩师！

　　　　（向杰弗琳）

　　　　　一万声，感谢你啊亲人！

　　　　　我爱你们，我忘不了你们，

可是我要回去，我要回去！

只为一个善良的民族，

不再成为待宰的羊群！

杰弗琳　（伤心至极）秦，你终于说出了这句话。（泪水潸然而下）

秦时钺　杰西，对不起……

杰弗琳　（过了很久）秦，我也想走。（凄然地）我想离开这伤心的地方。

秦时钺　（吃惊地）走？你要走到哪里去？

杰弗琳　我收到了东海岸伯恩斯律师事务所的邀请。我本来想回绝，可是现在……（心灰意冷地）我想我还是应该答应他们。

秦时钺　（脱口而出）不！（接着说出来的却是）不不……你应该去，应该去。

〔杰弗琳闻言深感绝望，她害怕自己因此哭出声来，便欲转身离去。

秦时钺　（大叫）杰西！（痛苦地）不要恨我……

杰弗琳　（停步，但没有回头）我不会恨你。可是……秦！在你改变主意以前，我想我们不会再有机会见面了。（挥泪而去）

〔班克斯走了进来，布莱恩怒目而视。

班克斯　（躲避着布莱恩）秦，由于有人替你交纳了足够的保释金，按照联邦法律，因此你被暂时保释。但是……请原谅，你的自由是有限度的，你得时刻等候联邦法院对你的传讯。

秦时钺　（一听，忙对布莱恩）老师，谢谢您为我担保！

布莱恩　（摇摇头）不，不是我。是杰西变卖了自己的全部房产。

〔秦时钺呆住了。他望着杰弗琳离去的方向，心中充塞着无以言说的悲凉和无奈，眼中也渐渐地噙满了酸楚的泪水……

（《永失我爱》）

秦时钺　　　没有说再见，

　　　　　也没有告别，

　　　　　你就这样走了，

　　　　　带着无声的泪。

你没有半点责备，

我却满心羞愧。

你留下一片真情，

我却无法面对。

哦，爱人，

你给我春天的绿野，

我却让草儿枯萎。

你给我夏季的芳菲，

我却让花儿凋谢。

你给我秋夜的清晖，

我却让月儿憔悴。

你给我冬日的细雪。

我让它化作了流水。

没有说再见，

也没有告别。

你就这样走了，

带着难言的悲。

看着你渐行渐远，

我的心已破碎。

那永远失去的爱，

再也无法找回。

〔随着哽咽如泣的箫声，灯光渐暗。

第三幕

〔三年后。秦时钺的住所。

〔大屏幕上，夜色中大雪纷纷而下，一片银色世界。远远近近，都是灯光装点的彩饰和圣诞树，并传来孩童们天真的歌声：

叮铃铃，叮铃铃，

驮鹿的铃声响了！

叮铃铃，叮铃铃，

驮鹿的铃声响了！

从那遥远的北极，

送来了圣诞老人。

他把五彩的礼品，

撒在了我的梦中。

叮铃铃，叮铃铃，

驮鹿的铃声响了！

叮铃铃，叮铃铃，

驮鹿的铃声响了！

叮铃铃，叮铃铃……

〔歌声中，出现了秦时钺的住所——一座维多利亚式的别墅。

〔别墅内，所有的书籍和物件都已打包、装箱，只留下一些平常生活必需的日用品，因此房间里显得简陋而冷清。

〔此刻，席地而坐的秦时钺正对着摆放在地上的一幅苏绣在用手中的箫吹奏《清明》的旋律……

〔别墅外，班克斯和几名移民归化局的特工冒着大雪仍在严密地监视着秦时钺的住所。

〔在另一表演区里，出现了杰弗琳。她仿佛也听到了箫声……

〔杰弗琳、班克斯在各自空间的内心独白——（二重唱）

杰弗琳	班克斯
这竹子做成的乐器，	…………
怎装得下这么多苦闷？	…………
…………	这忧郁的东方曲调，
…………	吹得我心里乱草丛生。
它就像无数细小的青藤，	…………

紧紧地缠绕着我的心。　　　　…………

…………　　　　　　　　　一天又一天，一年又一年，

…………　　　　　　　　　调查、监视、窃听、跟踪。

它就像风雪里的　　　　　　噢，上帝！

流浪汉，倾诉着　　　　　　您让他快点屈服吧，

孤苦无援的心境。　　　　　他已经变成了我的噩梦。

〔别墅内的秦时钺也加入进来，形成三人在各自空间的三重唱：

秦时钺　　　　杰弗琳　　　　班克斯

风一阵……　　我说过不要再见你，　啊…………

雪一阵……　　却忍不住还是想你。　真想念家中

送来了平安夜　啊…………　　　壁炉的温暖，

歌声阵阵。　　我曾经的爱，　　　真想听到儿子的笑声。

雪一程……　　三年了！　　　　这个做导弹的疯子，

风一程……　　三年了！　　　　究竟是什么材料做成？

送走了光阴　　难道你还在　　　为什么

一程又一程。　苦熬苦等？　　　他要白白抗争？

〔杰弗琳和班克斯隐去，孩童们天真的歌声又起……

秦时钺　（依节行歌）

　　　风一阵，雪一阵，

　　　带来了平安夜歌声阵阵。

　　　雪一程，风一程，

　　　送走了光阴一程又一程。

　　　风过无影，雪落无声，

　　　一怀愁绪，万里牵萦。

　　　我仿佛听到灵隐的钟声，

　　　我仿佛听到虎丘的鸟鸣：

　　　不如归去！不如归去！

　　　那是杜鹃啼血一声声。

问月亮，问星星，

哪一片是家乡飘来的云？

问大地，问天空，

何年何月才是我的归程？

天地茫茫，星月昏昏，

莫非是我的泪眼朦胧？

我分明看到龙华的塔影，

我分明看到秦淮的荷灯……

等我回来！

等我回来！

等我回来！

我心飞翔，我心飞翔，

我要一飞冲天上九重！！

〔当秦时钺忘情地扑向眼前的幻景，这一切却又消逝得无影无踪。

〔幽怨的琴声仿佛从雪地里飘出，和着箫的呜咽像是在相互倾诉。

秦时钺　（出神地）杰西，杰西！

　　　　〔杰弗琳重又出现……

杰弗琳　（轻声地）……秦，你还好吗？

秦时钺　（苦笑着）三年了，每天都有人监视、跟踪。

杰弗琳　（一阵心酸）秦，快来吧，到东海岸来，我会为你安排好一切。

秦时钺　我知道，杰西，你有这个能力。我常常在报纸上看到你。三年的时光，已将你造就成一位优秀的律师。可是我……

杰弗琳　秦，生活是具体的，所谓国家、民族，只是一些概念而已。

秦时钺　不！我的祖国对于我来说绝非概念，她具体得就像……就像是自己的父母，就像是……

　　　　〔杰弗琳叹息一声，倏然消失。

秦时钺　（一怔，呼喊着）杰西！杰西……

　　　　〔秦时钺一转身，几乎迎面撞上从厨房里闯出来的一位"圣诞老人"。

"圣诞老人" （动作十分夸张）

    叮铃铃，叮铃铃，

    叮铃铃铃铃，叮……

  （接着嘻嘻一笑，取下嘴上的白胡子）圣诞快乐！

秦时钺 （惊讶地）鄢雨萍！你怎么……？

鄢雨萍 （指了指门外）圣诞老人不喜欢监视者，我是从后面溜进来的。（说着拿出一只花花绿绿的袜子，从中取出一封信，交给秦时钺）老师！

    叮铃铃，叮铃铃，

    驯鹿的铃声响了！

    叮铃铃，叮铃铃，

    驯鹿的铃声响了！

    从那遥远的芬兰，

    转来了家书一封。

秦时钺 （拆开信一看，惊喜地）这是我母亲的来信！（对鄢雨萍）她说如今山河初定，百废待兴，国家在大搞基本建设，正需要我们回去施展才能。而新中国的新气象、新气派和新的事业，已经吸引了众多的海外学子归国效力。她还告诉我，只要我们每一个中国人都有一颗自强自立的心，国家的强盛、民族的复兴，就是指日可待的事情！

鄢雨萍 叮铃铃，叮铃铃，

    驯鹿的铃声响了！

    叮铃铃，叮铃铃，

    驯鹿的铃声响了！

    有人从遥远的东方，

    还捎给您一个喜讯：

    新政府的周总理，

已派人到日内瓦，

说要用联邦战俘，

来换回海外学人。

秦时钺 （激动地）

我亲爱的祖国啊，

您没有忘记我们！　　　　　鄢雨萍

我亲爱的祖国啊，　　　　　叮铃铃，叮铃铃，

您没有忘记我们！　　　　　叮铃铃铃铃，叮……

秦时钺 （感慨地）如今事实已经向我表明，祖国需要我，我更需要祖国！

鄢雨萍 老师您放心。您回国已经成为必然。尽快请一名好律师，要求庭审，争取主动。

秦时钺 对，我一定想办法摆脱目前的困境，争取早日回去为新中国效力！

〔正当这时，班克斯带着两名便衣警察突然从外面闯了进来。

〔鄢雨萍赶紧重又戴上圣诞老人的白胡子。

秦时钺 （愤怒地质问）谁让你们进来的？

班克斯 法律！（然后问鄢雨萍）你是怎么进来的？

鄢雨萍 （指着壁炉）圣诞老人一般都从烟囱进来。

班克斯 （一把扯下鄢雨萍的白胡子）小姐，你很幽默。但你不是圣诞老人，得请你马上离开。

鄢雨萍 为什么？

班克斯 未经允许，你不能来这里。

秦时钺 （大怒）我不是囚犯！

鄢雨萍 对！他不是囚犯，你们不能这样对待他！

班克斯 （刻板地）候审期间，不许私自与外界联络。

一便衣 （突然对秦时钺）秦先生，您手上拿着的是什么？

秦时钺 这是我的私人信件。

〔便衣二话不说，一把便从秦时钺的手中夺过信件。

秦时钺 （大叫）干什么？

班克斯 （也不理会，只是对鄢雨萍）小姐，请吧！

〔说罢两名便衣警察便监押着鄢雨萍出门而去。

〔被气疯了的秦时钺咆哮着举起一包行李，朝他们狠狠地砸去——

秦时钺 （几乎是狂喊着）

　　　　回家！回家！回家！
　　　　一刻也不能再等。
　　　　不能让这样的污辱，
　　　　一点点把我逼疯。
　　　　我要求对我进行审判，
　　　　我要求将我驱逐出境。

（突然对着天空）

　　　　杰弗琳，帮帮我！
　　　　帮帮我，杰弗琳！
　　　　他们无非想消磨我，
　　　　让我变成一个废人。
　　　　如今三年已经过去，
　　　　没理由再将我软禁。
　　　　你能帮我走上法庭，
　　　　你能助我踏上归程！

（几乎是恳求地）

　　　　你现在是有名的律师，
　　　　才华横溢，雄辩机敏！
　　　　我请求你为我讨回公道，
　　　　为我洗刷掉不实的罪名！

（急切地）

　　　　杰西，杰西！
　　　　你说话呀，你说话呀！

————歌剧《我心飞翔》 〉〉〉〉〉

〔在另一个表演区，杰弗琳再一次出现。

杰弗琳　　其实只要你不再说离去，
　　　　　所有的指控将不辩自明。
　　　　　一时的委屈和伤痛，
　　　　　我愿意用爱将它抚平。
　　　　　可是你依然归心似铁，
　　　　　可是你依然不改初衷。
　　　　　是什么让你如此执著？
　　　　　是什么让你如此坚定？

〔风雪声中，再次传来了《清明》的旋律……

秦时钺　　（双手捧起那幅苏绣，并慢声哦吟）应怜中土成荒塞，万里长风吹古愁！（泪水竟止不住夺眶而出）

〔随着乐声大作，屏幕上渐显出一幅极大的苏绣《清明上河图》。

〔歌声轻起：　　　　　　　　　　　杏花雨里说清明，
　　　　　　　　　　　　　　　　　飞絮蒙蒙，

秦时钺　　（在歌声中）这是临出国时我妈妈送　数不尽车如流水马如龙。
　　　　　给我的一件她亲手制作的礼物。那　云帆画桥，
　　　　　时候我才十六岁，只知道这是我妈　笙歌透帘栊。
　　　　　妈用针线绣出来的一幅中国古老的　看绿杨烟外酒旗风，
　　　　　名画——《清明上河图》！　　　　听小巷深处卖花声。

〔随着歌声，从屏幕上《清明上河图》中人物行进方向的尽头，许多真人出画，他们或推车荷担，或背纤挽船，或卖货串户，或踏青进香，以一种行进的方式踏歌而来：《岁月如歌》。

秦时钺　　（指着《清明上河图》）后来，我长　故园如梦，
　　　　　大了，才明白这是妈妈在告诉我：我　故园如梦！
　　　　　的国家不仅曾有过繁华富足、美好　岁月如歌，
　　　　　安宁的日子，而且还有过数千年领　故园如梦，
　　　　　先于世界的辉煌！　　　　　　　　故园如梦！

〔歌声和舞蹈渐渐远去，杰弗琳却还在痴痴地想着——

〔突然一声巨响，在令人心颤的音乐声中，大屏幕上出现了被烧毁后的圆明园；出现了被炮轰残缺的北京城墙；出现了被攻陷的虎门炮台；被血洗的南京……

〔随之，那些"画中人"复又出现，他们似乎是用形体在向杰弗琳倾诉着什么……

秦时钺　（激动地）再后来，我更明白，是野蛮的战火、是贪婪的抢掠毁灭了这一切！是固步自封、因循守旧的封建桎梏才使得我们逐渐落后于这个世界，并因此而招致了百年的屈辱！

　　　〔哀伤的歌声响起，鄢雨萍（领唱）：　杏花雨里说清明，
　　　　　　　　　　　　　　　　　　　　　血泪声声，
　　　　　　　　　　　　　　　　　　　　　数不尽国破家亡恨几重。
　　　　　　　　　　　　　　　　　　　　　百年离乱，
　　　　　　　　　　　　　　　　　　　　　千秋大梦醒。
　　　　　　　　　　　　　　　　　　　　　看亭榭楼台成荒冢，
　　　　　　　　　　　　　　　　　　　　　听凄竹哀弦放悲声。

秦时钺　（仰望天空）妈妈，您放心吧！孩儿　　长歌当哭，
　　　　懂得您的良苦用心，知道这画上的　　　天道无情！
　　　　每一针每一线都凝聚着一个中国母　　　天道无情！
　　　　亲的血泪和悲情！妈妈，等着我吧！　　长歌当哭，
　　　　哪怕是高岸为谷，深谷为陵！孩儿　　　天道无情！
　　　　我也要回到自己的家园，承担起做　　　天道无情！
　　　　一个中国人的责任！

　　　〔音乐推至高潮处，戛然而止。

杰弗琳　（冲动地）秦，我答应，为你出庭！
秦时钺　（扑过去）杰西！

　　　〔灯暗。

　　　〔与此同时，灯光照亮别墅外的一角，这才发现"忠于职守"的

班克斯此刻已几乎成了一个雪人。

〔远处又传来孩童们天真的歌声： 叮铃铃，叮铃铃，

驮鹿的铃声响了！

叮铃铃，叮铃铃，

驮鹿的铃声响了！

从那遥远的北极，

送来了圣诞老人。

他把五彩的礼品，

撒在了我的梦中。

班克斯 （显得有些迷惑地） 叮铃铃，叮铃铃，

问雪花，问雪花， 叮铃铃，叮铃铃，

我是谁？我在哪？ ……

千家万户都在团聚， ……

我守在这里干什么？

究竟是他囚禁了我，

还是我在囚禁他？

我竟然成了，

他生活中的配角。

这是否有些荒诞，

有点卡夫卡？ 叮铃铃，叮铃铃，

…… 驮鹿的铃声响了，

…… 叮铃铃，叮铃铃，

（当听到远处孩童们的歌声） 驮鹿的铃声响了，

不！不不不！ ……

为了我衷心热爱的国家， ……

这是我必须付出的代价。

东方人，

我欣赏你不屈的个性！

两强相遇，

我倒要看看谁先垮？

〔雪越下越大，但班克斯的目光中却透着不可遏止的狂热与坚定……

第四幕

〔半年后。联邦法庭。

〔舞台后区，许多关切此案的该国民众和中国留学生都已面对观众、高低有序地坐在了旁听席上——他们既是旁听者，也是合唱队员。

〔在旁听席的中间，有一条过道，一直通向舞台最深处法庭的大门。

〔舞台前区，秦时钺面对观众坐在被告席上，旁边是陪审团，另一侧是以班克斯为首的控方。

〔法官等则是只闻其声不见其人，仿佛他们就坐在乐队的上空。

〔而此刻，所有旁听者的心里都有些犯嘀咕：

这是一桩奇怪的案件，

这是充满悬念的庭审。

一个科学家要回去，

可政府死活就是不准。

先说他是共产党员，

又说他知道太多的机密，

回去一定会帮助敌人……

〔旁听者的合唱声未落，法庭的大门洞开，杰弗琳出现在强烈的阳光下。她显得脸色有点苍白，脚步有些迟缓地沿着旁听席中间的过道由舞台后部往前走来……

杰弗琳　（心情极其复杂）

　　　　　　从黎明到夜半，

　　　　　　从夜半到黎明。

　　　　　　心中像波涛翻滚，

　　　　　　眼前是暴雨狂风。

　　　　　　灵魂被冲刷淘洗，

　　　　　　命运被无情拨弄！

　　〔随着她前行的脚步，灯光渐渐地暗淡。

杰弗琳　　　这熟悉的环境，

　　　　　　忽然感觉陌生。

　　　　　　我的头阵阵眩晕，

　　　　　　脚下像踩着白云……

　　　　（抬头看去）

　　　　　　手执弓箭的爱神哪！

　　　　　　你这蒙住双眼的顽童。

　　　　　　是你让我，别无选择，

　　　　　　作出一个仓促的决定。

　　　　　　我不知道我现在是谁，

　　　　　　究竟是律师还是恋人？

　　　　　　手执天秤的女神哪！

　　　　　　原来你也蒙住了眼睛。

　　　　　　好像在说，法不容情，

　　　　　　必须秉持良知与公正。

　　　　　　可是我的公正，将使我

　　　　　　永远失去，我所爱的人。

　　〔杰弗琳终于走到了辩护律师席前，一眼看到了秦时钺。

　　〔他们互相望着，眼中是千万种说不尽的东西。琴声如诉如泣，若隐若现地又传来了《清明》的旋律……

杰弗琳　　（猛然警醒）不！

　　　　　我要直面水与火的煅淬，

　　　　　我要战胜这酷暑与严冬。

　　　　　从你的目光里，我看到了，

　　　　　最崇高的爱，是一种牺牲！

　　　〔灯光复明，旁听者的议论声又起……

　　　〔法槌击打的声音："安静！"

班克斯　（立即站出来）法官大人，我们在联邦忠诚调查委员会的授权下对被告秦时钺教授进行了调查。我们有充分的理由认为，被告在大量掌握我国航空和火箭推进机密后，企图将这些技术带往国外。

杰弗琳　你在暗示，我的当事人窃取了机密？

班克斯　我没有使用这个词，但是他在工作中，必然接触和了解到同事们的发现和发明。

杰弗琳　请你回答是还是不是。

班克斯　他本身就处于国家的机密环境……

杰弗琳　（逼视着他）请你回答是还是不是！

　　　〔班克斯恼怒地盯视着杰弗琳……

　　　〔旁听者的心中却在催促着：

　　　　　是，还是不是？

　　　　　Yes or No？

　　　　　班克班克班克班，

　　　　　说吧说吧说吧说……

　　　〔歌声中，灯光陡暗，一切都隐去，只余下一束光照亮了班克斯与杰弗琳。他们在进行着一种心灵较量——

班克斯　他是一个危险的敌人，

　　　　　你竟然对他表示同情？

杰弗琳　我要将事实彻底澄清，

　　　　　还给他名誉和公平！

班克斯　　不要将个人的情感，
　　　　　代替了对国家的忠诚！

杰弗琳　　你并不代表国家，
　　　　　我无需对你屈从！

　　　　　班克斯（威胁）　　　　　　杰弗琳（笑了）
　　　　　小心！　　　　　　　　　　我闻到了你的气味，
　　　　　不要毁灭自己，　　　　　　麦卡锡主义的幽灵。
　　　　　不要断送自己的前程！　　　我坚守着正义与良心！

　　　〔突然法槌一敲，灯光复明。
　　　〔班克斯与杰弗琳还在对视着……
　　　〔法官的声音响起："鉴于本案的特殊性，允许控方陈述自己的看法。"
　　　〔一部分旁听者：
　　　　　不公平！不公平！
　　　　　这不是陈述是推论。
　　　〔另一部分旁听者：
　　　　　有必要！有必要！
　　　　　这关系到国家命运。
　　　〔一部分旁听者：　　　　　　另一部分旁听者：
　　　　　不公平！不公平！　　　　有必要！有必要！
　　　　　这不是陈述是推论。　　　这关系到国家命运。
　　　〔法槌又是一击，法官的声音："安静！安静！"

班克斯　　（继续）各位尊敬的陪审员、女士们先生们，我的回答诚如起诉书中所表明的那样，被告了解和掌握的许多知识，应属于我国！

杰弗琳　　（马上）这么说，这就是你要起诉他、扣押他、拘禁他的理由？

班克斯　　（觉得入了她的圈套）这个……

杰弗琳　　请回答，是还是不是？

班克斯　　应该说……

杰弗琳　（紧逼不放）我只需要你回答，是还是不是？
班克斯　（无奈地）是！
杰弗琳　法官大人，我要传问证人。
　　　　〔法官的声音："允许被告律师传唤证人。"
　　　　〔于是，白发萧然的布莱恩走上了证人席。
班克斯　（突然）我反对！鉴于证人是被告的导师，因而与被告有着多年的亲密关系，这使我不能不怀疑她的证人资格。
布莱恩　（笑了）
　　　　　　不错，我是他的导师，
　　　　　　我把他看做我的亲人。
　　　　　　但同时我也很惭愧，
　　　　（将手指向班克斯）
　　　　　　我是这位先生的母亲。
　　　　〔法官的声音："反对无效！布莱恩教授有权作证。"
　　　　〔一部分旁听者应和：
　　　　　　有权作证！有权作证！
　　　　　　有权作证！有权作证！
杰弗琳　（走向证人席）夫人，我的当事人曾经是您的学生，是吗？
布莱恩　是。
杰弗琳　您认为我的当事人了解、掌握了许多您和同事们的知识吗？
布莱恩　是！
　　　　〔陪审团以及旁听席上的部分人群一阵骚动：
　　　　　　一个科学家要回去，
　　　　　　按理说应该值得同情。
　　　　　　可他带走了国家的机密，
　　　　　　会不会威胁到我们的生存？
　　　　〔班克斯一阵窃喜……
杰弗琳　（待人群稍安，然后指向一侧）夫人，陪审团就在这边，请您予以说明。

布莱恩 〔平缓，却充满权威〕

　　　　　我曾经教给秦许多知识，

　　　　　但他的回报很让我感动。

　　　　　是他为航空动力学，

　　　　　创造了非凡的理论。

　　　　　是他在喷射技术方面，

　　　　　引领了整整一代人。

　　　　　是他让我们的导弹，

　　　　　第一次飞上了天空！

　　　　　应该说是我的国家，

　　　　　更多地利用了他的智慧。

　　　　　应该说是我的国家，

　　　　　更多地获取了他的发明。

　　　　　因此，联邦军队和国务院，

　　　　　才将一系列的荣誉授予秦。

　　　　　而恰巧不是授予你，

　　　　　可爱的班克斯先生！

〔班克斯大为尴尬，而旁听席上的大部分人都笑了起来：

　　　　　班克，班克！

　　　　　你该找麦卡锡授勋。

　　　　　回学校去吧！

　　　　　班克，去读完高中……

〔法槌大响，法官的声音："安静！安静！安静！"

杰弗琳 〔对陪审团〕通过布莱恩教授的证言，各位可以了解到，控方长期软禁被告的理由并不充分，他们罗列的所谓罪名也只是根据自己的推测而不是基于事实。对此，如果我们任其所为，我相信有一天它会危及到我们在座的每一个人！这决不是危言耸听，因为今天的案例，使我想起一位德国牧师在面对着纳粹暴行时，曾经说过的这样一番话：起初，他们抓共产党员，我不说话，因为我不是工会会员；后来，他们抓犹太人，我不说话，因为我是亚利安人；再后来他们抓天主教徒，我还不说话，因为我是新教徒……所以，到最后他们来抓我的时候，已经没有人能为我说话了。

〔全场悚然……

班克斯　（急了）我反对！这是煽动，煽动！

〔法官的声音："辩方，不要涉及与本案无关的问题。"

杰弗琳　谢谢法官大人，我的话已经说完了。

班克斯　（马上）法官大人，我想问被告一个问题。

〔法官的声音："你可以提问。"

班克斯　（对秦时钺）秦先生，我想请你诚实地回答我，此时此刻，站在你个人的立场，你认为你应该为谁效忠？

秦时钺　（想了想，坦然回答）我应该忠于中国人民。

班克斯　（马上）谁代表中国人民？

秦时钺　谁能为人民谋利益，谁就代表中国人民。

班克斯　（兴奋地）这么说你认为现在中国大陆的共产党政府，正是你所想要的政府了？

秦时钺　（想了想）目前我还不太清楚。

班克斯　（紧逼）既然你不太清楚，那你为什么又一定要去那里？

杰弗琳　（大声地）我反对！这是对我的当事人进行诱导。

〔法官的声音："反对有效！被告，你可以不回答。"

秦时钺　（大声地）不，我要回答！

　　　　　我是一个中国人，
　　　　　我是华夏子孙！
　　　　　那里有我的兄弟姐妹，
　　　　　那里有我的白发双亲。

那里有我儿时的足迹，
那里有我祖宗的坟茔。
那是一棵五千年的大树，
深深的根已扎进我的灵魂。
无论是花开花落叶枯叶荣，
一枝一蔓都牵扯着我的心。
如今我听说就在那里，
沧海已经变成了田垄。
我该不该回去看一看，
到底发生了什么事情？

（转向陪审团和旁听者）
谁没有自己的祖国，
谁没有骨肉亲情？
连鸟儿都恋旧时巢，
连鱼儿都有回游的天性。
难道说一颗漂泊的心，
就不该做那归乡的梦？
难道这也触犯了刑律，
就应该遭到长期软禁？
请问有哪一国的法典，
说"回家"也是一种罪行？

〔秦时钺的话引起了强烈的反响，于是大部分旁听者便如祈祷般地：
让他回去吧回去回去吧！
让他回去吧回去回去吧！
谁，没有自己的祖国？
谁，没有骨肉亲情？

〔陪审团也加入进来：
让他回去吧回去回去吧！

让他回去吧回去回去吧！

每一个热爱自己祖国的人，

都有权得到应有的尊重。

〔法槌急敲，法官的声音："安静！安静！安静！安静！"

班克斯 （做最后一搏）秦先生，我还想问你一个问题：如果你回去之后，该不会为你的祖国制造武器来与我国交战吧？

〔此言一出，整个法庭的气氛骤然为之一变，变得极为严肃而敏感。

〔所有的人都在看着秦时钺——尽管他们各自怀着不同的心情。

〔偌大的法庭里，居然安静得仿佛连一根针掉在地上都能听见。

秦时钺 （沉默有顷，然后神色凝重地）从我来到这个国家的第一天，我就感受到了这里人民的大度和热情。我热爱这里的人民，可是归根到底，我是自己祖国的儿子，一千年，一万里，我都会要回到那里。但不是为了仇恨，不是为了战争，而是为了和平与繁荣。我希望贵国繁荣，也希望贵国能够容忍别国的繁荣。我们不希望再受人欺侮，也因此决不会欺侮他人。"己所不欲，勿施于人"，这是我们祖先的古训，这就是中华文明！女士们，先生们，对于西方人所信奉的"物竞天择，适者生存"，我是这样理解的：人类在这个星球上能够优于其他物种，不是因为弱肉强食，而是因为善于沟通！

〔所有旁听者都站了起来：

我们要和平相处，

我们要和睦并存！

我们要平等博爱，

我们决不要战争！

〔法槌再敲，法官的声音："鉴于被告秦时钺客观上对本国安全形成潜在威胁，本法庭判决，将被告秦时钺强行驱逐出境！"

〔对于这一判决，大部分的旁听者竟然欢呼起来：

　　　　　好好好！妙妙妙！
　　　　　哈哈哈，哈哈哈……
　　　　　这是一纸绝妙的判词！
　　　　　这是一场罕见的庭审！
　　　　　尽管有些逻辑不通，
　　　　　总算还通了点人性。
〔许多人从旁听席上拥过来，纷纷向秦时钺表示祝贺。尤其是中国的留学生，一个个更是激动不已。
〔众人热烈鼓掌。欢声、笑声、祝福声响成一片。
〔舞台灯光渐暗，似乎有一缕琴声和着箫鸣从遥远的地方飘来。
〔秦时钺回头望去，这才发现杰弗琳已不在欢乐的人群中。
〔一切都悄然消逝，只余下一束光打着秦时钺——

秦时钺　（寻找着）
　　　　　杰西，杰西！
　　　　　你不能就这样悄然而别。
　　　　　我是多么地希望，
　　　　　你能和我一起飞。
　　　　　噢杰西，杰西！
　　　　　你在哪里，你在哪里？（呼喊着、寻找着远去）
〔杰弗琳却出现在另一束灯光下……

杰弗琳　（凄然一笑）
　　　　　我知道我离不开你，
　　　　　才没有勇气走近你。
　　　　　我害怕分别的泪水，
　　　　　打湿你飞翔的双翼。
　　　　　我向往你说的杏花飞絮，
　　　　　可是我不能跟你去。
　　　　　你有你执著的追求，

而我的事业就在这里。

秦时钺、杰弗琳 （在不同空间的重唱）

　　来，让我们笑一笑，

　　就像每一次短暂离去。

　　不要悲哀，不要哭泣，

　　更不要说什么对不起。

　　你无怨，我也无悔，

　　心和心永远在一起！

〔随着一声汽笛长鸣，大屏幕上出现了海边的码头。

〔鄢雨萍和留学生甲以及众多的中国留学生身背行囊朝着停靠在码头上的邮轮走去。

〔秦时钺也出现在人流中，但他仍在引颈张望，盼望着杰弗琳的到来。然而，他却没有看到她的身影，脸上不禁流露出一丝惆怅。

〔而此时，杰弗琳正在远处默默地、深情地注视着他，注视着他即将离去的方向。

秦时钺	杰弗琳
别了，别了，别了！	别了，别了，别了！
善良的姑娘。	永远的爱恋。
别了，别了，别了……	别了，别了，别了……

〔在长鸣的汽笛声中、在杰弗琳闪着泪光的微笑里，秦时钺难舍难离地一步步朝着停靠在码头上的邮轮走去……

尾　声

〔又是一声汽笛长鸣，歌声轻起（**女声**）：

　　杏花雨里说清明，

　　泪眼朦胧，

数不尽朱阁雕栏几多重。

千年城阙，

万里振雄风！

看大漠孤烟祭苍龙，

听雷鸣落日四海惊。

江山如画，

东方正红！

〔歌声中，秦时钺与众归国留学生从舞台深处一步步朝前走来……

〔大屏幕上，逐个叠印出历年来从各国归来的著名科学家在各自学科的工作岗位或是实验场地中的"老照片"……

〔歌声中，归国留学生的身影越来越多，逐渐形成一支庞大的队伍。

〔大屏幕上，无边沙海的尽头，一朵巨大的蘑菇云在冉冉升起……

〔歌声大作（混声）：

看大漠孤烟祭苍龙，

听雷鸣落日四海惊。

江山如画，

东方正红！

江山如画，

东方正红！

〔歌声中，秦时钺等众多归国学人渐渐地凝固成一组雕塑般的造型。

〔大屏幕上，先后展现出委婉如画的乡村，繁忙的现代都市……最后，只见一枚喷吐着烈焰的载人航天飞船冲天而起……

〔剧终。

精品提名剧目·音乐剧

赤道雨

编剧 周振天 冯柏铭

人物

肖可悦（肖）　　美国《环球时讯》杂志记者、总编，女，三十多岁。

姚汉唐（姚）　　肖可悦的外祖父，原国民党海军舰长，七十多岁。

潘天雨（潘）　　海军导弹驱逐舰"长城舰"舰长，男，三十多岁。

黎　敏（黎）　　海军导弹驱逐舰"长城舰"气象官，女，二十多岁。

卢　威（卢）　　海军导弹驱逐舰"长城舰"副舰长，男，四十多岁。

威廉张（威）　　美国西部出版集团主席，美籍华人，男，四十多岁。

市　长（市）　　美国某市市长，男，五十多岁。

海军官兵若干、外国人士若干、海外侨胞若干、记者若干

第一幕

〔大屏幕投影：中国海军舰艇编队在蓝色大洋上破浪前行。
〔由"长城"导弹驱逐舰和"黄河"补给舰组成的中国海军编队出访夏威夷。
〔随着巨大的舰体从观众眼前掠过，观众可以从仰视的角度看到各层甲板上站立的海军官兵的英武身姿。
〔演职员字幕同时出现。

合　　（合唱《远航》）
　　　　　　熟悉的哨音，
　　　　　　吹响了远航的号令。
　　　　　　长鸣的汽笛，
　　　　　　鼓荡起水兵的豪情。
　　　　　　我来了，我来了，
　　　　　　三大洋的浪。
　　　　　　我来了，我来了，
　　　　　　五大洲的风。
　　　　　　我来了，我来了，
　　　　　　中国年轻的水兵。
〔歌声中，本剧男主人公长城舰舰长潘天雨英姿勃勃地站立在舰桥上，正用手中的麦克风在发布命令。
潘　　指挥部、指挥部，我海军舰艇出访编队十点二十五分驶出我国领海，已进入公海航行。特此报告。海军长城舰舰长潘天雨。

〔指挥部首长声音："按照预定航线前进。祝编队顺利到达出访目的地——美利坚合众国夏威夷军港。"

潘　　是。

〔歌声大作。暗转。

〔美国某城市，唐人街。

〔在震人心魄的鼓声中，一群中国小伙子练习着狮子舞由远而近地往前行进。肖可悦在指导"狮子"们频频翻滚、跳跃……

（领唱、合唱《里格隆》）

肖　　（领唱）锣鼓敲，鞭炮响，
众　　（合唱）隆格里格里格隆！
肖　　（领唱）耍狮子，玩龙灯，
众　　（合唱）隆格里格里格隆！
肖　　（领唱）走遍天涯和海角，
　　　　　　　乡情如酒别样浓。
众　　（合唱）耶嗨！耶嗨！耶嗨！
　　　　　　　舞一个"喜相逢"。
肖　　（领唱）红绣球，红灯笼，
众　　（合唱）隆格里格里格隆！
肖　　（领唱）黑头发，黑眼睛，
众　　（合唱）隆格里格里格隆！
肖　　（领唱）一千年，一万年，
　　　　　　　永远是龙的传人。
众　　（合唱）耶嗨！耶嗨！耶嗨！
　　　　　　　舞一个"满堂红"。

〔歌声中，白发苍苍的姚汉唐颤颤巍巍地寻找而来。

姚　　停！都给我停！
肖　　外公！

姚　　可悦，你欢迎那些大陆海军，为什么要拉走我餐馆的员工？

肖　　外公，你真是见外，什么你的我的大陆的。您呀，就跟我们一块儿去吧！

姚　　去不得，去不得！我走了这餐馆谁来照应？

肖　　（逗趣）外公，是不是您这当年的"国军"舰长，曾经叫人家的木船打败过，直到今天心里头还……

姚　　（略窘）这孩子，瞎说什么？

肖　　既然这样，那您就跟我一起去嘛！

姚　　（突然愠怒地用拐杖顿地）我不去！也不愿意去！

肖　　外公，您？

姚　　哎！（独唱《往事如烟》）

　　　　我害怕如烟的往事，
　　　　会再一次灼痛我的心。
　　　　那汽笛、锚链还有舵轮，
　　　　早已成为我的噩梦。
　　　　就连远处的桅尖和船影，
　　　　也让我想起你可怜的母亲。
　　　　想当年也是这样一个早晨，
　　　　她怀揣着加州大学的文凭，
　　　　却告诉我要回到大洋彼岸，
　　　　去建造中国自己的舰艇。
　　　　说什么要用青春和热血，
　　　　去重振七下西洋的雄风。
　　　　谁知道就为我这海外关系，
　　　　她竟然冤死在"文革"之中……

（说到伤心处，姚汉唐禁不住老泪纵横）

肖　　外公……咱们不是说好了吗？过去的事儿再也不提了……

姚　　（摇着手）不提了，不提了……（黯然离去）

〔肖可悦呆立原地，一只手触到胸前的佩饰———一只鸳鸯螺。

〔一阵阵的海浪声隐隐传来，灯光映出另一演区行驶中的长城舰。

〔潘天雨手捧着鸳鸯螺也沉浸在遐想中……

肖　　天雨哥，再见了……

潘　　可悦，你真的要走？你真的要去美国？

肖　　我妈妈没了，我爸爸也没了，如今我唯一的亲人，就只有我在美国的外公了。天雨哥，你愿意跟我去美国吗？

潘　　可悦，我是军人，我发过誓要干好中国的海军的。

肖　　（悲哀地）我妈妈也发过这样的誓言，可是，她的誓言跟着她一起都死了……

潘　　（竭力想说服对方）可悦，如今改革开放了，咱们中国有希望了……

肖　　希望？希望在哪儿？你说，希望在哪儿？天雨哥，跟我一起去美国吧！（充满期待地看着潘天雨）

潘　　（迟疑片刻）可悦，我不能……

〔肖可悦绝然地转身走去。

潘　　可悦！

〔肖可悦情不自禁地停住脚步，心绪复杂地望着自己的恋人……

肖　　（独唱《说一声再见》）

说一声再见，

忍痛与你别离。

就这样分手，

把爱交给潮汐。

只为了寻找，

传说中幸运的赤道雨，

悄悄地躲开，

这萧瑟飘零的秋季。

别了，我的故乡，

别了，我的花季。

　　　　别了，我的欢乐，

　　　　别了，我的希冀。

　　　　从此天路迢迤，

　　　　从此后会无期。

　　　　从此两地离愁，

　　　　从此相逢梦里。

　〔肖可悦演唱时，潘天雨在另一时空也沉浸在悠悠歌声里。

　〔歌声结束，肖可悦隐去。

　〔舰长室里的潘天雨依旧回忆着。

　〔一声报告将潘天雨从回忆中惊醒。

　〔活泼开朗并充满着现代气息的长城舰女气象官黎敏走进舰长室。

黎　　（有些犹豫）舰长……

潘　　（忙从回忆中挣脱出来）黎敏！什么事？

黎　　（打量潘天雨）呵，穿上新礼服啦。新的礼服就应当配一个新的领带夹。（顿了一下）我，送你一个。

潘　　哦，谢谢你小学妹！

黎　　客气。我给你戴上。

潘　　还是我自己来吧。

　〔黎敏看见海螺，好奇地拿起端详。

黎　　好漂亮的海螺啊，这是鸳鸯螺吧？

潘　　对，这是鸳鸯螺。

黎　　鸳鸯螺？那就应当是一对呀，另外一只呢？

潘　　另外一只嘛……在美国。

黎　　美国？这么说，你这次可以见到她了？

潘　　哪有那么巧？我们快十年没联系了。

　〔这时，在高处观察的副舰长卢威喊道：

　　报告舰长，本舰距本次航行的目的地还有三海里！

潘天雨　全体舰员注意了！全体舰员注意了！我中国海军出访编队已进入

美国海域，请各部门检查内务，整理舰容！

〔随着音乐骤起，水兵们从各处冲上甲板，以各种姿态欢快地清洗着军舰。

水兵们 （且歌且舞，歌舞《擦擦擦》）

　　　　擦擦擦、刷刷刷，

　　　　啦啦啦啦啦啦啦……

　　　　摘一片朝霞染红甲板，

　　　　采一缕曙光装扮战舰。

　　　　水兵带着崭新的风貌，

　　　　把一声问候捎到天边。

　　　　愿大洋上来往的舰船，

　　　　都满载着绿色的春天。

　　　　愿地球的每一个角落，

　　　　都不再有弥漫的硝烟。

　　　　擦擦擦、刷刷刷，

　　　　啦啦啦啦啦啦啦……

〔中美两国国歌背景声中，传来美军将领欢迎中国海军舰艇编队的英语致辞。

〔随即，欢迎的锣鼓声和草裙舞的音乐声混响成一片。

〔欢快的音乐中，灯光骤亮，巨大的长城舰赫然停靠在美国军港的码头上。

〔卢威和黎敏分别向上舰参观的来宾介绍着中国最先进的现代化军舰。

〔潘天雨站在高处向人们敬礼致意。肖可悦意外地发现潘天雨熟悉的身影。

肖　　　（又惊又喜）天雨，潘天雨！

〔听到这熟悉的声音，潘天雨心头一震，不觉循声望去。当两人的目光相遇，仿佛时间凝固，所有的喧闹都在瞬间静止。

——音乐剧《赤道雨》〉〉〉〉〉

潘　　　（喃喃地）可悦，可悦……
　　　　〔灯光聚焦在潘天雨和肖可悦身上。（对唱、重唱《你还好吗》）

潘　　　一千回揣测过见面的方式，
　　　　却不曾出现过眼前的情景。

肖　　　一万次追寻着你的音讯，
　　　　总算是盼到了你的身影。

潘　　　你还是那么年轻。

肖　　　你还是那么老成。

潘　　　你像泉水般清纯。

肖　　　你像礁石般坚定。

潘、肖　你还好吗？
　　　　你的爱人和孩子，
　　　　还有你的生活，

肖　　　和你的父母双亲。

潘　　　和你的旧友新朋。

潘、肖　你还好吗？
　　　　你的身体和心情
　　　　还有你的事业，
　　　　和你美满的家庭。

肖　　　白云是我的伴侣，

潘　　　浪花是我的恋情。

肖　　　清风常陪我低语，

潘　　　涛声常随我入梦。

肖、潘　只有长长的思念，
　　　　和记忆中远去的温馨，
　　　　像剪不断的长流水，
　　　　牵萦着往日的柔情。

肖　　　这么说……十年过去，

你依然还是独自一人？

潘　　可是我给你寄去过无数的信，

为什么总是得不到你的回音。

肖　　你离不开你的大海，

我离不开我的亲人，

为什么要用那无望的等待，

来消蚀你如花似锦的青春？

肖、潘　你还好吗？

童年的朦胧和少年的憧憬。

你还好吗？

青春的萌动，初恋的甘醇。

你还好吗？我亲爱的人！

你还好吗……

潘　　可悦，我们的招待酒会开始了。

〔突然，一阵欢快的舞曲传来，长城舰亮起灯，将整个军舰照得通明。

〔舰尾的直升机平台上，中国海军编队答谢美国海军及各界人士的酒会已经开始。

卢　　舰长……（发现肖可悦）这位是……

潘　　哦，我来介绍一下。这是我们舰的副舰长卢威，这位是肖可悦。

卢　　（一边握手）噢，常听天雨说起你。

〔恰好这时黎敏走了过来。

卢　　来来，我也来介绍一下。这是黎敏，海军舰艇编队的气象官，航海气象学的女博士！

肖　　（看着一身戎装的黎敏，由衷地赞美）好潇洒，好漂亮！

卢　　黎敏和天雨在海军舰艇学院就是校友，又多次上舰与天雨共同出访，可以说是一对风雨同舟、配合默契的好搭档……

潘　　（连忙打断他）来来来，为我们的相聚，干杯！

〔这时，美国西部出版集团老总美籍华人威廉张陪着夏威夷市长走来。

威 （一眼就看到肖可悦）密斯肖！

肖 （惊异地）老板，您也来了?!

市 威廉张是我的老朋友，所以我请他来参加这样一个盛会。

威 （连忙向市长介绍）市长先生，这是本公司属下《环球时讯》杂志的副总编肖可悦小姐。

市 幸会，幸会！

威 （见市长颇有兴致，便进一步介绍）肖小姐工作能力一流，目前正在竞争《环球时讯》总编的位置。

市 （不失幽默地）像这么漂亮的小姐，我愿意成为她最忠实的选民。

潘 （礼貌地）市长先生，我们长城舰首次访问美国，请接受我们的敬意。（将纪念品递到市长手上）

市 （高兴地）谢谢！阿罗哈！

众 阿罗哈！

（独唱、对唱、重唱、合唱《感慨良多》）

市　　　　来自东方尊贵的使者，

　　　　　为我们带来和平友谊。

　　　　　就让这个美好的时刻，

　　　　　成为本市永久的记忆，

　　　　　在这里我郑重地宣布：

　　　　　今天为中国海军日。

〔话音刚落，便是一片雷鸣般的掌声，来宾纷纷上前向潘天雨祝贺。

〔军乐队奏起轻快的舞曲，人们随之起舞……

威 （问潘）

　　　　　听说您是留学英伦的博士舰长，

　　　　　也曾任联合国观察员到过战场。

　　　　　　联想北洋水师悲剧的历史，
　　　　　　中国的海军是否真有希望？
潘　　　　悲剧的历史早已成为过去，
　　　　　　中国海军正在跨越大洋。
　　　　　　我们的出访就是告诉世界，
　　　　　　中国的航船充满无限希望。
威　　　　（语带幽默，实含挑战）
　　　　　　贵军的出访颇具锋芒，
　　　　　　是否有意把武力宣扬？
卢　　　　我们是为和平走向世界，
　　　　　　真心架起友谊的桥梁。
威　　　　中国威胁多有报道，
　　　　　　是否如此愿闻其详。
卢　　　　中华民族是礼仪之邦，
　　　　　　以和为贵是一贯主张。
　　　　　　和平发展广交朋友，
　　　　　　愿人民幸福社会小康。
肖　　　　中国改革的意志，
　　　　　　是否永远坚强？
　　　　　　一旦遇上了风浪，
　　　　　　会不会抛锚转向？
潘　　　　经历过风雨磨难的民族，
　　　　　　最终选择了改革开放，
　　　　　　这面旗帜将引导中国，
　　　　　　一直走向繁荣富强。
　　　　〔众人为潘天雨精彩演讲鼓掌。
卢　　　　各位来宾，让我们尽情欢歌起舞吧。
　　　　〔宾主们翩翩起舞，酒会进入高潮。

——音乐剧《赤道雨》　》》》》

〔潘天雨兴奋地领着肖可悦登上一个高处，那里挂着一个铜匾。

潘　　可悦，来。（指着那里）你看这儿！

肖　　"长城舰设计功臣"……姚曼茹？这是我妈妈的名字啊！

潘　　对，为设计中国新型军舰付出心血的几代功臣，他们的姓名都刻在这军舰上面了。

潘　　　祖国不会把自己的儿女遗忘。

肖　　　不由得又勾起往日的感伤。

潘　　　过去的争论如今已有了答案。

肖　　　是否有了答案还待来日方长。

潘　　　回国看看你就不会这样迷惘。

肖　　　刚见面咱们又要争短论长？

〔潘天雨意识到，对她做了个抱歉的手势。

〔人群中威廉张站了出来，他也想引起全场的关注。

威　　　诸位，诸位……

　　　　我也借此欢乐的时机，

　　　　来发布一个重要消息：

　　　　《环球时讯》新任的总编，

　　　　将是一位优秀的女子。

　　　　她才华出众美貌非凡，

　　　　肖可悦就是她的名字。

〔众人热烈鼓掌，纷纷向肖可悦祝贺。

肖　　　没有想到这激烈的竞争，

　　　　竟然最后是喜剧结局。

　　　　来自祖国神奇的"方舟"，

　　　　带给我一份意外的惊喜。

〔乐曲更为欢快，舞步变幻多姿。
〔所有华侨和外国人的合唱：

　　　　美好的夜晚令人陶醉，

　　　　　新朋和老友尽情干杯，
　　　　　友情万岁，爱情万岁，
　　　　　为和平为友谊千杯不醉。
　　〔人们在欢快的乐曲声中尽情起舞达到高潮。潘天雨和肖可悦沉浸在久别重逢的幸福之中。
　　〔一声长鸣的汽笛，意味着分别的时刻来临。

合　　（唱《归航》）
　　　　　熟悉的哨音，
　　　　　吹响了起锚的号令，
　　　　　长鸣的汽笛，
　　　　　召唤着年轻的水兵。
　　　　　再见了，迷人的海岸，
　　　　　再见了，多情的椰风，
　　　　　告别你的眼神，
　　　　　告别你的歌声，
　　　　　再见了，我的朋友和亲人。
　　　　　再见了，热情的沙滩，
　　　　　再见了，异国的风景，
　　　　　告别你的依恋，
　　　　　告别你的深情，
　　　　　再见了，我的朋友和亲人！
　　〔歌声中，潘天雨与肖可悦依依惜别。歌声远去，舰队远去，肖可悦仍在频频挥手。
　　〔大屏幕投影：晚霞、潮水、海鸥、远行的舰影等，衬托出此时肖可悦的心境。

肖　　（唱《后会有期》）
　　　　　不再有山遥水远，
　　　　　不再有相见无期。

————音乐剧《赤道雨》 〉〉〉〉〉

跨越大洋的汽笛,

又唤起爱的希冀。

可是长久的别离,

酿出了多少相思。

一次短暂的相逢,

怎能将失去的弥补?

满腹的话儿啊,

还没来得及倾诉。

心头的泪水啊,

还没来得及流出。

你却要踏浪远行,

你却要乘风归去!

走过了风风雨雨,

又看到美丽晨曦,

多想有飞翔的双翼,

追随你希望的航迹。

可是我多年的业绩,

怎么能一朝放弃?

更何况难舍的亲情,

在牵扯着我的步履。

远去的桅尖啊,

在茫茫天水间消失。

低旋的海鸥啊,

在声声啼唤着孤寂。

又像在轻轻劝慰我:

后会有期,后会有期……

〔在海鸥的啼唤声中,灯光渐暗。

第二幕

〔美国某城市《环球时讯》编辑部。

〔活泼欢快的音乐声中，各种肤色的编辑、记者们在这里穿梭忙碌。(歌舞《嗒啦啦》)

记者　　摩天楼，高又高，

　　　　《环球时讯》最新潮。

　　　　有创意，有卖点，

　　　　杂志的销路好。

　　　　从东亚，到南美，

　　　　四海新闻一锅炒。

　　　　从西欧，到北非，

　　　　五洲信息烩一勺。

〔舞台上若干电视屏幕上出现报刊新闻画面，在最醒目的屏幕上出现大字标题："海军编队频频出访，崛起中国的威胁信号……"

〔肖可悦一改往日温柔文静的形象，风风火火地拿着一篇稿子和威廉张一边争论着快步而来。

肖　　（态度激烈地）

　　　　像这样颠倒黑白的文章，

　　　　绝不能塞进我的专题报道！

威　　　可是它能产生轰动的效应，

　　　　卖个好价钱是经营的目标。

肖　　　中国军舰的一次正常出访，

　　　　怎么被说成威胁的信号？

　　　　作为媒体应保持客观公正，

　　　　这篇文稿决不能发表！

威　　（终于发作）

——音乐剧《赤道雨》 〉〉〉〉〉

     我是这里的老板，

     我说发表就发表！

肖   如果你一意孤行，

     我就辞职好了！

   〔面对肖可悦的愠怒，威廉张讨好地把那稿子撕成两半扔到地上。

   〔肖可悦这才松了口气，与威廉张握手表示和解。

   〔威廉张看她离去，便又将地上的稿子捡起，耸耸肩走下。

   〔在剧烈的爆炸声中，灯光陡转，并伴以类似太空大战的音响。

   〔通过闪闪的火光，可以感知，众多海军军官面对着的是一个正在播放着海战演习资料的大屏幕。此刻他们在对演习进行着点评并不时地大声叫好。

军官们 （绘形绘色地）

     弓上弦，剑出鞘，

     三军联讯掀高潮。

     信息战、一体化。

     海上攻防战术妙，

     练精兵、谋打赢，

     时刻准备争分秒。

     守海疆，保和平，

     履行使命立功劳。

   〔灯光陡然全灭，只听到一阵急促并被夸大的键盘敲击声。

   〔随即，两束强光分别照亮舞台前部左右两角的潘天雨和肖可悦——

潘   （兴奋地）

     看到你报道我们海军的文章，

     称得上客观真实文笔精妙。

肖   （愉悦地）

     听说你们又要访问非洲，

　　　　　　我的杂志已经锁定目标。
潘　　　欢迎你到军舰上采访，
　　　　　　把美丽的黄金海岸拥抱。
肖　　　环球航行我更感兴趣，
　　　　　　我会绕着地球跟踪报道。
潘　　　希望下一次的再相聚，
　　　　　　能排出未来的日程表。
肖、潘　说好了咱们不见不散，
　　　　　　让我们重逢在赤道！
　　　　　　嗒啦啦啦嗒啦啦……
　　〔潘天雨隐去。
　　〔舞台上呈现出姚汉唐家的客厅一角。肖可悦回到家中，作出行前的准备。
　　〔姚汉唐从内室出来。
姚　　　可悦，你还是要去非洲呀？是不是又去跟那个潘天雨会面哪？
肖　　　外公，我这是工作，是去采访！
姚　　　（嘟囔着）采访采访……（对唱、独唱《断线风筝》）
　　　　　　我实在是搞不懂，
　　　　　　美国有这么多优秀的男人，
　　　　　　你为什么偏要去找，
　　　　　　一个万里之外的水兵？
肖　　　飞转的时光，足以向我证明，
　　　　　　他才是这世上最优秀的男人。
姚　　　你若嫁回中国，
　　　　　　谁为我养老送终？
　　　　　　这家业也要有人继承。
　　　　　　他为什么不能到美国来？
　　　　　　我也看看他对你的感情。

——音乐剧《赤道雨》 〉〉〉〉〉

肖　　　他视军舰如同生命，
　　　　怎忍心耽误他的前程？
　　　　您是否想过回去安度晚年？
　　　　了却多年心愿，叶落归根。
姚　　　不许你有这样荒唐的念头！
　　　　难道忘了你妈妈冤死的魂灵？
肖　　　祖国如今走出了噩梦！
姚　　　可一朝蛇咬，十年怕井绳。
肖　　　难道您怕这怕那就不怕
　　　　我失去一生的幸福和爱情？

〔闻听此言，姚汉唐愣住了，看着肖可悦一时无语。

肖　　　外公。咱们就一块儿回家去看看嘛……
姚　　　（口气绝然但心情矛盾地）不！不要再跟我提回家！不要！！
肖　　　（也不禁来气）您！您也太固执了！

〔她看了看手表，出发时间已到，她拖起行李箱，转身离去。

姚　　　（转身想说什么，发现肖可悦已经走远）可悦！可悦……

〔暗转。

〔直升机螺旋桨发出的巨大"突突"声中灯光渐亮。潘天雨驾机飞回长城舰，卢威连忙迎了上去。

卢　　　舰长，会开完了？编队指挥组有什么指示？
潘　　　马上就要进入咆哮西风带了，风大浪高危险得很呢。编队指挥组让我们多拿出几套应变方案。
卢　　　你放心，咱们的气象官黎敏已经作出三套应对方案了！
潘　　　好啊。
卢　　　哎，但有件事儿，我可得提醒你。
潘　　　哦？
卢　　　这次出访非洲，你跟那个肖可悦是不是有个约会？

潘　　她是要来采访我们海军编队的。

卢　　我看呀，你还是趁着这次见面的机会跟她彻底拜拜算了。

潘　　哎，我说老卢哥，你不是总吵吵着要给我找个称心如意的媳妇吗？可……

卢　　（连忙打断他）好姑娘有的是，我看黎敏就不错。

潘　　是呀，她很可爱，可我一直把她当做我的小学妹。

卢　　小学妹？你知道你在她的心目中是什么？那是白马王子！

潘　　（回想着，突然笑了）我的老卢哥，你扯哪儿去了？

（对唱《依然如是》）

卢　　　　你别跟我嘻嘻哈哈，

　　　　　拿自己的前途当儿戏。

　　　　　肖可悦她住在美国，

　　　　　你怎么跟她喜结连理？

潘　　　　如今的祖国蒸蒸日上，

　　　　　召唤回多少海外学子。

　　　　　她若归来为祖国服务，

　　　　　我们就可以前缘再续。

卢　　　　她的外公能放她回来？

　　　　　总编的位置她舍得放弃？

　　　　　难道你从此脱下军装，

　　　　　跑到美国去跟她团聚？

卢　　天雨老弟，初恋的滋味固然令人陶醉，可事过境迁，该忘记的就忘记吧。

〔卢威说完走了，潘天雨却还留在原地怔怔地想着……

潘　　忘记……

〔黎敏捧着一摞气象资料疾步走来。

黎　　报告舰长！我们气象组拟定了三个方案，供您参考。

潘　　（接过方案翻阅着）好啊……闯过了咆哮西风带就离赤道不远了。

黎　　对。

潘　　咱们能不能遇上赤道雨呀？

黎　　谁知道哪片云彩会下雨？就看我们有没有这份幸运啦。

潘　　（意识到什么，忙岔开）很好，你们的方案想得很周到。谢谢你，小学妹！

黎　　（突然发火）舰长同志，我不叫什么小学妹，请你以后叫我的名字！

　　　〔潘天雨一怔，一时间竟不知该如何应对。黎敏也因自己的唐突愣在了那里。

　　　〔天空忽然洒下一阵雨滴，但转眼就停了。

潘、黎　（重唱《来去匆匆》）

　　　　来也匆匆，去也匆匆，

　　　　赤道雨，赤道雨……

　　　　一会儿阴，一会儿晴，

　　　　有如心情，难以预定。

　　　　赤道雨，赤道雨……

　　　　来也从容，去也从容。

　　　　赤道雨，赤道雨……

　　　　像雾像云又像阵风，

　　　　有如思绪，飘忽无形。

　　　〔突然一声汽笛唤醒思绪中的二人。

一水兵　过赤道啰！过赤道啰！

　　　〔众水兵闻声纷纷涌上甲板……

一水兵　我们的舰队就要从北半球跨越到南半球了！

众　　（齐喊）五、四、三、二、一，赤道我们来了！

　　　〔长鸣的汽笛声中，众水兵争先恐后奔向舰首，随之一声惊雷，赤道雨从天而降。

合　　（舞蹈及合唱《欢天喜地》）

啊……赤道雨！

啊……赤道雨！

〔大雨如注，军舰上一片欢腾，众水兵在雨中尽情嬉戏、跳跃。

合　　　下吧下吧赤道雨，

　　　　下一个痛快淋漓！

　　　　下吧下吧赤道雨，

　　　　下一个欢天喜地！

〔这是太阳雨、幸福雨、圣洁之雨。水兵在接受它的洗礼，中国海军在接受它的洗礼。这是水兵的狂欢节。大家互相踩水，嬉戏打闹，尽情陶醉在雨中，官兵们的情绪达到高潮。

〔切光。

〔字幕屏幕，现出非洲某国英语致词。

〔大屏投影：中国海军出访非洲各国的隆重仪式和中国海军官兵与非洲各界交往的场面。

〔随之传来非洲特有的敲击声响和人们热情的欢呼声。

〔大屏幕前，潘天雨走来，他四下张望，不时看看手表。

〔肖可悦风尘仆仆地走来。

潘　　可悦！

肖　　天雨！

〔敲击鼓乐和人们的欢呼声弱去。大屏幕上是非洲海岸的景象。

潘　　你总算来了！一会儿我还有外事活动，就怕见不到你呢。

肖　　对不起，天雨，实在抱歉……

潘　　怎么？

肖　　真不凑巧，我们公司来了急电，说是有要紧事让我马上赶回去。没办法，只好改签了今晚的347次航班。

潘　　这么说，最多再过两个小时，你又得往机场赶了？

肖　　（二重唱《手牵手》）

　　　　没想到苦苦地盼了一年，

———音乐剧《赤道雨》 >>>>>

	却只能匆匆地见上一面。
潘	我多想你不再离我而去，
	永远永远都在我的身边。
肖	让风儿吹走思念，
潘	让心儿不再孤单。
肖	让幸运的赤道雨，
潘	伴我们回到家园。

〔天上突然传来雷声，淅淅沥沥地下起雨来。

肖	（高兴地双手接着雨水）哎呀，这是赤道雨！赤道雨呀！天雨，咱们真是好运气呀！
潘	（也惊喜地）可悦，这可是好兆头啊！
潘	可悦，回来吧。
肖	是啊，我在美国的很多同学都已经回国了，北京、天津、上海……
潘	是啊，你也可以回来呀！

〔这时，卢威手里拿着一本杂志匆匆走上，他忙把潘天雨叫到一边。

卢	天雨，这是我刚买的《环球时讯》，你看看上面都写了什么呀，简直是胡说八道！这儿的华侨都议论纷纷，影响非常恶劣呀！
潘	别说了！（他走到肖可悦面前）可悦，这是你们的杂志吗？
肖	（从潘天雨手中拿过杂志看了看后高兴地对潘天雨说）对呀，这是我们最新一期的《环球时讯》，专题报道中国海军，是我亲自组稿、签发的。
卢	你听见了？
潘	（指杂志）这篇文章你怎么解释？
肖	（打量杂志文章，这才知道发生了什么，万分意外）怎么会是这样？我不知道啊！
潘	你刚刚还说这期的文章都是你亲自组稿、签发的？！

肖　　是啊……可是这篇文章的观点我是反对的，也是不同意发表的。

卢　　肖小姐，你既然不知道，怎么又说不同意呢？你等等……

〔肖可悦一时难以解释，忙取出手机走到一边打电话询问编辑部。

卢　　舰长，我说什么来着？怕什么就来什么！

潘　　她……她不是这样的人啊？

卢　　可是你们毕竟已经分开快十年了，如今连全球的气候都变了，她怎么就不会变？

〔后场出现当地华侨们的身影，他们都拿着杂志纷纷议论着。气愤的、疑惑的、争论的……

卢　　你听听，华侨们是一片哗然呀！

〔受到华侨们愤怒的情绪的感染，潘天雨走到肖可悦面前。

潘　　听一听华侨们的议论，

　　　你都做了些什么事情？

肖　　我做了什么自己心里有数，

　　　你怎么也不分皂白青红？

潘　　这篇文章颠倒了是非，

　　　你是总编就该承担责任。

肖　　（化委屈为气愤）

　　　我已不是当年的小女孩，

　　　无需你告诉我什么是责任。

潘　　（也被激怒）

　　　我很同情你目前的处境，

　　　但不能无原则甘当附庸。

肖　　（气极）

　　　请原谅我不想再听你的说教，

　　　走吧走吧带着你可疑的同情。

潘　　你！（对卢威）回舰！

卢　　好！当断则断！

〔潘天雨大步离去。卢威也走下。肖可悦见状，转念，后悔，忙追上去呼喊着："天雨！"欲追。

〔卢威喊住肖可悦。

卢　　对不起，肖小姐，你不能上舰。

肖　　卢副舰长，我要见潘天雨，我必须向他解释清楚！

卢　　肖总编，还解释什么？出了这样严重的事儿，我们舰长是不可能再跟你有什么来往了！

肖　　（惊讶）这是他的意思吗？

卢　　（语气坚决地）岂止是他，就连我也是这样认为，一个中国军人，跟一个不惜玷污祖国神圣荣誉的人之间怎么会有丝毫的共同语言！

〔肖可悦闻言，如遭雷击。

〔卢威扔下杂志转身离去。

〔随着非洲鼓震撼人心的节奏，灯光渐暗，仅留下肖可悦的身影。

肖　　（呆立良久，悲呼一声）天雨！（朝着长城舰的方向奔去）

〔两名执勤的中国水兵从一旁闪出，挡住了她的去路。

水　兵　对不起，小姐，今天参观军舰的时间已过，请你明天再来。

〔非洲鼓愈加激越……

肖　　（失神地转身，连肩头的挎包滑落都没有察觉，只是喃喃地）明天，明天……

（独唱、重唱《明天》）

　　　　明天给希望以承诺，

　　　　明天给痛苦以慰藉。

　　　　明天也许晴空万里，

　　　　明天也许雨雪交集。

　　　　还有没有一个明天，

　　　　能接受我的解释？

　　　　还有没有一个明天，

肯倾听我的哭泣?

（肖可悦独步暗夜之中，遥望着长城舰舷窗里透出的点点灯光……

    在哪里，我的明天？

    快来吧，我的唯一！

    怎能将误解，

    留给他乡的长夜？

    怎能让怨恨，

    化成异国的砂砾？

    在哪里，我的幸运？

    快来吧，我的赤道雨！

    怎能让迷惘，

    塞满你孤凄的航程？

    怎能让冤屈，

    伴随我悲凉的行旅？

〔一束光照亮另一个空间里的潘天雨。

（二人同时演唱）

肖	我深爱着自己的祖国，
潘	你深爱着自己的祖国，
肖	怎么会做出那种事情？
潘	怎么会做出那种事？
肖	就算有天大的委屈，
潘	可是这刺目的字句，
肖	也不会玷污她的荣誉。
潘	却让我不寒而栗！

〔风雨之声大作，天地间一片迷蒙。

合	去意彷徨的海风啊，
	你为什么也在叹息？

是埋怨明天的不可知？

还是诅咒命运的诡异？

〔肖可悦眼看着长城舰舷窗里的灯光一盏盏地熄灭，心中残存的希望也随之一点点地破灭，她黯然离去……

〔特写灯下，是她遗忘在地上的挎包。

〔切光。

〔随着一阵阵电话铃声，灯光照亮了舞台一角姚汉唐家的客厅。

〔已经入睡的姚汉唐被持续的电话铃声惊醒，披衣从内室走出。

姚　（拿起电话）喂，哪位？

〔另一个演区里出现打电话的威廉张。

威　姚老先生，我是威廉张。

姚　（一听，便大骂起来）张富贵，你这个没有廉耻的东西！

威　姚老先生，我是想告诉你……

姚　（大喝）张富贵！（对唱《最新消息》）

　　你竟然为了几个臭钱，

　　无耻地将人格丢弃。

　　把可悦支使到南美，

　　自己在杂志上放狗屁！

　　说什么中华的繁荣崛起，

　　将给西方文明带来危机。

　　你这数典忘祖的畜生，

　　你这黄皮黑心的败类！

　　难道要中国永远落后，

　　你才称心？你才如意？

威　姚老先生不要生气，

　　我只想问一问你，

　　肖小姐回家的班机，

　　　　　　是不是全美航空347？

姚　　（没好气地）是啊，怎么了？

威　　　请您打开电视机，

　　　　看一看最新消息。

　　　〔姚汉唐放下电话，打开电视机……

　　　〔威廉张隐去。

　　　〔与此同时，灯光照亮夜航中的长城舰上正在听收音机的潘天雨和黎敏。

　　　〔不一会儿，便听得电视机和收音机里同时传出一个语调沉重的声音："本台驻巴哈马记者报导，今日凌晨一点五十分，全美航空公司347次航班在巴哈马群岛上空不幸坠毁，十名机组人员和一百六十五名乘客全部罹难。"

　　　〔听到此处，姚汉唐悲呼一声："可悦！"身子一晃，晕倒在沙发上……

　　　〔姚汉唐家隐去。

　　　〔长城舰上，潘天雨亦是如遭雷击。

潘　　（慢慢放下耳边的收音机，口中喃喃地）可悦，可悦……

黎　　（默默地交给潘天雨一封信）这是肖可悦临走时留下来的一封信，她说让你回国以后再看，可现在……

　　　〔潘天雨木然接过，直到黎敏挥泪离去，这才仿佛猛醒，连忙将信打开，急速地翻看着……

　　　〔天空中仿佛传来肖可悦的声音。

肖　　　天雨……

　　　　（独唱《信任》）

　　　　　为什么听不进我的解释？

　　　　　为什么要怀疑我的人品？

　　　　　难道说你我多年的相爱，

　　　　　竟换不来起码的信任？

　　　　　别人的指责，

　　　　　　只是让我一时委屈。

　　　　　　而你的愤怒，

　　　　　　却让我绝望、伤心！

　　　　　　我要告诉你，那篇文章，

　　　　　　是威廉张偷梁换柱……

　　　〔肖可悦隐去。

潘　　（真相大白的潘天雨悲痛欲绝，撕裂地向天呼喊）可悦！

　　　〔随之一道闪电，惊天霹雳，狂风暴雨骤然而至。

潘　　（独唱《赤道雨》）

　　　　　　狂风怒号，大海咆哮，

　　　　　　像是在斥责我的无情。

　　　　　　雷鸣电闪，大雨如鞭，

　　　　　　像是在拷问我的灵魂：

　　　　　　是我，是我，

　　　　　　是我亵渎了真诚？

　　　　　　是我，是我，

　　　　　　是我摧残了信任？

　　　　　　我该怎样面对，

　　　　　　每一个如血的黄昏？

　　　　　　我该怎样面对，

　　　　　　每一个坦荡的黎明？

　　　　　　你走了，

　　　　　　带着西天的残云，

　　　　　　带着流泪的星空。

　　　　　　你走了，

　　　　　　带着大海的呜咽，

　　　　　　带着洋流的悲鸣。

　　　　　　带着满腔的冤屈，

带着满心的伤痕，
带着心灵的痛楚，
带着羞耻的烙印。
你走了，你走了，
你走了，走了……
就这样匆匆而去，
就这样消失无踪，
就这样化作烟尘，
化作浪涌……
赤道的雨啊，
洗不尽我胸中无边的悔恨！
赤道的风啊，
吹不走我心头永远的悸痛！
赤道雨啊！

〔一个巨浪朝舰首扑来，激起冲天的水雾，有人在高叫："报告舰长，编队进入异常浪区！"

〔潘天雨闻声，即刻从悲痛中挣扎出来，迅速地冲向舰桥……

〔二道纱幕后，组合平台不停地移动，传来大浪一个接一个地打来的声响，潘天雨立在高高的平台上镇静若定地指挥军舰。

潘　（果断地发出口令）左舵二！
　　〔操舵兵的声音："二度左！"
潘　两进三！
　　〔车钟手的声音："两车进三！"
卢　舰长，右前方有巨浪打过来了！
潘　右舵三！迎着风浪行驶！
　　〔操舵兵的声音："三度右！迎着风浪行驶！"
潘　两进四！
　　〔车钟手的声音："两车进四！"

———音乐剧《赤道雨》 〉〉〉〉

〔传来巨浪盖顶的声响,在灯光、干冰、雾气的配合下,组合平台一系列的移动令观众看到军舰在大风大浪中破浪驰骋的景象……

潘　（大声吼叫着）保持航速!

〔回应声:"保持航速!!"

潘　前进!

〔回应声:"前进!!"

〔在巨大的雷电风暴声中切光。

第三幕

〔扩音器里传来一个铿锵有力的声音。

〔值更官画外音:"报告首长!中国人民解放军海军舰艇编队备航完毕,请您指示!"

〔首长画外音:"我命令,启航!"

〔大屏幕投影:中国海军出访各国的资料画面。

〔水兵们在用到访各国的语言同声高唱着。

合　（合唱《你好,和平》）

　　　你好!你好!你好!你好!

　　　再见!再见!再见!再见!

　　　友谊!友谊!友谊!友谊!

　　　和平!和平!和平!和平!

〔歌声中,大屏幕上不断地变幻出中国和到访各国的国旗和海军军旗以及到访国的著名景观或者标志性建筑……

〔沉闷的雷声中灯光渐亮。

〔没有一丝风,没有一丝波纹。只有如血的残阳将大海染得通红。

〔长城舰又一次驶过酷热的赤道。水兵聚集在舰首,企盼地仰望着天空。
合　（男声合唱《遭遇酷暑》）
　　　　又是一次越过赤道，
　　　　一切寂寥，一切凝固。
　　　　又是一次遭遇酷暑，
　　　　无风无浪，漫漫长路。
　　　　快来吧，赤道雨，
　　　　洗去心中的孤独。
　　〔仿佛像听到水兵们的祈求，天空中果真响起了一阵隐隐的雷声。
　　〔水兵们一阵欢呼，却没迎来半点雨滴。水兵们扫兴走下。
　　〔在歌声中，潘天雨走上来，将手中的白色康乃馨一朵朵撒向海里。
　　〔卢威默默地来到潘天雨身边。
卢　（沉默良久）……想起那一次在非洲，有些话我实在是不该对她说，而且还是以你的名义。这对她的伤害确实是太大了。
潘　（仍然没有回头）这不能全怪你，当时我也愤怒过。是我的不冷静使她蒙受了委屈。
卢　哎。知道今天是什么日子吗？
潘　什么日子？
卢　（拿出一枝红玫瑰）
　　　　今天恰是情人节，
　　　　这花儿很美丽，
　　　　依然鲜活，来自巴黎。
　　　　今天恰是情人节，
　　　　这鲜花多美丽，
　　　　希望你能把它送出去……
卢　（冲幕后）黎敏，舰长找你！

——音乐剧《赤道雨》 >>>>>

〔卢威将玫瑰花塞到潘天雨手里下。黎敏手拿一本杂志走上。

黎　舰长。(看到潘手中的红玫瑰)给我的?

潘　(一怔)如果你喜欢。

黎　我当然愿意啦!就不知道她愿不愿意?

潘　(苦涩地)可惜,她已经不能回答你的这个问题了。

黎　可是你能回答呀!

〔潘天雨默然无语。

黎　我只想问你,如果肖可悦现在还活着的话,你还爱不爱她?

潘　(格外伤心地)她人都已经不在了,你问这些还有什么意义?

黎　(紧逼不放)你就说,爱不爱吧?

潘　(想了想)爱!

黎　(递给他手中的杂志)这本《瞭望东方》杂志,是我在罗马买的,你先看看吧。

〔潘天雨接过杂志,翻看着。(对唱《死而复生》)

潘　　华人世界,和谐中国,
　　　栏目众多,编排新颖。

黎　　先看看这篇创刊献辞,
　　　多么优美,多么动情。

潘　(念创刊献辞)
　　　每当我眺望东方,
　　　便止不住热泪奔涌。
　　　那里有唐宋的诗篇,
　　　那里有秦汉的歌吟……

黎　　再看看总编和出版者,
　　　是不是你所熟悉的人?

潘　(刚念出)肖可悦……(便怔住了)怎么可能?怎么可能?难道有谁与她同名同姓?

黎　(又指着杂志中的某页)

239

	这里有她的简历，
	这里有她的近影。
	她炒掉了《环球时讯》，
	又创立了《眺望东方》。
潘	可是出航前我还去电问候，
	为什么她家人没透露半分？
黎	那是你伤透了她的心，
	因此她才会这样绝情。
潘	不可能，绝不可能，
	一个人怎么会死而复生？
黎	多彩的世界瞬息万变，
	每一天都有奇迹发生。
	也许命运就像赤道雨，
	会眷顾痴心等待的人。
潘	（喃喃地）她还活着？她还活着？（突然冲着洋面高喊）可悦！！
	〔仿佛是响应他的呼喊，传来一声长鸣的汽笛。
	〔这时，水兵在舰桥上大声报告。
黎	报告舰长，我舰已经进入与外军联合军事演习海域。前方有外军舰艇发来信号，向中国海军致以最崇高的敬礼！
潘	全舰进入联合演习部署！向外军舰艇回礼！
	〔一声令下，水兵们奔上，集体舞动着手旗……
	〔欢快热烈的手旗舞将潘天雨的喜悦心情畅快淋漓地表达出来……
	〔手旗舞蹈进入高潮时，大屏幕徐徐落下，并出现水兵舞动手旗的影像和我海军近年来与多个国家联合海上军演画面，当2005年与俄罗斯军队联合演习的场面出现时更是气势壮观……

〔暗场。

〔音乐声中传来中央电视台国际频道关于台湾国民党主席连战回陕西祭祖的新闻报道。

〔随之,灯光照亮了舞台一角,姚汉唐正在自家的客厅里看电视。

〔这时肖可悦从外面回来。

肖　　外公,外公!

〔姚汉唐没有听见,仍在聚精会神地看电视。

肖　　外公,这新闻你已经看了多少遍了?

姚　　别打岔……

〔肖可悦看出外公的心思,有意引导启发。(对唱《牵挂》)

肖　　　您是否又想起了您的老家?

姚　　　谁心里老家不是一份牵挂?

肖　　　我看您还不如跟我一起回去,

姚　　　这么说潘天雨你还是放不下?

肖　　　我是要全面了解国内的发展,向世界介绍祖国的变化。

姚　　　难怪你一次一次回国考察,

　　　　莫不是想把老外公独自扔下?

肖　　　您总是眷恋家乡的亲情,

　　　　您总是惦记家乡的变化。

　　　　家乡如今已是万紫千红,

　　　　您却还在异乡雾里看花。

　　　　我决心把杂志办回国内,

　　　　从梦开始的地方重新出发。

〔这时,电话铃响。灯光随之照亮舞台另一角。军港码头的电话亭边,潘天雨正在打电话。不远处站着黎敏和卢威。

肖　　(拿起电话)哈罗!

潘　　(兴奋急切地)肖可悦!是你吗?

〔肖可悦迟疑片刻就要放下电话。

潘　　可悦,别,你千万别放电话!

〔见肖可悦仍然要放下电话，姚汉唐拿过电话筒。

姚　　小伙子，你已经来了多少次电话啦？还闹不明白呀？她不想跟你说话……

潘　　姚老先生，请您转告可悦，两年前在非洲是我冤枉了她，我一千次、一万次地向她道歉……

姚　　一万次？这么长的话还是你自己跟她说吧……

〔他示意肖可悦接电话，她执意不接。

姚　　可悦，这口气你还要怄到什么时候呀？再说了，人家好歹也是你的"救命恩人"嘛。

〔肖可悦诧异地看着外公。

姚　　要不是那天你被他气晕了头，弄丢了机票，说不准你就赶上了那趟死亡班机呢。（说着，姚汉唐硬将电话塞到她手中）

肖　　（想了想，冲着电话）潘天雨，你不要再打电话来了。我们之间的一切，都已经在非洲结束了，你就当我在那场空难中消失了吧！

潘　　（急忙）可悦，可悦！可悦，请你无论如何给我一个解释的机会。

肖　　（悲愤地）机会？你给过我机会吗？告诉你，我同样不会给你任何解释的机会，永远不会！（毅然挂断电话，长时间地呆坐在沙发上，泪流不止……

〔姚汉唐看着肖可悦痛苦的神情，心疼地摇摇头，然后拿着一封信走到她的跟前）

姚　　可悦，看看这个吧！这是一个姓黎的女孩子给你写的信。

肖　　（接过信）黎敏？

姚　　本来是不打算给你看的，但看着你这副失魂落魄的样子……（深深地叹了一口气）你还是仔细看看吧！

〔肖可悦抽出信，打开仔细地看着……

姚　　（感叹）如果那位黎小姐在这信里描绘的一切都是真实可信的，我想这潘天雨还真算是有情有义了。

——音乐剧《赤道雨》 〉〉〉〉〉

〔黎敏画外音："肖小姐，自从以为你发生了意外，我们舰长真是痛不欲生，在路过飞机失事的海面时，他给你写了一封很长很长的信，放进了漂流瓶……"

〔灯光变幻，映出航行在大洋上的长城舰。仿佛时光倒转，舒缓悲悼的音乐声中，潘天雨手捧一只漂流瓶缓缓地朝舰尾走去。

潘　　（独唱《但愿》）

　　　　用我的哀思蘸着自责，

　　　　写下这满纸的羞愧。

　　　　再将我的心一齐放逐，

　　　　去永远地把你追随。

　　　　但愿我是一片波涛，

　　　　能与你日夜相依偎；

　　　　但愿我是一根海草，

　　　　能拭去你眼角的泪；

　　　　但愿我是一块礁盘，

　　　　能听你解释这一切；

　　　　但愿我是一阵长风，

　　　　能不停地向你忏悔。（将漂流瓶扔进茫茫大海）

〔肖可悦看着信就仿佛亲眼看到这曾经发生的一切，禁不住又悔又心疼。

肖　　（独唱《一生无悔》）

　　　　你不要伤心、流泪，

　　　　更不要自责、忏悔。

　　　　海浪已带来了一切，

　　　　长风已诉说了一切。

　　　　不是你恩断情绝，

　　　　不是你不给我机会。

　　　　是我太犟太倔，

是我把你误解。
对不起啊,
曾经的真诚纯洁。
对不起啊,
曾经的竹马青梅。
十年生离,
竟然让信任蒙灰。
一朝死别,
方领悟爱的真髓:
爱是长天阔野,
爱是小桥流水。
爱是两心相约,
爱是一生无悔!
我要像一只海燕,
栖息在你的船桅。
我要像一只鱼儿,
追逐在你的舰尾。
我要像夏日的彩云,
在你的头顶萦回。
我要像赤道的骤雨,
带给你惊喜和快慰。
我来了!我来了!
我要用火样的热吻,
融化你心头的冰雪!

〔激情的音乐声中,祖国的海岸线冉冉出现……那晨光中矗立着的分明是一座现代化的沿海大都市。欢迎航行归来的中国海军的人群如潮水般涌向码头,处处可见亲人相见的感人场面。就在这激动人心的场面里出现了已经归国的肖可悦和姚汉唐。

〔肖可悦一眼就发现了挺立在舰首的潘天雨。

肖　　天雨！

潘　　（惊喜地）……可悦！

〔两人热烈相拥。

〔肖可悦、姚汉唐与潘天雨、卢威、黎敏等人相互问候致意，为圆满重逢而倍感欢欣。

（领唱、合唱《好梦成真》）

肖　　　　一千回梦见过回家的感动，
潘　　　　可想到会出现眼前的情景？
姚　　　　一万次追寻着故乡的音讯，
潘　　　　可听到亲人们呼唤的声音？
姚　　　　多么亲切的眼神，
　　　　　多么熟悉的乡音。
　　　　　多么清新的泥土，
合　　　　这是我们共同的根。
　　　　　你还好吗，
　　　　　我魂绕梦牵的祖国？
　　　　　你迈向世界的每一步，
　　　　　都在改变着我们的命运。
　　　　　你还好吗，
　　　　　我仁厚慈祥的母亲？
　　　　　你创造的每一份光荣，
　　　　　总带给我们人生的欢欣。
肖、潘　　多么亲切的眼神，
姚　　　　多么熟悉的乡音，
黎、卢　　多么清香的泥土，
合　　　　这是我们共同的根。

〔突然姚汉唐匍匐在地,激动地亲吻着脚下的泥土……
〔音乐将他和众人的激动情感推向高潮……

所有人　　你还好吗,
　　　　　普天下中华的儿女,
　　　　　愿祖国播洒的幸福雨,
　　　　　永远伴我们好梦成真!
　　　　　你还好吗,
　　　　　我魂绕梦牵的祖国!
　　　　　你还好吗,
　　　　　亲爱的兄弟,亲爱的姐妹!
　　　　　你还好吗,
　　　　　我亲爱的祖国!

　　　　〔谢幕。

合　　　　(合唱《归航》)
　　　　　熟悉的哨音,
　　　　　吹响了归航的号令,
　　　　　长鸣的汽笛,
　　　　　鼓荡起水兵的豪情。
　　　　　回来了回来了,
　　　　　故乡崭新的身影!
　　　　　回来了回来了,
　　　　　祖国蓬勃的早晨!
　　　　　回来了回来了,
　　　　　我的祖国和亲人!

　　　　〔剧终。

精品提名剧目·音乐剧

五姑娘

编剧 何兆华 刘志康 金 梅

时间

清末民初。

地点

浙江嘉兴地区。

人物

五姑娘　美丽善良的乡间富家女子。

徐阿天　英俊聪慧的邻乡长工，五姑娘的恋人。

杨金元　富甲一方的地主，五姑娘同父异母的兄长。

菩萨嫂　杨金元的妻子。

侯三姑　茶馆店老板娘。

沈善人　委琐贪婪的乡绅。

洋博士　沈善人之子。

阿　九　杨金元的管家。

村民、村姑、村妇、长工、茶客、衙役、知县、和尚等

序

田　歌（一）

女田歌手　　正月里梅花开来笑迎春，
　　　　　　枝头喜鹊叫得闹盈盈，
　　　　　　唱不尽人间多情话，
　　　　　　五姑娘和徐阿天，
　　　　　　百年故事流传到如今。

第一场

春到杨家垛

村　民　　风暖了，花开了，
　　　　　草青了，树绿了，

女　声　　今年春天来得早，

男　声　　人也精神地也笑，

女　声　　老天给了好年成，

男　声　　换回来，

合　唱　　风调雨顺，吉星高照，
　　　　　五谷丰登，六畜欢跃，
　　　　　欢天喜地乐陶陶。

侯三姑　　姑娘们，杨家垛今朝聚集众英豪，我那侄儿阿天也来把鼓敲，春牛会上后生小伙个个都俊俏，你们可要睁大眼睛，睁大眼睛，把那意中人儿挑。

春牛穿场

牛　倌　　牛鼻子穿绳过沟哟，
　　　　　举起牛鞭哪舍得把你抽，
　　　　　你是我的弟呀，
　　　　　我是你的哥呀，
　　　　　不蒸糕团要争口气哟，
　　　　　过了春耕挑个媳妇，
　　　　　为你办喜酒！
老　牛　　寒冬腊月熬出了头，
　　　　　田垄上走来我过冬牛，
　　　　　吃的是露水草，
　　　　　长的是力气肉，
　　　　　春牛会上去闹个够，
　　　　　要为东家体体面面赢来"状元牛"！
牛　倌　　去赢得"状元牛"！
杨金元　　东山的太阳日头高，
　　　　　杨金元的老牛拐过了婆婆庙。
老　牛　　深一脚，浅一脚，
　　　　　拐过了婆婆庙。
杨金元　　没见过的，你瞧一瞧，
老　牛　　瞧一瞧，瞧一瞧，
杨金元　　不服气的，你眇一眇，
老　牛　　眇一眇，眇一眇。
菩萨嫂　　自家牛好你别狂傲，
杨金元　　牛气冲天我胆气高。
　　　　　年年出足牛风头，

	今年笃定跑不掉！
五姑娘	蓝天白云青青草，
	绿树红花唧唧鸟，
	牛鞭一甩春来到，
	万紫千红多美妙。

沈善人、洋博士　（二重唱）

　　　　　　最美要数五姑娘，

　　　　　　最妙是她抿嘴笑。

　　　　　　哎哟哎哟喂，五姑娘，

　　　　　　最美最妙最美妙！

合　　唱　　最美要数五姑娘，

　　　　　　最妙是她抿嘴笑。

　　　　　　笑得春风满枝摇，

　　　　　　笑得人间处处起热闹。

赛牛会市井

　　　　〔姑娘们围着五姑娘说笑游戏，侯三姑直向菩萨嫂夸赞五姑娘。

沈善人　杨老爷。

杨金元　哦，沈老伯。

沈善人　儿啊，快来见过老爷。

　　　　〔洋博士鞠躬。

沈善人　我儿不才，刚从外国留学回来。他见多识广，人称洋博士……

洋博士　Ok？Hello，杨老爷！

杨金元　嚄嚄，洋博士……精头怪脑的模样，真让我头一回开了眼。

沈善人　杨老爷，他是我沈家的独苗，回乡来要接管家业，娶妻生子，传宗接代、传宗接代。不知……会和哪位姑娘有缘花轿抬到我沈家来？……

洋博士　Beautiful！五姑娘出水芙蓉，我的小乖乖。

杨金元　哼！五姑娘到你们沈家太屈才！

沈善人　得慢慢来，五姑娘花轿会抬到我沈家来。

村民们　族长来啦！族长来啦！

〔一位年迈的族长被村民们簇拥着上场。

〔杨金元、沈善人赶忙迎前。

杨金元、沈善人　哦，族长大人！

〔老态龙钟的族长清清嗓子，发令开赛。

族　长　春牛会开始了，打起鼓来！谁是领头的打鼓佬？

徐阿天　我，河西牛倌徐阿天！

合　唱　河西牛倌徐阿天，

徐阿天，徐阿天，

河西牛倌徐阿天。

春牛令

徐阿天　敲起来，打起来，

抖一抖少年精神多欢快！

吹起来，打起来，

亮一亮春天喉咙真自在。

好一曲三番吹打春牛令，

送我们走进春耕大戏台，

金山银山堆起来。

五姑娘　大哥，我们家的牛该放啦！

侯三姑　你大哥真沉得住气呀！

菩萨嫂　别急，快了！

杨金元　放牛！

————音乐剧《五姑娘》 〉〉〉〉〉

斗牛舞

杨金元　小兄弟，你帮了我的大忙啊！你叫什么？我怎么从来没见过你呀？

侯三姑　老爷，他叫徐阿天，邻村河西的，是我的内侄。

杨金元　哦，说吧，叫我怎么谢你呢？要银洋、田亩，还是牛羊？……

徐阿天　我……我要？我什么都不要。

相　见

徐阿天　　想过多少年，盼过多少年，
　　　　　云里雾里你却近在眼前。

五姑娘　　猜过多少年，觅过多少年，
　　　　　梦里幻里走出你的容颜。

徐阿天、五姑娘
　　　　　想过多少年，盼过多少年，
　　　　　猜过多少年，觅过多少，多少年。

茶　摊

童　声　　办家家，寻开心，
　　　　　生吃仙果元宝菱；
　　　　　元宝菱，两头翘，
　　　　　顺手抓过八珍糕；
　　　　　八珍糕，好吃口，
　　　　　满嘴满腮糖粥藕；
　　　　　糖粥藕，梅花心，
　　　　　姆妈送来姑嫂饼；
　　　　　姑嫂饼，酥又松，
　　　　　剥开糯米小脚粽；
　　　　　小脚粽，不当饭，

　　　　　　抵饱还是白焐蛋；

　　　　　　白焐蛋，像秤砣，

　　　　　　边吃边喝龙井茶，

　　　　　　不吃茶水一口焖，

　　　　　　堵牢喉咙叫你满地滚。

菩萨嫂　老爷，坐下喝杯茶。五姑娘，给你大哥冲茶。

五姑娘　哎。

杨金元　唉，急死人啊。去年田也不丰，蚕也有歉。清明一过，田、蚕、窑三件生活就要做起来，可现在还是缺人手啊。

侯三姑　啊呀，巧了巧了。大相公、大太太，你们不是说缺人手吗？我这里就有呀，正准备给你们送来哪！

杨金元　侯三姑姑，你快说，是谁呀？

侯三姑　你认识的呀。人家还帮过你们家大忙呢！

五姑娘　帮过我们家大忙的？……哦，我知道了，那个打鼓佬？

杨金元　打鼓佬？河西的？你的内侄？

五姑娘　嗯，那人，是个聪明能干的人！

杨金元　忙你自己的事情去！

侯三姑　我知道了，全怪我那不懂事的内侄，多看了大相公的妹妹两眼，是不是？

菩萨嫂　那算什么嘛？我做主了，把他找来看看。

侯三姑　他就在那边呢。阿天哪，到杨老爷这儿来一下！

谈　判（说唱）

杨金元　哦，你就是那个打鼓什么徐阿天？

徐阿天　是，我们曾经见过面。

菩萨嫂　阿弥陀佛，面善神安，和气一团，眉眼里露出不凡。

杨金元　想必你知道，我杨家田蚕窑三业俱全，你能有多少本事为我分担？

徐阿天　说种田吗？播种保墒，插秧耘田，灌水收割，堆垛上碾。
　　　　说养蚕吗？腌种焐种，收蚁入眠，抢桑换叶，上山结茧。
　　　　说烧窑吗？做坯装坯，点火看烟，挑水品色，出窑装船。
　　　　老爷只要放得下宽心，我徐阿天能为你顶下个总管！

杨金元　哼！说得好听，报个码洋吧。

徐阿天　老爷说。

杨金元　六块。

徐阿天　那才是我一半。

杨金元　那么大的口气，你以为开着钱庄？

徐阿天　那么小的派头，你以为我是来讨饭？

侯三姑　阿天，有话好讲。

菩萨嫂　小师傅，别伤情面。

杨金元　好了好了，我加到八块买个方便，
　　　　识不识抬举，你自己拿断。

徐阿天　　家贫气不馁，
　　　　　人穷志不短，
　　　　　哪是为了几文钱，
　　　　　争的不过是一张脸面。我的底数，十块洋元！
　　　　　商量妥了，捎个口信给我徐阿天！

五姑娘　　哦，徐大哥脚下稍慢，
　　　　　请喝下一盅香茶毛尖。
　　　　　轻开盖碗，细抿慢咽，
　　　　　会叫你降火明目，清神祛寒。

徐阿天　也罢，也罢。看在姑娘情面，收你八块洋元，留在杨家安心做长年。

菩萨嫂　这就好，这就好！好心换好心，善缘结善缘，处得好了给你加工钱。

杨金元　慢！全都听着！我还有一条规矩明言在先：做长年，客堂灶间你随意进出，后房禁区你不得沾边。如有违反，我杨金元，罚你个人仰马翻！

第二场

田　歌（二）

男女田歌手　三月里桃花开来红一路，

五姑娘的戏法变得看官犯糊涂。

原来是盖碗底下藏银元，

两块大洋暗把真情渡。

徐阿天一眼就看清楚，

不露声色把五姑娘暗示不领悟，

心领神会灵机一动，

船头一拨急转直下打了个埋伏。

这就是银元传情尽在不言中，

阳春花开，芳心初显露。

开秧门

女　声　　开秧门来秧门开，

大田插秧排对排，

三根指头蘸呀蘸，

一片新绿铺开来。

男　声　　开秧门来秧门开，

无边秧禾等我栽，

水田做罢汰汰脚，

端起水酒乐开怀。

女　声　　开了秧门喝一杯，

哥哥喝酒妹来陪，

　　　　　　只怕你喝不醉。
男　声　　开了秧门喝一杯，
　　　　　　妹妹唱歌心相随，
　　　　　　只怕你难相对。
阿　九　　哎，对歌了，对歌了，我们男的就推徐阿天，你们女的也站出一
　　　　　　个人来呀！
村　嫂　　啊哟，徐阿天唱歌百里方圆无敌手，除了杨家五姑娘以外，谁能
　　　　　　压得住阵脚嘛！
青　年　　人家五姑娘不是没来嘛。对歌嘛，我看你就行！
村　妇　　对，你就行，你就行。大胆上去跟他徐阿天对嘛！

对　歌

徐阿天　　郎打单身二十春，
　　　　　　妹在家中一个人；
　　　　　　郎打单身是自由鸟，
　　　　　　妹在房里闷不闷？
五姑娘　　郎打单身二十春，
　　　　　　妹在家中一个人；
　　　　　　郎打单身是闯天下，
　　　　　　妹在房中守孤灯。
徐阿天　　东南风吹来暖洋洋，
　　　　　　不唱田歌喉咙痒；
　　　　　　绣花毛巾是怀里藏，
　　　　　　擦脸就闻妹身香。
五姑娘　　西北风吹来阵阵凉，
　　　　　　唱起田歌心里爽；
　　　　　　河塘芦苇是轻飘飘，
　　　　　　摇头晃脑不自量。

徐阿天	河浜对岸桃花红，
	妹妹唱歌在花丛，
	人面桃花无限美，
	哥哥岸边急匆匆。
五姑娘	隔河桃花红彤彤，
	哥哥采花路不通，
	撑船过河花已谢，
	白用心思一场空。
徐阿天	新磨宝剑分量重，
	新打锄头要快出锋，
	荷叶车盘是骨碌碌地转，
	哥追妹妹身手赛蛟龙。
五姑娘	锣鼓不敲难知音，
	知人知面不知心。
徐阿天	篱笆不围难隔断，
	隔山隔水不隔情。

徐阿天、五姑娘

十里小河水泱泱，
不能点破纸一张，
春江雪化遍地流，
落水成瀑就难收场。
哥哥，妹妹，
妹妹，哥哥，
心中的爱，
编成田歌唱。

男　声	河东女儿个个美，
	最美当数五小妹。
女　声	天下俊男多来稀，

　　　　　　阿天百里才挑一。
合　唱　　田歌传情自古有，
　　　　　　私情暗爱唱不够。

送　饭

阿　九　　大家歇歇啦，东家老爷给大家送酒送饭来啦！
杨金元　　乡亲们，今天我摆开秧酒犒劳大家，按祖宗传下的规矩，喝酒唱歌开秧门啦！
众　人　　开秧门啦！
阿　九　　好鱼肉在东家菜橱里，
　　　　　　好生活在长工手心里，
　　　　　　铜钱银子在东家的口袋里，
　　　　　　分量多少在长工的心底里。
杨金元　　阿九啊！
阿　九　　老爷！
杨金元　　鸡鱼蛋肉都看到了吗？
阿　九　　都看到了。
众青年　　四菜一汤，大鱼大肉，全套酒席呢！
杨金元　　唔，这样就好，一年才一回嘛。徐阿天呢？
徐阿天　　老爷！
杨金元　　徐阿天哪，我是看重你的本事，才把这十亩秧田交给你操持，干不好，我是不会付工钱的哟！
徐阿天　　老爷，您就放心吧！
阿　九　　阿天哥，快吃饭吧！咦，阿天，你饭碗里哪里来的两只白焐蛋？怎么我们都没有？
众　人　　哈哈，有人变戏法，情投意合的双人戏法哪！哈哈哈……

五小妹（三重唱）

杨金元　　同父异母的五小妹，
　　　　　你长大心已飞，
　　　　　你怎能去打外乡贼！
五姑娘　　大哥翻脸我心变灰，
　　　　　女儿家心思你怎理会，
　　　　　怕只怕兄长做主择婚配，
　　　　　我不知今生会归了谁？
徐阿天　　聪明伶俐的五小妹，
　　　　　她对我有情我心领会。
五姑娘　　五小妹。
杨金元　　五小妹。
徐阿天　　五小妹。
五姑娘、杨金元、徐阿天
　　　　　五小妹。
五姑娘　　我不知今生会归了谁？
杨金元　　你怎能去打外乡贼！
徐阿天　　她对我有情我心领会。

第三场

合　唱　　轧蚕花，轧呀么轧蚕花，
　　　　　怎么样地快活，你就怎么玩；
　　　　　轧蚕花，轧呀么轧蚕花，
　　　　　破了那些规矩，你就壮个胆。
女　声　　蚕花殿前别害羞，
　　　　　人欢喜呀蚕情愿，
　　　　　挤挤轧轧轧蚕花，

———音乐剧《五姑娘》 >>>>>

轧轧挤挤三日天。

合　唱　　　轧蚕花，轧呀么轧蚕花。

蚕花节市井风情

〔小贩们纷纷在蚕花殿前摆开摊子。有卖糕团的，卖粽子的，卖馄饨的，看西洋镜的，引来众多乡亲。

〔沈善人父子混杂在村民之中，眼见人们的狂热欢情，大为感慨。

沈善人　（唱）一年一度蚕花节，千古风流在民间！

洋博士　（唱）祖宗留下的福，嘿嘿，轧蚕花 yeah！真香艳，香艳！

沈善人　（唱）不知道五姑娘会不会出现？

洋博士　（唱）Dady，您想的是……

沈善人　（唱）我想的是……（转念一想，却作反问）你说呢？……

洋博士　（唱）嘿嘿，嘿嘿，lovely girl，真让我垂涎！

糕团摊主　哎哎，侬做……做……做啥？要买我格糕……糕……糕团喏？

糕团摊主　（唱）我卖方糕是正啊正啊正方方。

女生合唱　　啊，正方方。

糕团摊主　（唱）我卖米团是圆啊圆啊圆胖胖。

女生合唱　　啊，圆胖胖。

糕团摊主　（唱）勿要问方糕米团是哪个香，

女生合唱　　是哪个香，

糕团摊主　（唱）全是嘉兴城里格好……好……好好好物事呀，响呀响当当。

女生合唱　　啊，响呀响当当。

洋博士　你以为你会卖糕团，我就不会卖粽子？

杨金元　啊呀呀，沈老伯，今天是哪阵风把您给吹来啦？

沈善人　哦，杨老爷，按理说这蚕花节是青年男女的事，我……这不是为我这个儿子嘛……

洋博士　哎哎，哎哎，卖粽子喽！

         （唱）五芳斋，好滋味，
男生合唱　　啊，好滋味。
洋博士　（唱）嘉兴老板开的店，
男生合唱　　啊，开的店。
洋博士　（唱）甜咸豆枣火腿粽，清香竹箬一包鲜，小脚老太金莲跑出千
            里远，千里远。
男女生合唱　小脚老太金莲跑出千里远，千里远。
杨金元　（唱）沈老伯，贵公子至今未婚，如今可有相好？
沈善人　（唱）嗨，他要求太高，总是拣拣挑挑。
杨金元　（唱）那岂不会耽误了青春年少。
沈善人　（唱）是啊，是啊，在外国留学时拒绝了不少洋妞的求爱，no！
            no！一个劲儿的把手摇。
杨金元　（唱）哦，是吗？
沈善人　（唱）哎，是啊，是啊！
杨金元　（唱）可惜可惜，把一次次好运给丢失掉。
沈善人　（唱）可是他现在看上了一个人，激情在燃烧，激情在燃烧！
杨金元　（唱）谁呀，让他如此迷了心窍？
　　　　〔沈善人望望四处，与杨金元耳语。
　　　　〔洋博士手拿着从摊头买来的食品。
洋博士　（唱）啊，杨老爷！请吃糕团，味道交关好！
杨金元　（唱）哦，好好，哦，好啊好啊好真好！
沈善人　（唱）哦，好啊好啊好真好！
　　　　〔杨金元、沈善人接过洋博士递来的食品，一边吃，一边说笑，
            穿行在热闹的摊头。
　　　　〔菩萨嫂和侯三姑从不同方向走上。
侯三姑　（热情地打招呼）啊呀，菩萨嫂！
菩萨嫂　（愉悦地）哎，侯三姑姑！（两人热情地作揖、拉手）
侯三姑　（唱）我那内侄阿天，在你家干得可好？

菩萨嫂　（唱）好好好，里里外外一把好手简直是呱呱叫！
侯三姑　（唱）那当然啦，他走南闯北世面见了不老少把许多小姑娘给迷倒！
菩萨嫂　（唱）那现如今他可有真相好？
侯三姑　（唱）当然有呀！（见菩萨嫂疑虑）难道你还看不出其中的道道？
菩萨嫂　（唱）哦，你是说……
侯三姑　（唱）（柔情地）我看他们俩……真是男才女貌有情有义心一条！
菩萨嫂　（唱）（为难地）好是好，就怕……
侯三姑　（唱）（爽朗地）怕什么？你给杨老爷吹吹风，常把边鼓敲，我们都是过来人要帮帮他们，牵线搭桥！

〔菩萨嫂和侯三姑说着话下场。

糕团摊主　哎哎！帮帮忙，帮帮忙总……总……总可以吧？收好摊子，好去轧……轧……轧蚕花喽！

　　　　（唱）轧蚕花，轧轧啊轧呀么轧蚕花。

女生合唱　啊，轧呀么轧蚕花。
糕团摊主　（唱）别害怕，别别别呀么别害怕。
女生合唱　啊，别呀么别害怕。
糕团摊主　（唱）轧轧挤挤啊三日天，
女生合唱　轧轧挤挤三日天呀，
糕团摊主　（唱）挤挤轧轧轧蚕花呀，
女生合唱　挤挤轧轧轧蚕花呀，轧蚕花，轧轧轧，轧轧轧呀么轧蚕花，轧蚕花。

蚕花女

女　声　　卖蚕花呀卖蚕花，
　　　　　卖蚕花呀卖蚕花。
五姑娘　　天上菩萨马明王，
　　　　　地上养蚕俏姑娘。

蚕姑本是天王变，

保佑凡间蚕事旺。

蚕花廿四分，

蚕花泛银光。

哎，今日蚕花最鲜亮，

如意郎君会来找你轧闹忙。

赴蚕花殿路上

菩萨嫂　五姑娘，你让我好找！姑娘们，蚕种放好了吗？

众姑娘　放好了！

菩萨嫂　五姑娘你呢？

五姑娘　啊呀，你真烦，早就照你的话放好啦。

菩萨嫂　来再让我看看。哟，傻姑娘，你把它放在那儿有啥用场吗？

要放在胸口，还要贴身放！

五姑娘　知道啦，知道啦！

菩萨嫂　我再提醒你一句！男人的手伸过来的时候，可千万别去挡！懂吗？只有这样，血热了，心动了，蚕种就活了，焐出来的蚕苗才会又强又壮，吐出来的蚕丝才会又长又亮。知道吗？

五姑娘　知道啦！知道啦！

菩萨嫂　　今日轧蚕花，

　　　　　拽上五姑娘，

　　　　　丫头进轿第一回，

　　　　　你要大胆地上。

五姑娘　　叫你菩萨嫂，

　　　　　当你是亲娘，

　　　　　拉我来做这种事，

　　　　　像啥嫂嫂样！

菩萨嫂　　千年祖上风，

　　　　　　　万代三日狂，

　　　　　　　不为女人怀春事，

　　　　　　　只求蚕花旺。

五姑娘　　　是男就能上，

　　　　　　　见鬼也不防，

　　　　　　　未出闺房乱了心，

　　　　　　　怎对意中郎？

菩萨嫂　　　妹有意中郎，

　　　　　　　快对嫂嫂讲，

　　　　　　　找他也来蚕花殿，

　　　　　　　假戏也真唱。

五姑娘　　　提起哥哥脸发烫，

　　　　　　　喜浪涌，心激荡。

　　　　　　　哥哥呀，小妹心中只有你，

　　　　　　　血为你沸腾，心为你狂！

踏白船

男　声　　　哦！

　　　　　　　踏白船的过来了，风急浪险，

　　　　　　　哦！

　　　　　　　几十条船在争先，旗飞桨翻，

　　　　　　　浪涛中闯来英雄男子汉。

女　声　　　那领头的小伙雄健，

　　　　　　　是谁呀？是谁？哦！

　　　　　　　是河西的徐阿天！

合　唱　　　徐阿天，真不赖，

　　　　　　　踏白船，摇得快，

　　　　　　　劈波好比龙出水，

|||斩浪就像鲸归海；
|||船艄彩旗猎获得响，
|||船头高昂抢头牌。
|五姑娘|阿天哥加油哇，加油！
|菩萨嫂|那是我们家的阿天吗？
|五姑娘|除了他还能有谁呀？
|男　声|哦，我们的英雄徐阿天，
|||来啦！
|||今天也是轧蚕花，
|||上啊！
|||女人让男人摸一摸，
|||热啊！
|||蚕肥茧丰遂心愿，
|||发啦！
|||轧蚕花，轧蚕花！

轧蚕花（缱绻抒情的舞蹈）

|徐阿天|近一点，再近一点。
|五姑娘|多一点，再多一点。
|徐阿天|深一点，再深一点。
|五姑娘|热一点，再热一点。

徐阿天、五姑娘

　　　双眸一闪，心与灵如泣如诉地抖颤，
　　　双手一牵，血与脉如漆如胶地相连。
　　　太阳月亮为你为我从此停转，
　　　天上地下有我有你爱到永远。

第四场

观　灯

徐阿天　　　火树金盏繁花灯，
　　　　　　满眼风情看不尽。

五姑娘　　　一步踏出樊笼来，
　　　　　　神清气爽脚下轻。

五姑娘、徐阿天
　　　　　　年年荷花灯相似，
　　　　　　今朝光景大不同。
　　　　　　身边有个好相伴，
　　　　　　只听心跳直扑腾。
　　　　　　彩绘花灯透玲珑，
　　　　　　出水荷花妙天成；
　　　　　　灯好哪有荷花好？

徐阿天　　　且待我，
　　　　　　采朵鲜荷送给心上人。

五姑娘　阿天，水太冷啦，湖太深啦，你要当心啊！……

徐阿天　五姑娘，给你！

五姑娘　多美的荷花呀！

徐阿天　五姑娘，我，喜欢你！

五姑娘　你的衣服都湿了，冷吗？

徐阿天　不冷，抱着你，抱着你就不冷了！

五姑娘　跑，你跑！

徐阿天　什么？

五姑娘　跑呀！一跑就不冷啦！

跑向爱情

徐阿天　　　跑，跑跑，
　　　　　　跑向哪里，不知道。
五姑娘　　　跑，跑跑，
　　　　　　去做什么，不知道。
五姑娘、徐阿天
　　　　　　身随着心，心由着脚，
　　　　　　听任一个朦胧希望的引导。
五姑娘　　　跑，跑跑，
　　　　　　跑向哪里，不知道。
徐阿天　　　跑，跑跑，
　　　　　　去做什么，不知道。
五姑娘　　　跑过一畦畦田坂，
徐阿天　　　跑在一座座长窑，
五姑娘　　　跑出一条条小巷，
徐阿天　　　跑过一顶顶小桥。
　　　　　　跑向星星缀满的夜空，
五姑娘　　　新月像小船摇啊摇。
徐阿天　　　跑向月光笼罩的大地，
五姑娘　　　花影像轻风飘呀飘。
五姑娘、徐阿天
　　　　　　跑，跑跑，
　　　　　　像驾着云朵，踩着波涛，
五姑娘　　　跑在神奇的梦境，
徐阿天　　　跑向生命的瑰宝。
五姑娘、徐阿天
　　　　　　噢，跑，跑跑！

————音乐剧《五姑娘》 〉〉〉〉〉

蚕房情爱

女　声　　想过多少年，盼过多少年，
　　　　　　云里雾里，你却躲在眼前。
　　　　　　猜过多少年，觅过多少年，
　　　　　　梦里幻里走出你的容颜。

五姑娘、徐阿天
　　　　　　双眸一闪，心与灵如泣如诉地抖颤，
　　　　　　双手一牵，血与脉如漆如胶地相连。
　　　　　　太阳月亮为你为我从此停转，
　　　　　　天上地下有我有你爱到永远。

大屋夜审

杨金元　　烈酒烧心田，
　　　　　　怒火燃胸间，
　　　　　　一对冤家让我气恨难填！
　　　　　　如何处置，却叫我两难全。
　　　　　　徐阿天，我恨不得把你刀剁斧砍，
　　　　　　你害得我五妹无颜站在人前。
　　　　　　但，不能把风声传，
　　　　　　人言可畏，可畏人言，
　　　　　　对我杨家斥责指点。
　　　　　　小娘生的丫头，
　　　　　　如此不要脸面，
　　　　　　偷人偷到蚕房禁地，
　　　　　　冲撞神明，辱没祖先。
　　　　　　你这恶民刁顽，
　　　　　　未进家门，就露出馋猫之贪；
　　　　　　约法三章，我早有明言在先。

		:---	:---
	我要把族长请来，
	沉塘，游乡，削发，断饭，
	概按家规法办！
菩萨嫂	阿弥陀佛，救苦救难，
	光宗耀祖的杨家门庭，
	当真要跌在千唾万骂的泥滩。
徐阿天	一人做事，一人承担，
	冲撞蚕神的是我徐阿天。
五姑娘	阿天哥，
徐阿天	只要东家放过五姑娘，
五姑娘	阿天哥，
徐阿天	我做牛做马，
五姑娘	阿天哥，
徐阿天	心甘情愿！
菩萨嫂	哦！老爷啊，
	广开慈怀，随缘行善，
	高抬贵手，阖家平安，
	你可要三思而断。
杨金元	好吧，徐阿天，事到如今，你须得重罚无怨！
菩萨嫂	如何重罚？
杨金元	苦刑赎罪，苦肉还愿！
菩萨嫂	此话怎言？
杨金元	砖瓦窑场，罚工三年，
	牛马之役，不给工钱；
	城隍庙会，洗心革面，
	扎肉提香，戒邪念。
	此一说，
	就看你愿是不愿。

徐阿天　　我愿，我愿，我愿！

五姑娘　　阿天哥，

徐阿天　　只要东家放过五姑娘，

五姑娘　　阿天哥，

徐阿天　　我做牛做马，

　　　　　心甘情愿！

五姑娘　　阿天哥。

第五场

田　歌（三）

男田歌手　八月木、梗子青，

　　　　　杨家五妹哭个泪沾襟。

　　　　　相好的阿天三月窑场熬光阴，

　　　　　却还要七月十五城隍庙会上，

　　　　　红衣披身，钢钩穿筋，

　　　　　香炉挂臂，哭祷愿心，

　　　　　拜一番恩主慈悲名。

　　　　　男欢女爱有何罪！

　　　　　桃花梦里棒打鸳鸯，

　　　　　老天也鸣不平！

窑　场

男　声　　黄的是土，

　　　　　青的是砖，

　　　　　白的是牙，

　　　　　黑的是脸。

　　　　　深不见底是屈和辱，

　　　　　　　远不及边是渴和盼。
　　　　　　　压断脊梁的千叠瓦，
　　　　　　　到死也背不完。
　　　　　　　紫的是火，
　　　　　　　蓝的是烟，
　　　　　　　灰的是心，
　　　　　　　红的是眼。
　　　　　　　暗无天日是悲和叹，
　　　　　　　永无尽期是恨和怨。
　　　　　　　黑咕隆咚的劳什窑，
　　　　　　　苦鬼的坟墩山。
徐阿天　　　熬一天，度十年，
　　　　　　　不辨春秋冷暖天，
　　　　　　　烟熏火燎烧焦心，
　　　　　　　悬在迷乱间。
　　　　　　　痛只痛，
　　　　　　　牙根已咬断，
　　　　　　　血泪已耗干；
　　　　　　　浑身雄蛮无处解，
　　　　　　　铁铸牢底坐不穿。
　　　　　　　五妹难相见，
　　　　　　　梦影伴愁眠。
　　　　　　　牙根已咬断，
　　　　　　　血泪已耗干；
　　　　　　　浑身雄蛮无处解，
　　　　　　　铁铸牢底坐不穿。
　　　　　　　男儿性起不得安，
　　　　　　　推砖扑火闹它个底朝天。

——音乐剧《五姑娘》 >>>>>

忘不了那个长年（二重唱）

五姑娘、杨金元

忘不了那个长年，

那个悬在心头的长年/那个鲠在喉头的长年。

那个长年，

多少回阴天晴天，多少次月缺月圆，

啊，深窑，沉砖，赤火，泥汗……

徐阿天，是否认罪伏法？

阿天哥呀，你是否康泰平安？

不能大意，对这个智者犟汉。

阿天呀阿天！

当机立断，须叫你伏首就范。

我的阿天！

娇小五妹，早一天嫁到沈府，

我只属于你啊阿天！

七月十五再逼你提香还愿！

我在思念你，阿天！

窗外梅雨

五姑娘　　窗外梅雨又在纷纷飘落，

打湿了门帘，打湿了窗纸，

折断了廊前的伤心花朵，

阴冷发霉的老屋，

你当真又在哭泣哆嗦，

莫非是记起了阿天哥给予我的温存摩挲？

青苔铺路的庭院，

你无法掩饰悲凄寂寞，

显然是窥见了五姑娘终日的丧魂落魄。

春天哪里去了？阳光哪里去了？

我不要这日月无光的贪生苟活。

窗外梅雨又在纷纷飘落，飘落……

提香还愿

合　　唱　　南无阿弥陀佛。

徐阿天　　佛祖在天明，

　　　　　普度苍生救万民；

　　　　　今日里香炉挂臂，钢钩穿筋，

　　　　　默祷祈愿长街行。

合　　唱　　南无阿弥陀佛，

徐阿天　　菩萨，阿天并无因，

　　　　　只求所爱得安宁。

　　　　　菩萨，救苦救难的菩萨，

　　　　　请显灵！

　　　　　阿天今世要娶五姑娘。

　　　　　扎肉提香了愿心。

　　　　　菩萨，请显灵！

第六场

密　谋（三重唱）

杨金元、沈善人、洋博士

　　　　　徐阿天，穷汉想娶富家妹，胆大又妄为！

杨金元　　你打错了算盘。

沈善人　　你搅乱了计划。

洋博士　　你夺人之美。

杨金元、沈善人、洋博士 　　　恨不得将你送进衙门来治罪！

沈善人　　大相公，请问令妹演的是什么戏？

杨金元　　哦，沈老伯看起来很生气，
　　　　　一定觉得我杨金元自食其言把你欺。

沈善人　　难道还不是？

杨金元　　不，不，小辈岂敢，沈家乃殷实大户有家底，倘若能两家结
　　　　　亲，真乃是五妹的造化，杨家的大喜。

沈善人　　那，传言你杨家门风败坏出了问题……

杨金元　　不，那谣言传千里，
　　　　　想破坏我沈杨联姻大计！

沈善人　　我可是七老八十，经不住麻烦纠缠清白体，
　　　　　你要堵住那些嘴，妥善来处理！

杨金元　　老伯，我有点不懂你话中的含义……

沈善人　　你有什么疑义？

杨金元　　这门亲事，究竟为你宝贝儿子，还是你自己？

沈善人　　咦，说起来又好笑来又可气，
　　　　　我沈某人风烛残年，岂能风流快活再娶妻？

洋博士　　爹地，连我也以为你要娶小贺大喜！

沈善人　　十三点！我这一切都是为了你！

洋博士　　噢，Sorry，sorry，my dear dady.

沈善人　　说正经，我当初就答应你，
　　　　　把五姑娘嫁到我沈家门第，
　　　　　嫁妆不要一件，还倒贴你一爿丝厂做大礼，
　　　　　你要不答应，就当我没提！

杨金元　　答应，答应，我答应！
　　　　　令郎年纪轻轻吃了外国洋饭有福气，
　　　　　有这样的妹夫，

　　　　　　　我杨家蓬荜增辉，福大无比！
洋博士　　　哦，Thank you，thank you，thank you very much.
沈善人　　　嗯……嗯……哼！
　　　　　　　有一件事情，必须要处理！
杨金元　　　老伯，你说，什么事？
沈善人　　　不要留隐患，不能有情敌，
　　　　　　　那个穷鬼长年徐阿天就是个眼中钉来肉中刺，
　　　　　　　要买通官府，打点衙役，
　　　　　　　把这小子治罪法办打十八层地牢方解气！
杨金元　　　对，捉拿阿天，逼嫁五妹，快速行动，出其不意，
杨、沈、洋　击掌定大计！

跑向死亡

五姑娘、徐阿天
　　　　　　　跑，跑跑，
　　　　　　　跑向哪里，不知道。
五姑娘　　　兄长逼嫁，威胁叫嚣，
徐阿天　　　官府抓人，四处寻打。
五姑娘、徐阿天
　　　　　　　跑，跑跑，
　　　　　　　跑向哪里，不知道……
五姑娘　　　窄巷深深，阴云笼罩，
　　　　　　　鬼影憧憧，妖孽招摇。
五姑娘、徐阿天
　　　　　　　要挣脱黑铁牢，
　　　　　　　跑，跑　跑！
五姑娘　　　阿天哥，跑，跑！

田　歌（四）

男女田歌手　十二月梅花开来满树黄，
　　　　　　雪盖冰裹又遭霜。
　　　　　　带泪花瓣纷纷落，
　　　　　　悲凉世界满目空荡荡。
　　　　　　徐阿天，为逃追捕走他乡，
　　　　　　五姑娘，被逼婚沈府做嫁娘。
　　　　　　可怜是，有情人难结连理枝，
　　　　　　生离死别，海角天涯各一方！

喜　堂

洋博士　　父亲大人，杨老爷。

脱下我的新嫁衣

五姑娘　　脱下我的新嫁衣，
　　　　　心中涌出悲情！
　　　　　生在杨家门，
　　　　　枉有富贵万斗金。
　　　　　富在脸上穷在心，
　　　　　雪压霜打苦泪流不尽。
　　　　　实指望，
　　　　　今生能嫁好郎君，
　　　　　男耕女织夫妻恩爱享太平，
　　　　　遇见徐阿天，
　　　　　望断千山眼乍明，
　　　　　心相印，魂牵萦，
　　　　　天设地造一片相思情。
　　　　　棒打鸳鸯化作不解怨，

阿天阿天，今生良缘化烟云！

尾　声

合　唱　　想过多少年，盼过多少年，
　　　　　云里雾里你却近在眼前。
　　　　　猜过多少年，觅过多少年，
　　　　　梦里幻里走出你的容颜。
　　　　　双眸一闪，心与灵如泣如诉地抖颤，
　　　　　双手一牵，血与脉如漆如胶地相连。
　　　　　太阳月亮为你为我从此停转，
　　　　　天上地下有我有你爱到永远。

　　〔剧终。

精品提名剧目·音乐剧

冰山上的来客

（根据同名电影改编）

编剧　姚承勋

时间

五十年代初期。

地点

新疆帕米尔高原。

人物

阿米尔　解放军战士，塔吉克族，二十岁。（男高音）

杨排长　解放军排长，汉族，二十五岁。（男中音）

塔什买提　解放军一班长，维吾尔族，二十一岁。（次高音）

卡　拉　解放军侦察员，二十余岁。（男高音）

解放军二班长、解放军三班长

各族战士若干

古兰丹姆（迈日乌莉）塔吉克族，十八岁。（女高音）

努茹兹　塔吉克族牧民，二十岁。（男高音）

尼亚孜　努茹兹父亲，五十余岁。（男中音）

古丽碧塔　努茹兹母亲，五十余岁。（女中音）

民族群众若干

假古兰丹姆　二十岁左右。（次高音）

阿曼拜　六十岁，土匪，代号"真神"。（男低音）

"绅士"　五十余岁。（男中音）

江汗达尔　土匪头目。

匪徒若干

第一幕　来自远方的新娘

第一场

〔雄浑、激越的管弦乐《序曲》响起，它如雄鹰俯瞰大地般在观众头上回旋着、交响着，民族风格浓郁的乐曲将大家渐渐带到帕米尔高原之上……

〔舞台灯光慢慢亮起，像逐渐揭起的面纱般向观众一层层展示着帕米尔高原冰川晶莹剔透、冷峻壮美的景色——

〔远远可见哨所顶上飘扬的国旗，近处山上山下是巍然屹立的解放军战士。

〔远处传来阿米尔高亢嘹亮的歌声。

（男声领唱合唱《翻过千层岭》（原创词曲））

阿米尔　（领唱）翻过千层岭哎，爬过万道坡，
众战士　（合唱）谁见过水晶般的冰山，野马似的雪水河？
　　　　　　　冰山埋藏着珍宝，雪水灌溉着田禾。
　　　　　　　一马平川的戈壁滩哟，放开喉咙好唱歌。
阿米尔　（领唱）河水向东流哎，太阳从东升，
众战士　（合唱）爬上了萨里尔的高山顶，跷脚儿望着北京城，
　　　　　　　瀚海接连着天边，大山冲破了云层，
　　　　　　　飞驰万里的白云哟，捎封信儿到北京。

〔乐声不断……

阿米尔　（白）杨排长？

杨排长　（白）对！你是？

阿米尔　（敬军礼，白）新战士阿米尔报到！

杨排长　（白）欢迎你，阿米尔同志！（二人紧紧握手）这是一班长，维吾
　　　　　尔族战士塔什买提！

塔什买提　（白）欢迎你！（二人握手）

杨排长唱　（咏叹调《八一军徽》）

　　　　　　　八一军徽在你的头顶闪亮，

　　　　　　　五星红旗亲吻着初升的太阳。

　　　　　　　军民一家，

　　　　　　　用血肉铸成钢铁的屏障，

　　　　　　　战士的心啊，

　　　　　　　插上雄鹰的翅膀飞翔。

杨排长、塔什买提

　　　　　　　光荣的塔吉克战士啊，

　　　　　　　永远紧贴着母亲的胸膛。

　　　　〔音乐强起。众战士跳起舞蹈——

众战士合唱　（男声合唱《轻骑兵舞》……

　　　　　　　向前！向前！向前！

　　　　　　　马鞭握在手中，战马四蹄飞扬，

　　　　　　　我们像雄鹰般翱翔，我们像冰山般坚强。

　　　　　　（中间过门为技巧性舞蹈）

　　　　　　　向前！向前！向前！

　　　　　　　背靠冰山万丈，不怕风暴雪狂，

　　　　　　　巡逻在祖国的边疆，

　　　　　　　神圣领土在战士的心上！

　　　　〔音乐变为舒缓的民族元素的音乐。迎亲队伍边舞边上——

塔什买提　（白）杨排长，你看，是迎亲的队伍！

——音乐剧《冰山上的来客》

〔塔什买提、杨排长迎上前与努茹兹握手。

杨排长　（白）同志们，有客人来了！祝贺你！

努茹兹　（白）谢谢！杨排长，明天是我们的婚礼。欢迎大家都来参加！

杨排长　（白）阿米尔，你也过来看看！

〔假古兰丹姆打量着解放军，呼叫"阿米尔"的声音引起了她的注意。她悄悄撩开面纱的一角，搜寻着阿米尔，就像一个美丽的幽灵，显得神秘又充满诱惑力——

假古兰丹姆　（咏叹调《撩开我的面纱》）

　　　　　悄悄撩开我的面纱，

　　　　　打量着陌生的脸庞。

　　　　　谁是杨排长？

　　　　　一样颜色军装。

　　　　　谁是阿米尔？

　　　　　一样俊俏的巴郎。

　　　　　啊，难道是真主的旨意，

　　　　　把我送到了他们的身旁？……

三班长　（高喊）集合！

〔追光集中在假古兰丹姆身上，她重新盖上面纱。迎亲队伍下场。三束追光中——

阿米尔　（向杨排长交信，白）总哨的密信！

〔杨排长、阿米尔、塔什买提三重唱——

阿米尔　　好一双似曾见过的眼神，

　　　　　霎时间迷乱了我的心……

杨排长　　一封总哨传来的密信，

　　　　　叫我心中荡起疑云……

塔什买提　是不是杨排长接到了命令？

　　　　　是不是阿米尔见到了熟人？

三人唱　　刚才是阳光明媚的初春，

突然间刮起山风阵阵，
眼前的情景心神不定，
我们必须多加小心！

〔收光，暗转。

第二场

〔换场音乐转为现实的迎亲场面音乐——
〔灯复明。夏日的上午，尼亚孜家门前。
〔古丽碧塔手捧红白两色大布舞蹈上，一群姑娘簇拥上前。古丽碧塔叫来尼亚孜，以他们俩为中心，和姑娘边唱边跳。（民俗性的领唱、合唱、重唱《头布缠起来》）

姑娘们　　为什么红布白布捧手上？
　　　　　为什么阳光下闪闪亮？
古丽碧塔　白布像雪白的面粉，
　　　　　能打出脆脆的烤囊；
　　　　　红布像浓浓的酥油，
　　　　　能给生活带来甜香。
姑娘们　　为什么歌儿飞到天上？
　　　　　为什么笑脸花儿一样？
古丽碧塔、尼亚孜
　　　　　歌儿迎来远方的新娘，
　　　　　红布白布戴在他们的头上。
　　　　　祝愿新生活的甜蜜，
　　　　　给儿子媳妇带来吉祥。

〔杨排长带领几战士上场，送上礼物。军民互敬民族礼节——杨排长、古丽碧塔、尼亚孜。（三重唱《幸福时光》）

三重唱　　啊——

	帕米尔升起朝阳，
	今天是幸福时光！
二位老人	雄鹰来自东方，
	他们是多好的巴郎！
杨排长	老人温暖又慈祥，
	就像我们的爹娘！
三重唱	让我们一起迎接新娘，啊，
	今天是幸福时光！今天是幸福时光！

〔迎亲队伍上，大家相互致意。姑娘和小伙（包括战士）各成一方，相互对唱舞蹈起来。幽默的对唱对舞节奏越来越快，气氛十分热烈——（男女对唱、重唱及舞蹈《迎亲舞曲》）

女声齐唱	这是哪里来的小伙？
	身材健壮又漂亮。
	看得我眼睛发亮，
	个个都像英俊的新郎！
男声齐唱	这是哪里来的姑娘？
	像月亮一样闪着光芒。
	看得我心花怒放，
	人人都像漂亮的新娘！
女声齐唱	高高的身材像白杨，
	嘹亮的歌声多雄壮！
男声齐唱	弯弯的眉毛细又长，
	圆圆的面庞花一样！
女声齐唱	谁是我最爱的情郎？
男声齐唱	谁是我梦里的新娘？
男女声重唱	有爱的花儿最芬芳，
	有爱的歌儿情最长，
	快快把新娘迎进房，

　　　　　　　　有爱的日子地久天长！
二位老人　（白）婚礼仪式开始！
　　　　〔在欢乐音乐和夹杂着《哭嫁歌》长调的交响中，进行着老人向新人头上撒面粉等民俗礼仪。
　　　　〔众人翩翩起舞，阿米尔和战士也参与其中，形成一个舞蹈的"太阳圈"。光圈慢慢集中在三个人身上。
阿米尔　（背唱）难道是她？
　　　　　　　　我梦中的玫瑰？
　　　　　　　　我日夜的思念？
　　　　　　　　她那闪动的双眼，
　　　　　　　　饱含着哀怨。
努茹兹　（背唱）为什么？
　　　　　　　　她目光闪烁？
　　　　　　　　她左顾右盼？
　　　　　　　　刚进门的新娘，
　　　　　　　　她心神不安？
假古兰丹姆　（背唱）
　　　　　　　　难道是他？
　　　　　　　　"真神"安排的"情人"，
　　　　　　　　真的来到我的面前？
三人重唱　为什么？我竟然迷乱了双眼？！
　　　　　　　　为什么？我好像中了魔魇？！
努茹兹　（大喊一声）古兰丹姆！你！……
阿米尔　（一惊，自语）古兰丹姆？……（激动地向假古兰丹姆）古兰丹姆，你仔细看看，我是阿米尔啊！
假古兰丹姆　阿米尔？……啊！阿米尔！（昏倒在地，音乐停）
阿米尔　（阿米尔扶起她，高喊）古兰丹姆！古兰丹姆！
　　　　〔众人救治假古兰丹姆。她慢慢醒过来，对阿米尔轻声："晚了！……"

───音乐剧《冰山上的来客》 〉〉〉〉〉

〔音乐声大作。尼亚孜、努茹兹、新娘、杨排长、阿米尔的五重唱《是幻影？是真情？》。他们分别向群众倾述，互相质问着——

尼亚孜　　　　告诉我，到底发生了什么事情？

努茹兹　　　　婚礼上她为何坐立不安？

假古兰丹姆　　眼前事真叫我难以说清！

杨排长　　　　是什么竟让她痛哭失声？

阿米尔　　　　这一切仿佛发生在梦中！

杨排长　　（问阿米尔）难道你和她早已相识？

努茹兹　　（问假古兰丹姆）难道他和你另有隐情？

尼亚孜　　　　啊！难道是厄运降临我家中？！

五人重唱　　　是幻影？是真情？是现实？是梦中？……

〔突然尼亚孜大叔心脏病发作，众人扶他下场。台上只留下阿米尔、杨排长和一班长。——

〔远处突然传来热瓦甫琴声，乔装山民的卡拉弹着热瓦甫上。（咏叹调《戈壁滩上的一股清泉》（原创词曲））

卡　拉　　　　戈壁滩上的一股清泉，

　　　　　　　冰山上的一朵雪莲，

　　　　　　　风暴不会永远不住，啊……

　　　　　　　什么时候啊，

　　　　　　　才能看到你的笑脸？

杨排长　　（白）卡拉！要走啦？

卡　拉　　（白）对啊！山下嫩草发芽，我要喂饱我的羊群！

杨排长　　（白）卡拉！那里草厚水深，你可要处处小心啊！

卡　拉　　（白）哈哈！杨排长！卡拉是个勇敢的牧人，不怕草窝里的狼群！

　　　　　　　再见——

杨排长　　（白）再见！——

〔音乐强起，杨排长与卡拉挥手告别——

〔光渐暗。幕落。

第二幕　大雪弥漫的冰山

第一场

〔音乐转为《花儿为什么这样红》（原创词曲）的旋律变奏。追光亮，照亮坐在一侧地上默默沉思的阿米尔。他心中充满追忆、怀念和惆怅——

阿米尔　　花儿为什么这样红？

　　　　　为什么这样红？哎……

〔追光移至舞台另一侧古兰丹姆身上。此刻的她笼罩在忧伤和哀痛之中——

古兰丹姆　（吟唱）

　　　　　红的好像燃烧的火，

　　　　　她象征着纯洁的友谊和爱情。

〔（多媒体投影）出现当年二人分别时的景象——地主庄园的高台前。小古兰丹姆手捧一束玫瑰泪流满面。小阿米尔赶来，掏出一把铜钱捧到叔叔面前。叔叔一把推开，铜钱滚落。一地主上前夺过小古兰丹姆手中的花扔掉，将她拉进了地主庄园。小阿米尔拾起玫瑰花，流下了眼泪……小古兰丹姆泪流满面，挣扎着回头哭喊："阿米尔！别忘了我……"小阿米尔喊着追上前，地主夺过鲜花扔在地上，又踏上一脚。阿米尔拾起鲜花，仰天长啸："真主啊！——"多媒体隐去。

〔追光打在古兰丹姆身上——

古兰丹姆　　花儿为什么这样枯黄？

　　　　　为什么这样凋零？哎……

　　　　　什么人哪把她摧残，

———音乐剧《冰山上的来客》》》》》

使她成了友谊破灭的象征。

〔灯亮。地主庄园昏暗阴森的密室内。急促的音乐奏出"嘀嗒"的电报声。"绅士"与江罕达尔凑在一起阅读电文。(二重唱《等待时机》)

江罕达尔　　眼看冰山竖起一杆红旗，

绅　士　　一杆红旗，刚出土的小苗叶疏根稀。

江罕达尔　　应该立刻动手把他掐死在摇篮里，

绅　士　　要想成功耐心等待，等待！

江罕达尔　（白）我的老爷，地下明珠已经到达潜伏地点，还等什么？

绅　士　（白）江罕达尔！必须等待"熊窝图"，才能行动！

江罕达尔　（突然发现门外有动静，喊）谁？（拉上古兰丹姆）你在偷听？

古兰丹姆　（白）不！不！我是来送茶的！

江罕达尔　（白）送茶？！看来你的眼睛和耳朵已经成了多余的东西！

〔江罕达尔猛抽出刀。阿曼拜出现在门口。（真神主题的宣叙调《请放过她》）

阿曼拜　（温顺但含威严地抚胸致意）且慢！

　　　　这是老爷神圣厅堂，

　　　　怎是杀人的地方？！

　　　　姑娘既然赐给老奴，

　　　　请勇士留她一条生路，

　　　　请老爷原谅她！

绅　士　（白）算啦！让他们去吧！

古兰丹姆　（白）阿曼拜大叔！您带我逃走吧！

阿曼拜　　孩子啊！

　　　　我看到你的眼泪，我明白你的心，

　　　　我和你一样焦急，要带你去寻找乡亲，

　　　　我的孩子啊！

　　　　路途遥远，谁是咱们的领路人？

谁又能证明咱们是好人？

我的孩子啊！……

〔此时远处传来卡拉自弹自唱的歌声："眼泪会使玉石更白，痛苦使人意志更坚，友谊能解脱你的痛苦，啊，我的歌声啊，能洗去你的心中愁烦。"

〔伴随着歌声，卡拉上场——

古兰丹姆　（白）大哥！你的羊群就要走了，请你带我们两个可怜的人离开这里吧！

卡　拉　（白）姑娘！为什么要离开这里呢？

古兰丹姆　（咏叹调《往事如烟》）

　　　　　我自幼失去了父母双亲，

　　　　　十三岁就卖进了庄园的大门。

　　　　　皮鞭下咽进流不完的泪水，

　　　　　欺辱中我苦苦挨过六个冬春。

　　　　　是阿曼拜大叔收留了我，

　　　　　听说家乡来了解放军。

　　　　　我要挣脱牢笼飞上天空，

　　　　　我要插上翅膀去寻找亲人！

〔阿曼拜同情地上前握住姑娘的手——

卡　拉　　姑娘不要太伤心，

　　　　　我们都为你分忧。

　　　　　冰山路途遥远，

　　　　　千万防备多加小心！

阿曼拜　（白）姑娘！有了好心的牧羊人，你就放心吧！

卡　拉　（白）姑娘！大叔！到羊群上山时，我会告诉你们！

〔切光，暗转。

——音乐剧《冰山上的来客》

第二场

〔开场,阿米尔、克里木坐在山坡上,塔什买提上。阿米尔起身踱步,塔、克二人下场——

阿米尔　（咏叹调《梦一般离去》）
　　　　月光洒满草地,
　　　　我像走在梦里……
　　　　我的古兰丹姆,
　　　　你像梦一样离去。
　　　　玫瑰化作了尘泥,
　　　　花香留在我心底。
　　　　玫瑰是我永恒的情,
　　　　花香是我永久的记忆。
　　　　无论何时何地我的爱,
　　　　永远留给你。
　　　　我的古兰丹姆梦一样离去。

众男合唱　古兰丹姆！古兰丹姆！
　　　　你在哪里？

阿米尔　昨天失掉的甜蜜,重又回到梦里。
　　　　我的古兰丹姆！
　　　　无论何时何地我的爱,
　　　　永远留给你……
　　　　我的古兰丹姆,你在哪里？……

〔假古兰丹姆暗上——

假古兰丹姆　（小咏叹调《惴惴不安的心》）
　　　　见到阿米尔我坐卧不安,
　　　　"真神"的安排响在耳边。

　　　　　　　　他错把我认作古兰丹姆,
　　　　　　　　大好时机就在眼前,
　　　　　　　　紧紧抓住手里的线,
　　　　　　　　啊,完成使命早下山!
阿米尔　（白）谁?站住!
假古兰丹姆　（白）是我!古兰丹姆。
阿米尔　（白）你?!你来干什么?
　　　　（阿米尔与假古兰丹姆的二重唱《爱是什么》）
假古兰丹姆　阿米尔你燃起了我爱情的火,
　　　　　　我忠诚的心永远属于你!
阿米尔　　　小溪的水会淌进新的草地,
　　　　　　童年的往事已成为过去。
假古兰丹姆　真心的爱情像点燃的火炬,
　　　　　　我要解除婚约,永远钟情你!
阿米尔　　　熄灭的火焰怎能重新点燃?!
　　　　　　请你尊重一个军人的荣誉!
假古兰丹姆　（白）不!阿米尔!我爱你!我永远爱你!（扑向阿米尔的怀抱,阿米尔左右躲闪）
　　　　〔努茹兹及杨排长等左右分上。音乐变得激烈纷杂。（努茹兹、假古兰丹姆、阿米尔三重唱《纷乱的心》）
努茹兹　（白）杨排长,你看!
　　　　啊!新娘刚刚踏进我家门,
　　　　为何又来纠缠别的男人?
假古兰丹姆　你娶了人娶不了我的心,
　　　　　　我要离婚去找意中人!
努茹兹　　　你败坏风俗惹怒乡亲,
　　　　　　让马鞭教训你这颗狂野的心!（抽一马鞭）
杨排长　（白）努茹兹!

努茹兹　（白）杨排长！管好你的兵！
　　　　（唱）当兵的人就该守本分，
　　　　　　　为什么勾引别人的女人？！
阿米尔　　哎！误会面前不能真假不分，
　　　　　请你相信一个军人的良心！
努茹兹　　我只能相信我的眼睛，
　　　　　马鞭会分清谁是好人！
　　　　〔举起马鞭冲上。尼亚孜匆匆赶来。
尼亚孜　（大吼一声）住手！蠢东西！（夺过马鞭猛抽努茹兹）
　　　　〔塔什麦提上前挡住马鞭——
塔什麦提　（白）大叔！按我们维吾尔人的说法，马鞭不打自己人！
尼亚孜　（似有所悟）你们俩都给我滚！
　　　　〔努茹兹及众人下场。
　　　　（塔什麦提、尼亚孜的二重唱《笑对风云》）
尼亚孜　　婚礼歌声没散尽，
　　　　　却又发生新纠纷。
　　　　　难道是真主惩罚我，
　　　　　晴朗的天空起风云？
塔什麦提　啊！帕米尔是边防的大门，
　　　　　解放军是咱百姓贴心人。
　　　　　把好大门防豺狼，
　　　　　军队和乡亲一条心！
塔什麦提、尼亚孜　（白）杨排长！
杨排长　（咏叹调《月光下的冰山》）
　　　　　　月光下的冰山晶莹闪烁，
　　　　　　山背后却涌起阴云。
　　　　　　刚诞生的共和国不平静，
　　　　　　才出芽的禾苗遇寒春。

阿米尔带来了总哨一封密信,

恶人磨刀又起杀心。

大叔啊！咱们刚刚见到太阳,

不能让阴云蒙住眼睛,迷住心！

（白）塔什麦提！你连夜带人增援暗哨！

（白）大叔！你快快回家劝劝乡亲们吧！

一班长　（白）是！一班集合！向右转！跑步走！

〔两双手紧紧相握。音乐强起——

〔切光,落幕。

第三幕　晶莹闪光的魂灵

〔一班长和阿米尔走出洞口,四处观察。古兰丹姆音乐隐现——

塔什买提　（发现了什么,白）有人！……你隐蔽,我来对付他！

〔阿米尔隐入洞中,假古兰丹姆风雪中摸索上山,一班长暗中察看追寻。（二人交叉换位的二重唱《是谁雪夜上山来》）

塔什买提　　是谁的身影在眼前飘荡？

是谁雪夜上到山来？

假古兰丹姆　万仞冰山白茫茫,

风雪扑面口难张。

我四处张望,

寻找的人在何方？

幕后女声齐唱

你在何方？你在何方？……

〔二人相互发现了对方——

塔什买提　（白）谁？

假古兰丹姆　（白）是我！古兰丹姆！

塔什买提　（白）大嫂？你？！——

———音乐剧《冰山上的来客》

假古兰丹姆 （白）我听说阿米尔在暗哨站岗，这么冷的天我怕他……
塔什买提 （白）哈哈哈！大嫂，你误会了！这冰天雪地哪有什么岗哨啊？
假古兰丹姆 （白）一班长，我可没有别的意思。我只是想见见阿米尔。

〔假古兰丹姆欲上山，一班长阻拦。

塔什买提 （白）不必担心，大嫂！
　　　　　（唱）今夜天寒风雪狂，
　　　　　　　　劝你快快下山岗！

〔假古兰丹姆左顾右盼地离去，阿米尔出洞——

阿米尔 （白）一班长，你看！边境的景色多漂亮啊！
塔什买提 （白）是啊！真漂亮！

〔接抒情音乐缓起。（阿米尔和塔什买提的二重唱《冰雪的长城》）

　　　　　冰凌挂在洞中，
　　　　　雪花飘在空中。
　　　　　冰凌凝聚着晶莹，
　　　　　好像美丽的水晶宫。
　　　　　冰花开在洞中，
　　　　　雪岭刺向空中。
　　　　　巍峨连绵的冰峰，
　　　　　是战士心中的长城
　　　　　啊……

一班长 （白）起风了，我们要多加小心！

〔音乐逐渐变得急促——

塔什买提 （发现了什么，白）阿米尔！快隐蔽！（二人进洞）

〔音乐强起，霎时间风起雪涌，天昏地暗。黑暗中，四个黑影悄悄摸到山前。塔什买提发现动静，迈出洞口。阿米尔闻声出洞打亮电筒。

塔什买提 （大喊）阿米尔！闭灯！

〔同时一声枪响，塔什买提中弹。他用尽最后力量扔出一颗手榴

　　　　　　弹，手榴弹在黑暗中炸响。切光。
　　　　　〔音乐声大作。（合唱《呼啸吧，风暴！》）
混声合唱　　呼啸吧　初春的风暴，野兽的嚎叫！
　　　　　　呼啸吧，初春的风暴，杀人的钢刀！
　　　　　　啊！……
　　　　　〔杨排长带着众战士上场，大喊："冲啊！"——
　　　　　〔音乐声大作。（混声合唱起《雪崩、枪声》）
混声合唱　　枪声、雪崩——
　　　　　　枪声、雪崩——
　　　　　　雪崩天摇地动，
　　　　　　枪声就是命令！
　　　　　　啊！……
　　　　　〔静场暗转。灯复明——杨排长带领着一群战士上场找阿米尔和一班长。
克里木　（高喊）杨排长！你看！——
　　　　　〔杨排长和战士们猛扑上前——
杨排长　（高喊）一班长！阿米尔！快去抢救！
　　　　　〔突然尼亚孜高喊着"杨排长"，手捧着毡帽跑上——
尼亚孜　（白）努茹兹他……
杨排长　（白）努茹兹他怎么了？
尼亚孜　（白）努茹兹他………他深夜上山，被雪崩夺去了生命啊！
热依木　（白）阿米尔还活着！
杨排长　（白）快去抢救！
　　　　　〔几战士将阿米尔抬下。
　　　　　〔几战士抬着牺牲的一班长到舞台中间。接连的噩耗令杨排长悲痛万分。（咏叹调《暴风雪刮来悲痛的噩梦》）
杨排长　（高喊）一班长！
　　　　（唱）暴风雪刮来悲痛的噩梦，

像钢刀刺进我的心中。

大雪掩埋了乡亲，

冰峰又增添新的伤痛。

让飞雪化作泪水，

让狂风化作哭声，

神圣的边防线是军民血肉铸成，

明特尔冰峰永远记载着你们无限的忠诚！

（女声合唱及冰雪姑娘深情的舞蹈《雪花为你送行》）

女声合唱　　白皑皑的世界，亮晶晶的冰峰，

扑面的飞雪，刺骨的寒风，

述说对你无尽的衷情。

你是那样洁白，你是那样晶莹，

你和冰山同在………

克里木　（扑向杨排长，白）一班长！杨排长！……

杨排长　克里木！来吧！让我们为他送行！

〔杨排长对天鸣枪三响，众战士举枪向天，枪声引起山顶长久的回声。混声合唱《怀念战友》（原创词曲）猛烈响起。

混声合唱　　当我离别了战友的时候，

好像那雪崩飞滚万丈，

啊，亲爱的战友，

我再不能看到你雄伟的身影，

和蔼的脸庞………

啊，亲爱的战友，

你也再不能听我弹琴，

听我歌唱……

〔渐渐收光中合唱结束，幕落。

第四幕　谁是真正的玫瑰

第一场

〔混乱、邪恶、气焰嚣张的音乐中幕启。地主庄园庭院内。匪首坐在花毡上，匪徒们端菜摆饭，一片嘈杂。（匪首和江罕达尔的二重唱《生死决斗》）

江罕达尔　（白）弟兄们！

　　　　　（唱）冰山埋藏了兄弟们的尸骨，

　　　　　　　　可至今"熊窝图"毫无音讯。

绅　士　（白）弟兄们！

　　　　　（唱）巴拉提节一场生死决斗，

　　　　　　　　必须按时踏上征途！

江罕达尔　（白）麦日乌莉，倒马奶子！卡拉，上肉！

　　　　　〔头目端杯痛饮，匪兵抽出马刀起舞。（男声齐唱与舞蹈《马刀舞》）

匪徒齐唱　抽出我的马刀，马刀闪起寒光，

　　　　　举起杯中的酒，血涌胸膛，

　　　　　举起酒杯，马刀闪光，

　　　　　喝干美酒，血涌胸膛，

　　　　　冲上那杀场！啊！……

　　　　　伸出我的双手，握紧刀枪，

　　　　　喝干杯中的酒，热血涌胸膛。

　　　　　举起酒杯，马刀闪光，

　　　　　喝干美酒，血涌胸膛，

　　　　　冲上那杀场！啊！冲啊！

——音乐剧《冰山上的来客》 〉〉〉〉〉

匪徒A （白）老爷！山那边送枪来了！

绅　士 （白）好！弟兄们，走！

〔众匪徒狂喊着蜂拥而下。（古兰丹姆、阿曼拜、卡拉的三重唱《快快离开这里》）

古兰丹姆　　快快离开这里！

　　　　　　出洞的豺狼心肠狠，

　　　　　　快快逃离他们的掌心！

阿曼拜　　　快快离开这里！

　　　　　　如不抓紧时机上山去，

　　　　　　我会老本输光不剩分文！

卡　拉　　　快快离开这里！

　　　　　　情报急待送上山，

　　　　　　分分秒秒都重千钧！

三人重唱　　快快离开这里！

　　　　　　快快离开这里！

　　　　　　情势如水火不等人！

卡　拉　（下定决心，白）姑娘，大叔，我们走！

〔三人在音乐声中急促赶路，身后枪声"叭叭"响起。阿曼拜示意"我来抵挡"，目送二人奔上山坡。慢慢掏出手枪对准卡拉。

〔枪响。卡拉摇晃着倒下——

古兰丹姆 （白）卡拉大哥！（扑过去将他抱在怀中）

卡　拉　（白）麦日乌莉！麦日乌莉！

古兰丹姆 （白）亲人，请记住我，我的真名叫古兰丹姆！

卡　拉　（睁开眼）古兰丹姆?！好姑娘，我们太年轻了。姑娘，（摘下热瓦甫给古兰丹姆）把它交给杨排……（死去）

古兰丹姆 （大声喊）卡拉大哥！……（痛哭失声）

〔阿曼拜匆匆赶来，拉起姑娘走——

〔灯光渐收，暗转。

第二场

〔多媒体出现一班长与战士们一起说笑、一起唱歌的画面。渐暗。灯复明。几天后。边防哨所。《怀念战友》（原创词曲）的音乐变得凝重而忧伤。众战士忙着备战，擦枪、整理行装等。

阿米尔　　天山脚下是我可爱的家乡，
　　　　　当我离开她的时候，
　　　　　好像那哈密瓜断了瓜秧。

众战士合唱　白杨树下住着我心上的姑娘，
　　　　　当我和她分别后，
　　　　　好像那都塔尔闲挂在墙上。

阿米尔　　瓜秧断了哈密瓜依然香甜，
　　　　　琴师回来都塔尔还会再响。
　　　　　当我永别了战友的时候，
　　　　　好像那雪崩飞滚万丈，
　　　　　啊，亲爱的战友，
　　　　　我再不能看到你雄伟的身影，
　　　　　和蔼的脸庞……
　　　　　啊，亲爱的战友，
　　　　　你也再不能听我弹琴，
　　　　　听我歌唱……

克里木　　（哭着）一班长！

〔阿米尔、克里木和其他战士都泪流满面。杨排长看这情景心里刺痛。这时战士们鼓起勇气，准备战斗。

〔突然，一战士押阿曼拜和古兰丹姆上场。

三班长　　（高喊）排长！有客人来了！

杨排长　　（打量二人，白）你们是？……

———音乐剧《冰山上的来客》　〉〉〉〉〉

古兰丹姆　（白）我叫古兰丹姆！

杨排长　（一惊）谁？古兰丹姆？！

古兰丹姆　（白）对！我就是古兰丹姆！

杨排长　（白）太像了，太像了！（示意班长，让班长把那个古兰丹姆请来）

杨排长　（白）来，说说看，你是怎样一个古兰丹姆？

阿曼拜　（白）孩子，说吧！

古兰丹姆　（咏叹调《我要飞翔》）

　　　　　早春的山风吹去了漫天的雾障，
　　　　　高高的冰山露出了和煦的阳光，
　　　　　我想挣脱牢笼，插上一对翅膀，
　　　　　睁开了迷蒙的双眼，
　　　　　闻到了玫瑰的芳香。
　　　　　多亏了善良的牧羊人，
　　　　　领我们把山上，
　　　　　多亏大叔阿曼拜，
　　　　　给了我重生的希望。
　　　　　我要飞出牢笼，我要寻找亲人。
　　　　　我要飞翔，飞向幸福怀抱，
　　　　　飞向那灿烂的阳光！

杨排长　（白）三班长，把古兰丹姆请上来！

古兰丹姆、阿曼拜　（同时，白）古兰丹姆？

杨排长　（白）对，这里还有一个古兰丹姆！

　　　〔三班长带假古兰丹姆上——

三班长　（白）上来吧！

古兰丹姆　（大喊一声）鬼！——

　　　（真、假古兰丹姆的二重唱《她是谁》）

二人重唱　她是谁？她是谁？

　　　　　　　难道她是古兰丹姆？

　　　　　　　真主啊！真主啊！

　　　　　　　我才是古兰丹姆在眼前！

古兰丹姆　她是地主的小老婆！

假古兰丹姆　她信口雌黄把人骗！

二人重唱　你贼心肝！你把人骗！

　　　　　　　我把你的真相戳穿！

班　长　（大喊一声）别吵啦！

　　　　〔音乐戛然止住。

杨排长　（缓慢地对古兰丹姆）那，谁能证明你是真的呢？

阿曼拜　（急上前插话）那位弹琴的牧羊人！

杨排长　（自语）卡——拉？！

阿曼拜　（白）对，孩子，把热瓦甫琴让他看看！

杨排长　（接琴，浑身一震）卡拉的琴？！……

　　　　〔音乐声中多媒体画面出现卡拉牺牲的情景画面。

杨排长　（慢慢转向阿曼拜）老人家，您说说看，她们俩谁是真的？

阿曼拜　（指着真古兰丹姆）她是真的！

杨排长　（指着假古兰丹姆）那她呢？

阿曼拜　她？我不认识！

假古兰丹姆　你！——（气急败坏地蹲下）

　　　　〔音乐逐强。阿米尔轻声唱起来。（二重唱《花儿为什么这样红》）

阿米尔　花儿为什么这样红？

　　　　　　为什么这样红？哎……

　　　　　　红得好像燃烧的火，

　　　　　　她象征着纯洁的友谊和爱情。

古兰丹姆　（先是倾听着，后不由自主地随声唱起）

　　　　　　花儿为什么这样鲜？

　　　　　　为什么这样鲜？哎……

鲜得使人不忍离去，

她是用那青春的血液来浇灌。

〔二人遥遥相对，一步一步走近——

杨排长　（兴奋地高喊）阿米尔！冲！

古兰丹姆　（望着眼前的阿米尔，激动地）阿米尔！

阿米尔　（一步冲上前）古兰丹姆！

〔二人紧紧拥抱在一起。《花儿为什么这样红》的歌声大作。杨排长有意地望着阿曼拜和假古兰丹姆。假古兰丹姆站起跑下。

阿曼拜　（尴尬地）杨排长！她！……她……

杨排长　让她去吧！（转向古兰丹姆）古兰丹姆，你可千万别忘了，阿曼拜大叔可是你的恩人呀！（转向阿曼拜）大叔，什么时候为他们举行婚礼呢？

阿曼拜　啊，巴拉提火把节就要到了。就在节日那天举行婚礼，怎么样啊？

杨排长　好！好啊！

阿曼拜　好！

〔光渐收，幕落。

第五幕　阳光灿烂的高原

第一场

〔紧张、激烈的音乐奏出电报的"嘀嗒"声。灯光渐亮。

阿曼拜　（白）谁？

假古兰丹姆　（白）是我！

（阿曼拜与假古兰丹姆的对唱《为什么会这样》）

假古兰丹姆　为什么会这样？你真假不分，

　　　　　　　差点把我送到共军手上？
阿曼拜　　　我不想这样，但情况紧急，
　　　　　　我一时没了主张！
假古兰丹姆　为什么会这样？我跟随你多年，
　　　　　　你却把旧情遗忘？
阿曼拜　　　快接受电报吧！再帮我一次忙，
　　　　　　你仍然是我心中的羔羊！
　　〔假古兰丹姆接受电报，阿曼拜一把夺过电报——
阿曼拜　　　（像念经一样读）"我已集合起伊斯玛利亚的子孙。决定在巴拉提节结婚。利用叼羊盛会之机，里应外合消灭共军。"——哈哈哈！我们的时机到啦！对不起！你也完成了最后一个使命！（掏出刀逼近假古兰丹姆）
阿曼拜　　　我叫你隐藏真身，假扮新娘，
　　　　　　你却被解放军撕去了伪装。
　　　　　　我叫你设法搞到"熊窝图"，
　　　　　　你却至今没有送到我的手上！
　　　　　　一事无成！必将要毁我大计！
　　　　　　你还有什么脸活在世上？！
假古兰丹姆　（咏叹调《丧心病狂的豺狼》）
　　　　　　阿曼拜，阿曼拜！
　　　　　　你这丧心病狂的豺狼！
　　　　　　名义上我是你的妻子，
　　　　　　其实是你鞭下的羔羊！
　　　　　　任你驱赶，任你宰割，
　　　　　　我没有丝毫的反抗，
　　　　　　黑天白日，雪暴风狂，
　　　　　　陪伴我的只有恐慌。
　　　　　　到头来却要葬送我的性命，

啊！难道这就是一个忠心人的下场?！

（突然狂喊）来人啊！——

〔阿曼拜猛刺假古兰丹姆，假古兰丹姆倒下。阿曼拜下场。

〔切光，暗转。

第二场

〔灯复明。巴拉提节当日。尼亚孜家门前。在既有节日气氛同时又充满战前激烈紧张情绪的乐声中，小伙子们正在平房顶上插节日备用的火，一身军装的解放军也进进出出地忙碌着。杨排长带阿米尔和古兰丹姆上，二位老人迎上——

杨排长　（白）阿米尔，古兰丹姆！快来认亲吧！

阿米尔、古兰丹姆　（同时）爸爸！妈妈！

〔老人将两人搂在怀中，喜极而泣。

二位老人　（白）孩子！

（一对老人、一对新人、杨排长和阿曼拜的三对二重唱《今天是个好时辰》）

六人重唱　啊，今天是个好时辰！
　　　　　啊，今天是个好时辰！

一对老人唱　雪崩夺取了儿子性命，
　　　　　　没想到喜事今又降临。

一对新人唱　时光隔不断有情人，
　　　　　　感谢父母收留了我们。

阿曼拜　　我们终于有处安身，
　　　　　真叫人喜泪淋淋。

杨排长　　冰山呼唤来客人，
　　　　　共度节日黄昏。
　　　　　珍珠和卵石要分清，

　　　　　　　今天是个好时辰!
六人重唱　　啊!巴拉提节已降临,
　　　　　　开门施礼迎客人。
　　　　　　赛马叼羊齐上阵,
　　　　　　是弱是强看分明!
　　　　　　今天是个好时辰!
　　　　　　今天是个好时辰!
　　　　〔众人大笑:"哈哈哈哈!"
尼亚孜　(白)孩子们!准备好了吗?
　　　　〔一群壮汉手提一只宰杀了的肥羊上。(男声齐唱《我们来自远方》)
壮汉们齐唱　我们来自远方,
　　　　　　带来了宰杀的肥羊。
　　　　　　为了参加叼羊比赛,
　　　　　　我们已经勒紧了马缰!
　　　　〔一群解放军战士手提马鞭上。(男声齐唱《我们列队整装》)
战士们齐唱　我们列队整装,
　　　　　　战马长鬃飘扬。
　　　　　　为了参加新人婚礼,
　　　　　　只等叼羊比赛开场!
杨排长　(白)好戏应该开场了!
　　　　〔参加比赛的汉子们下场。尼亚孜将羊扔到场外,音乐强起。这是一场《看叼羊舞》,是场外进行的比赛。场上人是看客。通过他们的视线和眼神,观众仿佛看到马群忽上忽下、忽左忽右的奔腾场面。多媒体也展现叼羊的场面。——
群众合唱　　跑起来呀!跑起来——
　　　　　　骏马像离弦的箭,跑得飞快;
　　　　　　跑起来呀!跑起来——

——音乐剧《冰山上的来客》 〉〉〉〉〉

马群像滔天的浪，汹涌澎湃。

这是勇敢者的游戏，

要有男子汉的胸怀。

来来来！来来来！

谁把羊儿抢回来，

谁就是我们的最爱！

〔杨排长刚要点燃火把，阿曼拜一把抢过来："等一等！"话还没说完，却被杨排长一把将火把抢在手中，几步跨上房顶，上下摇几下。几乎同时，山下传来枪响。场上群众惊慌，大声喊叫。

〔多媒体画面展示战斗场景。（混声合唱《枪声阵阵》）

群众合唱　　阵阵枪声，滚滚硝烟，

　　　　　　生死决战，震撼冰山……

〔激烈战斗场面的过门音乐，逐渐平缓下来——

古兰丹姆　　啊——

　　　　　　看硝烟慢慢散去，

　　　　　　看明月升起在山间……

〔在群众的翘首企盼中，三班长和战士们押匪徒上。

杨排长　（对阿曼拜）真神！请检阅你的奴仆吧！

阿曼拜　（佯装）我不懂！这是怎么回事？

杨排长　（白）三班长，把她带上来！

〔战士押包扎着伤口的假古兰丹姆上——

三班长　（白）上来啊！

阿曼拜　（大惊失色）你还活着？！

假古兰丹姆　对，是解放军救了我的命！让真主惩罚你这灭绝人性的恶人吧！

杨排长　（白）把他们押下去！

〔阿曼拜像泄气的皮球垂下了头，战士将众匪徒押下。

古兰丹姆　阿米尔！

阿米尔　古兰丹姆！

〔二人相互拥抱着。（二重唱《花儿为什么这样红》）

二重唱　　花儿为什么这样红？

为什么这样红？

哎！红的好像燃烧的火！

她象征着纯洁的友谊和爱情。

〔浓郁民俗特色的音乐声起。（合唱及群舞《塔吉克族婚礼歌》）

混声合唱　祝福啊！祝福啊！

鹰笛吹响，塔吉克欢乐歌唱，

真挚的爱像冰山一样圣洁。

金色的太阳温暖了我们的心房。

祝福啊！祝福啊！

手鼓敲响，山鹰展翅飞翔，

军民携手，保卫帕米尔家乡！

幸福的生活啊！地久天长！

杨排长　（白）集合！

古兰丹姆　卡拉大哥！

众　人　卡拉大哥！

二位老人　儿子！

众　人　努茹兹！

克里木　一班长！

众　人　一班长！

杨排长　同志们！乡亲们！我们胜利了！发射三颗红色信号弹，让它照亮帕米尔冰峰！照亮祖国的河山！

〔信号弹升空。它一层一层照亮舞台，照亮冰山，照亮了整个剧场和观众。

〔幕落。

〔剧终。

精品提名剧目·歌剧

张 骞

编剧 陈 宜 姚宝瑄

时间

西汉建元二年至元狩三年（公元前 138 年至公元前 125 年）。

人物

张　骞　汉武帝时的宫廷郎官，二十三岁至三十六岁。

阏　云　匈奴军臣单于的公主，张骞之妻，十七岁至二十九岁。

汉武帝　西汉皇帝，十八岁至三十一岁。

甘　父　胡人奴仆，三十岁至四十三岁。

军　臣　匈奴单于，五十岁。

休屠王　匈奴分封在河西地区的王，三十五岁。

张　猛　张骞和阏云之子，十岁。

鲁伊斯　月氏国王，四十岁。

乌姬娜　阏云公主的侍女，二十岁。

老　臣　月氏国大臣，五十岁。

大宛、大夏、康居、乌孙等国使节，西汉文武大臣，匈奴及月氏国的侍卫、仕女、士卒、萨满、白骨等

——歌剧《张骞》

第一幕

〔西汉建元二年(公元前138年)。
〔长城内外。
〔汉武帝率文武大臣视察长城上。郎官张骞、侍卫左右随上。
〔幕内合唱:

   登临,远望,

   登临,远望,

   朔风烈烈,

   云水苍苍,

   江河荡荡,

   神州泱泱。

   长城万里佑大汉,

   华夏安无恙。

   登临,远望,

   登临,远望,

〔中间介入汉武帝领唱,使序歌与汉武帝咏叹调融为一体。
〔幕启:合唱声中,汉武帝率文武大臣视察长城,音乐由庄重、深沉、悠远而激越。

  (汉武帝领唱,合唱)

汉武帝 你们看那高墙的外面,
众大臣 无垠的大荒无边的迷茫。
汉武帝 你们看那高墙之上,

众大臣　　　高高的苍穹天风浩荡。

汉武帝　　　长城之内是什么？

众大臣　　　大汉的疆土礼仪之邦。

汉武帝　　　怎光大先祖之遗教？

众大臣　　　遵循大法，谐和四方。

汉武帝　　（领唱、合唱）

巍巍的长城，

是御敌之屏障，

也阻挡着我远望的目光。

我渴望闪光与流霞的光彩，

我需要轰鸣的沉雷、喷发的岩浆。

不打开这山一样的高墙，

不撕碎这沉重的罗网，

怎见那天外之天，

天马如何驰骋四面八方？

我要猛士啊！我要猛士啊！

为我通西域，

播我大汉威德交好友邦。

〔众大臣哗然色变。

众大臣　　　啊？西域！

啊？西域！

危兮！艰兮！

凶兮！险兮！

远在天外，莫测神秘。

鬼怪横行，蛮荒绝地。

谁人敢去？谁人敢去？

汉武帝　　　我的文臣武将啊，

怎么霎时间熄灭了心中的火焰？

张　骞　（歌声如异峰突起，唱）

　　　　　　啊……

　　　　　　微臣请命，愿前往！

汉武帝　　你是谁？你是谁？

张　骞　　郎官张骞！

众大臣　　郎官张骞！

　　　　　　郎官张骞！

汉武帝　　小小郎官，你有何德何能敢担此重任？

张　骞　　汉江上度过我的童年，

　　　　　　随父兄拼搏于风波之间。

　　　　　　大河给我向艰险挑战的勇气，

　　　　　　郎官的衣衫遮不住我报国的肝胆。

汉武帝　　你有何等超凡武艺，

　　　　　　敢踏那蛮荒绝地？

张　骞　　我曾经随军远征荒漠，

　　　　　　身经百战出入血泊；

　　　　　　战火锤炼我坚毅的性格，

　　　　　　熟悉那里的风云山河。

汉武帝　　此去西域万里行，

　　　　　　何能不负朕意完成使命？

张　骞　　自幼学文习武智勇超群，

　　　　　　天赐金杖在手无比坚韧，

　　　　　　万死不辞报圣恩，

　　　　　　定要敲开那西域之门。

汉武帝　　欲建非常之功，

　　　　　　必须这样非常之人。

张　骞　　只有非常之君，

　　　　　　方知我非常之臣。

〔切光。

〔画外音:"圣旨:封郎官张骞为大汉奉节正使,率百人使团出使西域,联月氏,结友邦,昭我大汉文明圣德于天下,功成回国,朕当重赏。"

〔幕后合唱声起:

　　驼铃悠悠,

　　依哟依哟依哟,

　　悠悠驼铃,

　　依哟依哟依哟,

　　哟嗬哟嗬哟嗬嘿!

　　哟嗬哟嗬哟嗬嘿!

　　脚下没有路哟,

　　靠咱往出走哟,

　　记不清走了多么久哟嗬,

　　一条大路就留在了身后头。

　　哟嗬哟嗬哟嗬嘿!

〔狂风大作,飞砂走石,狼嚎声起。

第二幕　第一场

〔一月后。

〔匈奴国边境。

〔幕后合唱声起:

　　凛凛塞风寒,

　　迢迢征途远。

　　雪暗焉支山,

　　铁骑阻张骞。

〔匈奴士卒跃马挥索奔腾追逐着上。黄尘蔽天,俄顷,匈奴将领装束的阏云上。

阏　云　　我是阏云公主，

谁人不知晓，

单于金冠上的一颗珍宝。

天上有日月星光照耀，

身边有众神护绕。

啊！只须我铁臂轻摇，

难逃我的长缨一套。

哈哈……

众士卒　　呜！呜！

套住了，套住了，

哪里逃，哪里逃。

呜！呜！

〔突然长长的牛皮绳索绷紧，将阏云拽了一个跟跄。

阏　云　（大惊）啊？好大的力气！

〔几个匈奴士卒见状欲上前帮助。阏云运足力气与对方较量，不觉反被拽得旋转起来。

〔被缚的张骞上，这时阏云才看清被她套住的这个人的面孔。

阏　云　　啊！眼前仿佛升起一道霞光，

张　骞　　莽莽荒原白云深处，

阏　云　　霎时间令我晕眩神往。

张　骞　　莫非这里就是我生命的归宿。

阏　云　　墨玉般的卷发，

张　骞　生为大汉人，

阏　云　　太阳神似的面庞，

张　骞　宁死不屈服，

阏　云　　星辰样的目光，

张　骞　　啊，

阏　云　　闪烁着智慧的光芒，
张　骞　　啊，
阏　云　　像驰骋在大漠上的骆驼，
张　骞　　蘸一腔热血，
阏　云　　潇洒刚强，
张　骞　　大漠上写下绝命遗书，
阏　云　　他那男子汉的风采使我魂魄荡漾。
张　骞　　托黄沙吟唱千秋，牢记着民族风骨。
阏　云　　带走。

〔匈奴众士卒发出狼嚎声。

〔切光。

第二幕　第二场

〔紧接前场。

〔匈奴军臣单于牙帐。巨大的穹帐上装饰着金狼头。

军　臣　　溢彩的珍珠，
　　　　　应该镶在我的王冠上。
　　　　　神奇的宝马，
　　　　　要奔驰在我的草原上。
　　　　　这张骞，
　　　　　铮铮铁骨不折腰，
　　　　　不愧是汉家英豪。
阏　云　父王。
军　臣　　我要他留在匈奴国，
　　　　　娶妻生子，
　　　　　无意再踏西行道。
阏　云　　我自愿选择了远方，

哪怕是风狂雪猛也要踏上征程。

军　　臣　　阏云，

休屠王　　公主，

军　　臣　　你是草原的精灵，

休屠王　　你是矫健的雄鹰。

军　　臣　　有匈奴人的血性啊！

　　　　　　你要用那婀娜的风姿，

　　　　　　去降服他的心灵。

休屠王　　要以如水的柔情，

　　　　　　融化他胸中的坚冰。

军　　臣　　阏云、阏云。

休屠王　　公主、公主。

军　　臣　　祖传的金鹿刀，将见证你的忠诚，

　　　　　　它会化作魔刃，斩断张骞西行路径。

休屠王　　叫他拜倒在单于的脚下，

　　　　　　为霸业奉献才智聪明。

军　　臣　　阏云，阏云，

　　　　　　牢记住你的使命，

　　　　　　向着天神下跪，

　　　　　　袒露心迹把誓盟！

阏　　云　　（跪地，唱）

　　　　　　跪对威严的蓝天狼，

　　　　　　阏云发誓言，

　　　　　　倘若我背叛，

　　　　　　太阳将燃烧着黑色的火焰。

　　　　〔切光。

第二幕　第三场

〔紧接前场。

〔匈奴国草场。

〔神秘莫测的音乐声起。众萨满围坐击羊皮鼓。

众萨满　　太阳神的意志，

　　　　　大单于的恩宠。

　　　　　燃起婚礼的篝火，

　　　　　萨满卜着吉凶。

　　　　　祝福新人相亲相爱，

　　　　　幸福美满乐融融！啊！

〔合唱声中张骞与阏云被乌姬娜和匈奴侍卫带上。

张　骞　　阶下囚做新郎，

　　　　　此事好荒唐。

阏　云　　天神赐机缘，

　　　　　父王恩许做新娘。

张　骞　　我像搁浅的船儿断翅的鹰，

阏　云　　我不是钓鱼的香饵套马的缰。

张　骞　　她是美女还是豺狼？

阏　云　　不是仇敌是鸳鸯。

众萨满　　向长空拜太阳，

　　　　　拜天神，拜星光。

乌姬娜　　拜山神，拜水神，

众萨满　　再拜祖神蓝天狼。

乌姬娜　　夫妻对拜恩爱长，

众萨满　　挑起面纱入穹帐。

乌姬娜　　举起柳枝我挑面纱，

啊！

好一个流光溢彩的美新娘。

啊！

（揭去阏云头上的婚纱）

〔张骞只见一身汉家女装束的阏云含情脉脉地站立面前，不禁惊诧不已。

众萨满　　草原上生长的百灵鸟，

华山上飞来的神鹰。

虽然出生在两个地方，

却在一棵大树上相逢。

这是太阳神的意旨，

这是大单于的恩宠。

燃起婚礼的篝火，

萨满卜着吉凶。

祝福新人相亲相爱，

幸福美满乐融融！

〔切光。

〔幕后合唱声起：

唱歌的百灵，

唤不回山鹰高飞。

美丽的草原，

留不住飘流的白云。

第三幕　第一场

〔一年以后。

〔张骞与阏云的穹帐内。

张　骞　（凝望符节思绪万千，唱）

　　　　　　雁南归，雁南归，
　　　　　　长空万里展翅飞。
　　　　　　茫茫风雨路，
　　　　　　重重山河水。
　　　　　　心相追，
　　　　　　意相随，
　　　　　　思乡的缰绳扯我心儿碎。
　　　　　　看看八百里秦川金麦穗，
　　　　　　望一望终南奇峰横翠微。
　　　　　　看一眼汉宫腊梅红，
　　　　　　望一望渭堤柳絮飞。
　　　　　　啊！
　　　　　　百人之伍今何在？
　　　　　　只有甘父身边随。
　　　　　　七次出逃均未成，
　　　　　　耳边鼓角时时把我催。
　　　　　　唯愿今晚冲破罗网，
　　　　　　跨征鞍再向西陲。
合　　唱　　追闪电，踏风雪，
　　　　　　过楼兰，闯龙堆，
　　　　　　誓达月氏奏凯回。
　　　　　　雁南归，雁南归。
　　　　　〔甘父手持两袋水匆匆上。
张　　骞　　在沙梁子后面等我。
　　　　　〔甘父匆匆走去。
　　　　　〔张骞发现身后的阏云。
阏　　云　　我的太阳神，来喝杯奶子驱驱寒气。
张　　骞　　这奶子里放的什么？

阏　云　放的是从长安带来的茶叶。

张　骞　哦！茶叶和奶子煮在一起竟会是这样芬芳香甜？

阏　云　　翠绿的香茶就是你，

　　　　　洁白的马奶就是我。

　　　　　茶叶是汉朝，

张　骞　　马奶是匈国，

　　　　　茶乳融合。

　　　　　啊！

阏　云　　熄灭了天下烽火，

　　　　　融进安宁与欢乐。

　　　　　融进驼铃迎商旅，

　　　　　融进绿草掩毡房。

　　　　　融进你的心，

　　　　　流进我的心。

　　　　　把欢乐还给你，

　　　　　把真情留给我。

张　骞　（无限爱抚地把阏云搂在怀里）阏云，你真是草原上的百灵鸟。

阏　云　百灵鸟？

　　　　　百灵鸟，百灵鸟，

　　　　　她的歌声多美妙。

　　　　　比风儿起得早，

　　　　　比大雁飞得高。

　　　　　从不问身边的白云，

　　　　　自己把幸福寻找。

　　　　　唱一缕云霞绕青山，

　　　　　唱一株小草把春报。

　　　　　唱一颗星星照大漠，

　　　　　唱一朵红花对你笑。

啊！
百灵鸟啊灵性的鸟，
情多少来爱多少？

阕　云　百灵鸟，百灵鸟，
张　骞　她的歌声多美妙。
比凤儿起得早，
比大雁飞得高。
从不问身边的白云，
自己把幸福寻找。
唱一缕云霞绕青山，
唱一株小草把春报。
唱一颗星星照大漠，
唱一朵红花对你笑。
啊！
百灵鸟啊灵性的鸟，
情多少来爱多少？

〔拥抱在一起。

〔鹿角号响起。

张　骞　阕云，鹿角号在呼唤着你呢，你快去吧！

〔阕云心事重重地转身对张骞望了一眼。

张　骞　（望着阕云的背影，心绪复杂地）阕云……

〔阕云转身对张骞望了一眼，失望地下。甘父匆匆上。

甘　父　张大人，准备好了没有。

张　骞　在沙梁子后面等我。（欲走，却看到甘父被抓，惊呆）

〔突然阕云迎面走上。

阕　云　你像那冰冷的雪山，
把我的心儿寒透。
百灵鸟虽想唱歌，

却已冻僵了歌喉。

当年曾不顾两国仇，

为嫁你我把父王求。

本以为，

凭我的痴情和温柔，

不愁暖热冰冷的石头。

为了夫妻恩爱天长地久，

向你献出了我的所有。

你胸中有我的心跳动，

我身内有你的血奔流。

谁料想，张骞啊！

你痴心要摘取高天北斗，

追逐那梦中的绿洲。

绝情负义要出走，

半句话儿不给我留。

张　骞　　厮杀的武士，

不能留恋春风的温柔。

跋涉的驼铃，

不能只吟唱一片绿洲。

匈奴杀我父老掠夺马牛，

七十年烽火无止休。

白骨森森蔽荒野，

冤气苍茫笼罩着北地边州。

如今王命在身符节在手，

怎能忘却国使与皇命。

不问前途还有多少风雨，

也许命运注定葬身荒丘。

我也要登上昆仑之巅，

　　　　　望一望雪莲花傲立云头。

　　　　　泪在心中流，

　　　　　血在心中流。

　　　　　只有痛别阆云，

　　　　　再和命运去拼斗。

　　　　　啊……

阆　云　留不住，不强留，

　　　　　留也不长久。

　　　　　严冬来了金秋定要去，

　　　　　水向东海难回头。

　　　　　你用这柄金鹿刀，

　　　　　砍下我的头。

　　　　　你杀死我吧！

　　　　　你杀死我吧！

　　　　　也免得孩儿未降生，

　　　　　就做孤儿恨千秋。

张骞、阆云　苍天啊为何这样昏冥！

　　　　　命运啊为何这样无情！

　　　　　啊！

　　〔幕后合唱声起：

　　　　　亲情的绳索哟，

　　　　　拴住了天马的翅膀。

　　　　　孩儿的哭声哟，

　　　　　制止了驼铃的吟唱。

　　　　　身欲飞哟魂难舍，

　　　　　脚欲行哟心难放。

　　　　　身欲飞哟魂难舍，

　　　　　脚欲行哟心难放。

〔切光。

第三幕　第二场

〔十年以后。

〔匈奴国草场。夕阳投向稀疏的符节。

〔在欢乐的乐曲声和急促的马蹄声、马嘶声中，赛马舞上，张猛一马当先。

甘　父　猛儿。

〔幕后合唱：

打井出水喽，

井水甜又多。

张骞为咱牵来一条河，

流进草原草青青，

流进山林鸟唱歌，

流进羊群如云朵，

流进百姓心窝窝。

张　骞　（看着张猛的模样顿时欢欣振奋，上前拦住张猛，唱）

噢！这是谁家的男子汉？

张　猛　我名叫张猛，

是阿爸阿妈心上的春天。

张　骞　张猛的故乡在哪里？

张　猛　在那遥远的东方，

如花似锦的长安。

张　骞　那山坡上飘扬的是什么？

张　猛　汉使凭信的符节，

代表汉国的尊严。

甘　父　你身上背的是什么？

张　猛　　汉朝的雕弓，
　　　　　　没有神力拉不圆。
甘　父　　可要甘父帮着你？
张　猛　　猛儿生来有志气，
　　　　　　开弓要凭自己练。
张　骞　　练好武艺做什么？
张　猛　　报效国家建功业，跃马扬鞭回长安。
甘　父　　（高兴地）猛儿长大了！
张　骞　　（欣喜地将张猛高高举起）我的好儿子！
张　猛　　爹爹！
张　骞　　你听那流水欢歌，
甘　父　　浇灌出美丽的花朵。
张　猛　　愿匈汉永远修好，
　　　　　　家家幸福安乐。
　　　　〔急促的马蹄声自远而近。阏云急上。
阏　云　　太阳神啊！
　　　　　　快抛下你炽烈的火团，
　　　　　　烧尽世上的野心与疯狂！
　　　　　　父王啊，父王啊，
　　　　　　蓝天大地不能占为己有，
　　　　　　太阳月亮不能锁进你的穹帐。
　　　　　　我们已有百花盛开的地方，
　　　　　　为什么还要举起屠杀的刀枪？
　　　　　　为什么还要举起屠杀的刀枪？
　　　　　　本指望夫妻恩爱日月长，
　　　　　　谁料想阴云又遮住了阳光。
　　　　　　痴心的爱将失落在铁蹄下，
　　　　　　纯真的情就要埋葬在血泊上。

张　骞　阏云，到底发生什么事了？

阏　云　父王率领十万人马，就要和汉朝开战了。

张　骞　（大惊）啊！你说什么？

阏　云　父王命你为前路翕侯，随队出征。

张　骞　　　　风云突变，

　　　　　　　匈奴的屠刀又指向我汉家的疆土。

　　　　　　　去国离家十载，

　　　　　　　物换星移几度。

　　　　　　　凄风苦雨节旄疏，

　　　　　　　报国于何处？

　　　　　　　报国于何处？

　　　　　　　冰雪虽吞没了年华无数，

　　　　　　　却未能冷却我热血浸透的忠骨。

　　　　　　　张骞烈烈一丈夫，

　　　　　　　岂肯卖身做叛徒。

　　　　　　　啊……

　　　　　　　只是这一去，

　　　　　　　阏云猛儿归何处？

阏　云　　　　我的太阳，

　　　　　　　我的太阳！

　　　　　　　阏云虽痛苦，

　　　　　　　心中有明烛。

　　　　　　　万里奉国事，

　　　　　　　莫为妻儿顾。

张　猛　　　　孩儿生着大汉骨，

　　　　　　　愿随爹爹归故土。

阏　云　　　　一腔热血为你铺平回乡路，

　　　　　　　你带猛儿飞马踏归途。

张　骞　　十年来含辛茹苦不为回故土，
　　　　　一心要重踏西行路。
阏　云　　西行路是死途，
　　　　　白龙堆是走不出的魔鬼峡谷。
张　骞　　哪怕是洒热血抛头颅，
　　　　　一意西行无反顾。
张　猛　　猛儿要随爹爹走，
张　骞　　猛儿飞马传信长安路。
　　　〔阏云抽出金鹿刀将自己的秀发一刀割断。
张　猛　　妈！
张　骞　　阏云……
　　　〔阏云深情地走至符节旁，将一缕缕青丝缚在符节上。
　　　〔幕后合唱声起：
　　　　　缚节旄，泪如注，
　　　　　青丝一缕情无数。
　　　　　愿它伴君踏征途，
　　　　　愿它为君驱愁苦。
　　　　　高执汉节万里行，
　　　　　壮举传千古。
阏　云　　缚节旄，泪如注，
　　　　　青丝一缕情无数。
　　　　　白日为你挡风尘，
　　　　　夜晚为你驱寒露。
　　　　　天天盼郎早日归，
　　　　　莫把妻儿顾。
张　骞　　接符节，情如注，
　　　　　我妻我儿莫悲哭。
　　　　　青丝为我寄温暖，

歌剧《张骞》

　　　　　青丝为我拨云雾。
　　　　　地倾天塌何所惧，
　　　　　符节就是擎天柱。
阌　云　来人，带着大单于的诏令，送张大人出关。
　　　　〔远处传来马蹄声。
张　骞　阌云！
阌　云　（推张骞）你快走。
张　猛　妈……大单于来了，爹……
阌　云　　快骑上我的千里马，
　　　　　烽火报信赴汉路。
　　　　　扬鞭飞马长安路，
　　　　　莫把妈妈顾，莫把妈妈顾。
　　　　〔君臣单于、休屠王带众兵急上搭箭欲射。
休屠王　（猛然发现）张猛！
君　臣　放！（乱箭将张猛射落马下）
阌　云　猛儿！
张　猛　妈妈，妈妈……（倒地而亡）
张　骞　（远远看到猛儿被射杀，悲痛万分）猛儿！
合　唱　　哟嗬嘿，哟嗬嘿，
　　　　　草原上走来一只孤独的小鹿，
　　　　　长空里飞去一只哀鸣的鹰雏。
　　　　　草原的泪水是晶莹的露珠，
　　　　　大漠的鲜花是祭坛的礼物。
　　　　　哟嗬嘿，哟嗬嘿。
　　　　〔场景转向单于穹帐。
军　臣　（对阌云唱，阌云跪在金狼头下）阌云，你好大胆！
　　　　　你曾向太阳神盟誓愿，
　　　　　今日你却违背了自己的誓言。

　　　　　我要你再把嫁衣穿，

　　　　　赴月氏摘取张骞的头颅。

　　〔切光。

第四幕　第一场

　　〔距前场一月后。

　　〔白龙堆大沙漠。

　　〔众白骨舞蹈。

众白骨　　自从天地开，

　　　　　死亡我主宰。

　　　　　全身雪花白，

　　　　　模样永不改。

　　　　　我见银子不理睬，

　　　　　权势在这吃不开。

　　　　　一代接一代，

　　　　　你们早晚都会来。

　　〔张骞持符节衣衫褴褛，跌跌撞撞奔上。甘父手持空空的皮水囊绝望地奔上。

张　骞　　九死一生离匈廷，

　　　　　念阕云泣儿万里行。

　　　　　路迷蒙，天迷蒙，

　　　　　赤焰卷热风。

　　　　　脚踏地狱门，

　　　　　风送鬼哭声！

甘　父　　大人你看，前面好像是水草地！

张　骞　　望前方，

　　　　　荡漾着水影波光。

苍天怜我，

求生有望。

〔张骞与甘父欣喜欲奔向前去，突然色变，空望前方，颓然倒在沙坡上。风起云涌。

〔张骞、甘父与众白骨跳起搏斗舞。

众白骨　　啊！

　　　　　白骨发疯，

　　　　　恶魔逞凶。

　　　　　日月无光，

　　　　　天塌地倾。

　　　　　快快逃生，

　　　　　快快逃生！

张　骞　　这是地狱？
甘　父　　还是噩梦？

　　　　　黑沉沉，

　　　　　雾蒙蒙，

　　　　　恶魔狰狞，

　　　　　白骨翻腾，

　　　　　大难临头怎逃生？

〔甘父精疲力竭晕倒在地，不省人事。张骞也疲惫不堪倒地喘息不已。

众白骨　　死亡是永恒的旋律，

　　　　　白骨有奇妙的风采。

　　　　　你若是累了，

　　　　　快快扑向我的怀，

　　　　　这里多么安详自在，

　　　　　这里多么安详自在。

张　骞　　啊！白骨！白骨！

当年你在这里找到了归宿，
你的生命化作了白骨。
昔日你那披一身流霞光彩何在？
昔日你携雷闪电的雄风归何处？
你倒了，你终于倒了！
陪伴着无休无止的漠风，
埋葬在黄沙深处。
为什么？为什么？
啊！啊！
我仿佛踏进地狱的门坎，
听到了死神的脚步。

白　骨　（合唱）你来了，你来了，
我们欢心，我们起舞，
我们欢心，我们起舞，
我们为你祝福。啊……

张　骞　啊不！啊不！
我要坚韧地活，
我要顽强地生。
厮杀的疆场才是张骞的归宿，
倒在这里只能留下软弱和屈辱。
阳光月霞快来唤醒我的灵气，
漫卷的黄沙拭净我搏击的风骨。
那长天闪烁的银河，
就是我挚爱生命狂热的欢呼！
阳光月霞快来唤醒我的灵气，
漫卷的黄沙拭净我搏击的风骨。

〔众白骨隐去，舞台变得空荡，无限的深远。

张　骞　甘父！甘父！甘父你在哪儿？

甘　父　（从昏迷中苏醒）张大人，张大人！（又昏厥过去）

张　骞　甘父，你醒醒，你醒醒啊甘父。

甘　父　张大人……我们还是回长安吧！

张　骞　不，我们不能回长安啊！我们就是爬也要爬到月氏国呀，甘父！

甘　父　水呢？你给我一口水，你给我一滴水！（晕厥过去）

张　骞　甘父！甘父！水，水，水在哪啊？

〔张骞情急无奈，思索有顷，毅然拔出佩剑，割破臂膀，将殷红的鲜血滴入甘父口中。

〔幕后合唱声起：

　　　　殷红的血啊，

　　　　像清泉喷涌。

　　　　流进甘父口，

　　　　化作万缕情。

　　　　血啊，血啊，血鲜红，

　　　　滴啊，滴啊，多少情。

〔甘父昏迷中抓着张骞手臂拼命地吸着，渐渐苏醒，忽然发现张骞正举着滴血的手臂，感动不已。

〔幕后合唱声起：

　　　　殷红的血啊，

　　　　像清泉喷涌。

　　　　流进甘父口，

　　　　化作万缕情。

　　　　血啊，血啊，血鲜红，

　　　　滴啊，滴啊，多少情。

〔甘父扑地跪拜，张骞扶起甘父。

甘　父　张大人，咱们走！

〔幕后合唱声起：

　　　　血中流着壮士志，

血中融着报国情。

站起身并肩向西行,

站起身啊向西行。

向西行,向西行,

血中流着壮士志,

血中融着报国情。

站起身并肩向西行,

站起身啊向西行。

向西行,向西行。

第四幕　第二场

〔距前场一年多以后。月氏国王庭。

〔幕后合唱声起:

从那丝绸的故乡,

高贵的使者带来如意吉祥。

走遍西域各邦,

谱写友谊篇章。

〔月氏国王鲁伊斯神情不安地上。老臣随上。

鲁伊斯　汉使的情谊暖如火,

匈奴王的承诺把我诱惑。

汉匈大国都不敢惹,

左右进退难决策。

老　臣　国王陛下,匈奴国为什么在这个时候与我国联姻,还要把阿姆河两岸划归我国所有?

鲁伊斯　那是多么肥美的草原啊!

老　臣　那可是要用张骞的人头去换呀!如果应对不当,巴斯达山下将烽烟四起。

鲁伊斯　　　匈奴是身边的虎狼，

　　　　　　汉国是天边的月影。

　　　　　　月氏小国欲求生，

　　　　　　只好慎对两面来风。

侍　卫　　尊敬的国王陛下，张汉使和康居、大宛、大夏、乌孙使节到！

鲁伊斯　　请。

　　　　〔张骞和众使节上。

张　骞　　各国使节来赴盛典，

　　　　　　怎不见结盟的神坛？

鲁伊斯　　匈奴王飞马传书，

　　　　　　结盟之事已难实现。

　　　　〔鲁伊斯将匈奴羊皮诏书交给张骞，众使节围看。

张　骞　　尊敬的鲁伊斯王，

　　　　　　诏书藏杀机，

　　　　　　联姻是阴谋。

　　　　　　豺狼吃人的血口，

　　　　　　万不要当做美妙的歌喉。

众使节　　各国朋友结联盟，

　　　　　　西域才能得富荣。

鲁伊斯　　天河的圣水难解眼前的饥渴，

　　　　　　为生存我们只能低下高贵的头。

张　骞　　尊敬的鲁伊斯王……

老　臣　　张汉使、各国使节，请到驿馆歇息！

　　　　〔内高喊："匈奴公主到！"

　　　　〔休屠王上，盛气凌人地环视四周。

休屠王　　张汉使，请留步，请你留下来参加鲁伊斯王的婚礼。

　　　　〔低沉不安的音乐声中，合唱声起：

　　　　　　钟声沉，

　　　　　　鼓声乱，

　　　　　　为什么吉日良辰少笑颜？

　　　　　　公主带来祸与福，

　　　　　　像一个难解的谜团。

　　　　〔乌姬娜撒着如雨的花瓣上。

　　　　〔见到一身缟素的阏云，张骞大惊。

张　骞　（二重唱）

　　　　　　难相信，不敢信，

　　　　　　眼前走来的人，

　　　　　　竟是我日夜思念的阏云。

阏　云　（二重唱）想认，不敢认。

　　　　　　想认，不能认。

　　　　　　那墨玉般的卷发，

　　　　　　竟变成了一片白云。

　　　　　　表面如平静的湖水，

　　　　　　心中却似火山腾喷。

合　唱　　在这险恶的时刻，

　　　　　　只有紧闭情感的闸门。

　　　　　　你听那山谷的回音，

　　　　　　是阏云脚步的坚贞。

休屠王　（手捧利刀走向鲁伊斯）

　　　　　　别忘记丰厚的嫁妆，

　　　　　　是阿姆河肥美的草场。

　　　　　　美女、草场要用张骞的人头交换！

　　　　　　动手吧！尊敬的月氏王。

　　　　〔匈奴兵唱：

　　　　　　美女、头颅、草场，

　　　　　　头颅、美女、草场，

不是庆典的礼乐，

便是战场的刀枪。

〔阕云看到此情此景，猛地脱下斗篷，一身汉家装束走向鲁伊斯。

阕　云　尊敬的鲁伊斯王！

君莫怨，

我汉家女的装扮来赴婚典。

君可知阕云本是张骞妻……

鲁伊斯　（闻言大惊）什么？张骞你……

休屠王　（对阕云）你背叛了大单于的旨意，天狼神会降罪与你……

阕　云　我是匈奴国十八公主，月氏国王后，你给我滚下去。

父王逼我又把嫁衣穿，

嫁阕云，杀张骞，

挑起友邦自相残。

鲁伊斯　（大怒）

啊！啊！

巴斯达山顶的雪莲啊！

绽放着圣洁的魂魄。

（拔出利剑，直指休屠王）把休屠王押下去！

〔月氏侍卫上前架起休屠王。

休屠王　（喊）阕云，面对天狼神，用金鹿刀实现自己的诺言。

〔休屠王被押下去。

〔阕云拔出金鹿刀。

〔远远传来阕云当初面对天狼神盟誓的歌声：

跪对威严的蓝天狼，

阕云发誓言，

倘若我背叛，

天神啊！

太阳将燃烧出黑色的火焰。

〔歌声中，阏云将金鹿刀举过头顶，跪拜天神。

〔歌声中，阏云横刀刺向自己。

张　骞　我的好妻子！

阏　云　恍惚中仿佛回到草原，

　　　　飘浮的往事在眼前出现。

　　　　那洁白的穹帐里，

　　　　炉火香茶春意暖。

　　　　那青青的草场上，

　　　　夫妻同挥套马杆。

　　　　那又苦又甜的小雨中，

　　　　我俩听着百灵鸟低声鸣啭。

　　　　在那高高的阴山下，

　　　　我俩一步一步多艰难。

　　　　悲切切啊！恨绵绵啊！

合　唱　悲切切啊！恨绵绵啊！

阏　云　啊……

　　　　此身能为张郎死，

　　　　虽死无遗憾。

　　　　只愿你挥动长戈利剑，

　　　　把战魔的爪牙连根斩断。

　　　　播下爱的种子，

　　　　担起友邦的危安。

　　　　我把热血洒江天，

　　　　滋润和平花朵繁。

　　　　我愿灵魂化彩练，

　　　　铺平大道通长安。

　　　　张郎啊！孩子啊！

　　　　生不相从死相伴，

　　　　忠魂随你回玉关。
　　　　奋起双臂擂天鼓，
　　　　唤起世人莫相残。
　　　　愿将热血燃闪电，
　　　　照亮人间离恨天。
　　　　啊……
〔幕后合唱声起：
　　　　回长安，回长安，
　　　　山高水远心儿连。
　　　　一步一滴血，
　　　　一步一声唤，
　　　　呼唤妻儿魂灵随身边。
　　　　随着节旄向东走，
　　　　听着驼铃唱悲歌。
　　　　看看玉门关上汉月明，
　　　　看看祁连白雪染。
　　　　回长安，回长安，
　　　　忠魂伴我回长安。
〔张骞、甘父持符节走去。阏云、猛儿在冥冥中随去。
〔切光。

第五幕

〔距第一幕十三年以后。
〔长安。
〔文武大臣拥着汉武帝迎候张骞。
〔幕后合唱声起：
　　　　忠魂系长安，系长安，

张骞转回还，转回还。

出生入死千万里，

今日终将回故园。

百人之伍今何在！

怎不见汉使张骞？

〔音乐声中甘父跌跌撞撞上。

甘　父　　张汉使他……他……

他已昏睡了整七天。

〔侍卫们拉一车上。张骞仰卧其上，昏睡未醒，长长的白发自一侧飘然垂落。众人见状大惊。

〔歌声中汉武帝围绕车端详张骞。

众大臣　　啊……

他的热血仿佛冷凝，

他的身躯似已僵硬。

那飘拂的白发告诉人们，

十三载是何等艰难的途程。

汉武帝　　轻声！轻声！

勿要惊醒他沉睡的梦。

无需再说什么，

苍苍的白发禀报了他的忠诚。

张　骞　（猛然从梦中惊醒）啊！到哪儿了？

甘　父　　长安。

张　骞　（认出在一旁的汉武帝，急下车伏跪在汉武帝脚下）皇上！

接符节，

万里西域行。

历时十三载，

结盟竟未成。

辜负圣命，

　　　　　　泣首阶前请罪名。

汉武帝　你何罪之有啊？十三年了，朕，从未怀疑过像你这样的非常之
　　　　臣，是一定会回来的。

文武大臣、兵士　张汉使！

张　骞　　沐浴着天子的恩宠，
　　　　　更激起我胆魄添我勇。
　　　　　张骞我再请圣命，
　　　　　为圣上宏愿我重踏征程。
　　　　　向西行，向西行。
　　　　（脱下破旧的衣衫，双手奉上）西域三十六国山川地理、风物习
　　　　俗，尽在其上，请圣上御览。
　　　　〔汉武帝接过衣衫。天幕出现一幅硕大的西域山川地理图，赫然
　　　　醒目，众大臣惊叹不已。

汉武帝　　唯有非常胆，
　　　　　敢登九重霄。
　　　　　十三载闯出金光道，
　　　　　多少梦想，多少期待，
　　　　　今日终于来到。
　　　　　眼界顿时开，
　　　　　心中涌大潮。
　　　　　外面的天地，
　　　　　不再虚无缥缈。
　　　　　西方的世界，
　　　　　也有许多美妙。
　　　　　从此九天阊阖开宫宇，
　　　　　万国衣冠通汉朝。
　　　　〔幕后声：
　　　　　"张骞出使西域，

一十三载,历尽艰危,

持汉节不失。

名彪青史,功盖千秋,

堪称凿空西域第一人。

朕封张骞为博望侯,

领官中大行。

封甘父为奉使君,

今再度出使西域,

刻日起程。"

〔幕后合唱声起:

再踏上风雨征程,

啊……

开丝路融会四海文明。

托起大汉盛世,

飞架欧亚长虹。

托起大汉盛世,

飞架欧亚长虹。

望不断彩练飞舞,

听不尽驼铃声声。

看东方巨龙腾飞,

勿忘开拓之人!

张骞!张骞!

〔声震环宇,壮丽辉煌。

〔落幕。

精品提名剧目·歌剧

雷 雨

原著 曹 禺
改编 莫 凡

人物

蘩　漪　周朴园之妻，三十五岁。（女高音）

周　萍　周朴园与前妻之子，二十八岁。（男高音）

周朴园　某煤矿公司董事长，五十五岁。（男低音）

四　凤　周宅使女，十八岁。（女高音）

鲁　妈　四凤的母亲，四十七岁。（女中音）

周　冲　周朴园与蘩漪之子，十七岁。（男高音）

黑衣男人、黑衣女人、白衣女人、男仆

——歌剧《雷雨》〉〉〉〉〉

第一幕

〔空荡而昏暗的舞台，后有高台。前方左侧有一桌二椅，桌上有侍萍年轻时的照片相框，右侧有一张双人沙发。

〔清冷凄婉的音乐。在半梦半醒中，病态、苍白、忧郁的蘩漪手拿团扇从后方高台缓缓走向前，迷惘地打量着这充满苦难的世界。

〔黑衣男人们缓缓上场，他们是乌云，身着宽大的黑色斗篷，象征着不祥和厄运，他们唱着深沉的哀歌。

男声合唱　　乌云啊，沉沉压在心头，
　　　　　　抹不去的痛，赶不尽的愁，
　　　　　　雨来风满楼。

〔黑衣女人们缓缓上场，她们也是乌云，象征着不幸和痛苦，她们和着黑衣男人们一起唱着哀歌。

女声合唱、混声合唱　　乌云啊，
　　　　　　沉沉压在心头，
　　　　　　理不清的乱，解不开的扣，
　　　　　　难遣人心忧。

〔在乌云们的哀歌里，一身白西服的年轻英俊的周萍从众黑衣人中闪出，他那淡淡忧愁的青春形象，令蘩漪心动。

〔温暖柔情的合唱悠然而起。

合　　唱　　啊……

〔在歌声中，周萍渐渐向蘩漪走近，二人深情地四目相望，时间

〔内心激烈的冲撞，使蘩漪感到窒息，转身，仰天，闭上眼睛。
像在片刻间凝固。
〔周萍犹豫地站在原地，不知所措。
〔蘩漪突然冲向周萍，拉住他的手，渐渐地把头靠在他的肩膀上抽泣。
〔周萍怜悯地抚慰着蘩漪。
〔激情而动荡的混声合唱响起。

混声合唱　　乌云啊，翻卷的乌云啊，
　　　　　　你在诅咒、诅咒、诅咒！
　　　　　　闹鬼啰，闹鬼啰，
　　　　　　周公馆里闹鬼啰！
　　　　　　哭泣的灵魂在颤抖、颤抖、颤抖！

〔在合唱的歌声中，天幕上出现一男一女的投影。
〔蘩漪和周萍相拥缓缓移近沙发，跌坐在一起，紧紧拥抱。
〔沙发在旋转，渐渐背向观众。
〔天幕上一男一女在亲热搂抱。舞台上人影绰绰，灯光闪烁，一片纷乱景象。
〔合唱完毕，灯光骤暗。众黑衣人下。音乐逐渐安静下来。
〔灯光渐亮，舞台有了变化，构成了简单的室内景，但仍可望见后方的高台。一个闷热的夏天的午后，天边仍有乌云在积压着。
〔旋转的沙发渐渐转了回来，只有蘩漪独坐，忧郁地沉睡着。一束冷光照着她惨白的面容。
〔蝉鸣单调的声音，刺耳、闹心。
〔蘩漪惊醒，像在寻找失去的梦。
〔蘩漪拿起沙发上的团扇，渐渐起身，在屋内缓缓踱步。

蘩　漪　　多么烦闷的夏日，坟墓一样地死寂。
　　　　　蝉儿啊，只有你在喧嚣、抗议，
　　　　　我却喊不出声、哭不出泪，唯有死前的喘息。

十八年了，我被骗进周府，生下冲儿，

在这囚牢陪伴着一个阎王，心儿在战栗。

〔蘩漪深情地望着沙发，一束红光照在沙发上。

蘩　漪　　哦，萍！只有萍，

你要了我整个的人，夺走了我的心！

〔周萍身着蓝色长衫，缓缓走在右方高台。

蘩　漪　　但是，现在你却对我躲避，想离我而去。

〔四凤从后面高台左方出，周萍奔向四凤。二人紧张地看看四周，发现没有人，忘情地相拥。

蘩　漪　　你怎能如此绝情无义?!

啊，真让我透不过气，透不过气……

〔蘩漪用团扇猛扇，像要驱散所有污秽浊气，渐渐走向沙发，无奈地坐下。

蘩　漪　　多么烦闷的夏日，坟墓一样地死寂、死寂……

〔周萍快活地追逐着害羞的四凤上。二人突然发现了蘩漪。

四　凤　　（怯生生地）哦，太太……

周　萍　　（不知所措地，对蘩漪）哦，您，您，怎么您也下楼来了？……

蘩　漪　　（情感复杂地）一个快闷死的人，渴望一缕清风缭绕！

〔周冲在幕后喊："四凤！四凤！"急急从左方出。他青春焕发，充满朝气，手中拿着一只帆船的模型。

〔周冲的出现，缓解了场上的僵局。蘩漪、周萍各自调整着情绪。

〔四凤局促地迎向周冲。

〔恋爱中的周冲，眼里只有四凤，并没有注意到母亲和哥哥的存在。

周　冲　　（热情洋溢地）（白）四凤！四凤！你看，白色的帆船！

它在海面上飞，像插上鹰的羽毛，

带我们驶向幸福的小岛！（羞涩地）

哦，四凤，四凤，

            你像船的白帆，

            　　涨满我心中的春潮！

        （发现了周萍）哥哥！

        （突然又发现了繁漪）啊，妈妈！妈妈！

            你们是否听到，汽笛鸣叫，船要起锚！

            啊！外面的世界多么美好，

            天那么高，阳光照耀，

            水那么蓝，烟波浩渺，

            啊，在驶向自由和光明的航道。

            白帆飘呀飘！

        〔周冲激动地把帆船递给四凤。

        〔周朴园威严地从右方高台上。静场。

周朴园　（白）四凤！

四　凤　（白）老爷！

周萍、周冲　（白）父亲。

繁　漪　（白）朴园。

周朴园　（对四凤）（白）叫你给太太煎的药呢？

四　凤　（白）煎好了。

周朴园　（白）倒了来。

四　凤　（白）是。（四凤怯生生地端着帆船从左方下）

繁　漪　　哦，那药苦得要命，

　　　　　　我难以下咽，哪怕一点一滴！

周朴园　　良药苦口利于病，

　　　　　　对症下药有益于你的身体。

周　冲　（忍不住地）啊，父亲，请不要强求母亲，她不愿意！

周朴园　（严厉地看着繁漪、周萍、周冲）难道你们都不知道自己的病？！

　　　　〔四凤端药上。

周朴园　　四凤，把药送到太太那里。

――――歌剧《雷雨》 〉〉〉〉〉

四　凤　　　太太。（把药端到蘩漪面前）

蘩　漪　　　哦，快把它拿走，我不喝那苦东西……

周朴园　　　你喝下去，喝下去！

蘩　漪　　（内心痛楚地）喝了多少年的苦水，

　　　　　　忍了多少年的怨气，

　　　　　　春去秋来冬至，

　　　　　　这样的日子何时已？（哀怜地望着周萍）

　　　　　（对四凤）把药端到楼上去，

　　　　　（对周朴园）请你让我到夜深人静时独饮这苦药，

　　　　　（看着周萍）伴着一盏孤灯到黎明。

周　冲　　（激动地）啊，母亲，你的心太苦，

　　　　　　请别再哭泣！

周朴园　　（冰冷地）蘩漪，你现在就喝下去！

　　　　　　当着冲儿，当着你的萍……萍儿，这么大的儿子，

　　　　　　你应该懂得服从的道理，

　　　　　　不要任性，蘩漪！

　　　　　（对周冲）冲儿，去，劝你的母亲，喝下去！

周　冲　　（反抗地）啊，父亲！……

周朴园　　（坚决地）去！

周　萍　　（低头，至周冲前）去吧，别再惹父亲生气……

周　冲　　（向蘩漪）啊，母亲，就喝一口吧，为了我，也为您自己……

蘩　漪　　（慈爱地看着周冲，痛苦地端起药碗）

　　　　　　哦，我喝不下去，我喝不下去……

周朴园　　（冷酷地）蘩漪，你脑子有病。这药专治神经！

蘩　漪　　　不要这样咒我，我没有病，我没有病！

周朴园　　　你不要讳疾忌医！

蘩　漪　　　我心里流血，无药可医！

　　　　　（周朴园、周萍、周冲三重唱）

周朴园　（看蘩漪）她病入膏肓让我回天无力！

周　萍　（看周朴园）他凶神恶煞让我心有余悸！

周　冲　（看周朴园）他专制霸道让我满腔怒气！

周朴园　（突然地）萍儿，去，劝你的母亲，喝下去！

周　萍　（惊慌地）啊，父亲……

周朴园　（不容抗拒地）去，跪下，劝你的母亲！

　　　　（蘩漪、周萍二重唱）

蘩　漪　　　啊，我心乱如麻口难言……

周　萍　　　啊，我步履沉重难向前……

周　萍　（走到蘩漪面前，又一次向周朴园求恕地）啊，父亲！……

周朴园　（严厉地）跪下！说！请母亲把药喝下去！

周　萍　（万般无奈地）啊，父亲……

周朴园　　　跪下！我叫你跪下！

　　　　〔蘩漪急忙用颤抖的手捧起药碗，望着正欲跪下的周萍。

蘩　漪　（急促地）我喝，我喝，我现在就喝下去！

　　　　（喝了两口，苦涩极了，望了望周朴园和周萍，突然一气喝下）

　　　　　　啊！……

周　冲　（生气地）啊，父亲！你这样对待母亲太不公平，太不公平！

　　　　〔蘩漪哭着跑下，四凤喊着："太太！"端起药碗跟下。

　　　　〔周冲也喊着："妈妈！"追着蘩漪下。

　　　　〔望着蘩漪离去的背影，周朴园、周萍父子进入心理时空的内心感叹。

周朴园　　　她像一片枯萎的叶，被逝去的岁月风干。

周　萍　　　她像一朵凋谢的花，被记忆的潮水浸淹。

周朴园　　　她曾经柔情似水，

周　萍　　　滋润我干涩的心田。

周朴园　（捧起桌上的照片）

　　　　　　　　永难忘旧日的侍萍，我心仍牵挂。

周　　萍　（扶着沙发，拿起蘩漪留下的团扇）

　　　　　　　　不堪回首黑暗里的絮语，

　　　　　　　　分不清是情、是爱、是迷、是乱。（害怕地扔掉团扇）

　　　　　　（周萍、周朴园二重唱）

周萍、周朴园

　　　　　　　　人啊人，多么难，

　　　　　　　　永远伴随着忏悔和无尽的缠绵！

　　　　　　〔周萍欲下，周朴园突然叫住他。

周朴园　　萍儿！

　　　　　　　　听说，我在外边的两年里，

　　　　　　　　你在家里很不规矩！

周　　萍　（惊恐地）哦，不，不，没有的事，没有的事！

周朴园　　为什么还吞吞吐吐，欺人骗己，

　　　　　　　　一个人敢做，就要敢担当得起！

周　　萍　（失色地）哦，我不能说，父亲！

周朴园　（严厉地）

　　　　　　　　听说你每天鬼混在跳舞场里，

　　　　　　　　喝酒，赌钱，整夜在外面纸醉金迷！

周　　萍　（放下心地）哦，您说的是，您说的是……

　　　　　　〔周朴园拿起桌上侍萍的照片。

周朴园　（和缓地）

　　　　　　　　你的生母侍萍，

　　　　　　　　临死前为你取名叫萍。

　　　　　　　　你要懂得自爱，

　　　　　　　　不能让旁人诽谤攻击。

　　　　　　　　我一生建立了矿山产业，

　　　　　　　　功德圆满，也需要秩序严谨的家庭。

　　　　　　我的儿，你要好好思寻！

　　　〔周朴园下场。

　　　〔周萍内疚地望着父亲的背影，端详生母的相片，不禁心潮起伏。

周　萍　　多么令人汗颜，

　　　　　为了这无奈的欺骗。

　　　　　我现在成了什么人，

　　　　　愧对双亲，愧对祖先！

　　　　　啊，一颗脆弱的心，

　　　　　像浮萍飘零在急流的水面。

　　　　　谁来救救我呀，

　　　　　让我逃离凶险！

　　　〔四凤心神不宁地上，她发现四周没人，跑向周萍。

四　凤　　大少爷！

周　萍　　四凤！

四　凤　（紧张地）我怕，我怕，这里所有的事都让我心惊肉跳！

周　萍　（安抚地）啊，四凤！

四　凤　（急切地）带我走吧，我要跟你一起去矿山煤窑！

周　萍　（搪塞地）啊，四凤……

四　凤　（恳切地）我会为你缝补浆洗，沏茶烹调。

周　萍　（强装笑容地）别像孩子一样撒娇！

四　凤　（真切地）哦，萍！你心里明明知道，

　　　　　我，我，我现在什么都是你的，

　　　　　你还……你还欺负我这受伤的小鸟！

周　萍　（逐渐被打动）啊，四凤，啊，四凤！……

　　　〔周萍诚挚深情地拉住四凤的手。

周　萍　　那一天，你拨开我梦中的迷雾悄悄来到，

　　　　　轻轻的细语，微微的笑，

　　　　　像一汪清泉，像春花含苞。

　　　　　　　爱的甘霖让我醒来，

　　　　　　　复苏的人间依然美好。

　　　　　　　哦，四凤，请相信我，

　　　　　　　我真心地爱着你！

　　　　　　　哦，浓浓的一片情就像这夏天枝繁叶茂！

　　　　〔周萍激动地拥抱四凤。

　　　　（四凤、周萍二重唱）

四　凤　　　啊，我的心醉了……

周　萍　　　啊，我的热情重新在燃烧……

　　　　〔周萍与四凤相拥而下。

　　　　〔鲁妈从高台左方出，探寻着周公馆的大门，慢慢从高台走下。

　　　　〔充满神秘气氛的音乐。鲁妈环视四周，觉得自己的魂儿像来过这里。

女声合唱伴唱　啊，恍恍惚惚，星星闪闪，兴许是梦幻？！

　　　　〔鲁妈不由自主地走进屋子，环视四周。

　　　　〔鲁妈突然看见桌上的照片。

鲁　妈　（自语地）哦，天哪，天哪！

　　　　　我的女儿，怎么偏偏来到他、他、他的家里边？

　　　　（寻找）啊，四凤！啊，四凤！

　　　　〔周朴园上，与鲁妈撞了个满怀。鲁妈急欲躲避。

周朴园　（白）你是新来的下人？

鲁　妈　（背过身，小声地）（白）哦，不是。

周朴园　（傲慢地）（白）你是谁？

鲁　妈　（白）我是四凤的母亲。

周朴园　（白）你来干什么事情？

鲁　妈　（白）太太叫我把四凤接回家。

周朴园　（诧异地）（白）哦？她！她辞了四凤？（看着鲁妈）

鲁　妈　（躲闪）（白）是，老爷。（欲下）

周朴园　（白）你站一站！你姓什么？从哪儿来？

鲁　妈　（白）我姓鲁，从无锡来。

周朴园　（白）无锡？

　　　　　三十年前无锡曾有一件出名的事情，
　　　　　你可知梅家有一位小姐，
　　　　　为爱情而投水自尽？

鲁　妈　她不是小姐，也不为爱情。

周朴园　难道你知道详情？

鲁　妈　真真切切，记忆犹新！
　　　　那女仆被周家少爷勾引，
　　　　生下一个儿子，又被赶出门庭。
　　　　她无路可走，投水自尽。

周朴园　哦，她葬身何地？我心永不安宁！

鲁　妈　她，她，她……

周朴园　什么？

鲁　妈　她，没有死！

周朴园　不！我见过她河边衣服里的绝命信！

鲁　妈　她被人救起，嫁给下人，生下闺女，
　　　　苦撑苦熬到如今！

周朴园　她如今在哪里？

鲁　妈　她，她，她……就在这里。

周朴园　这里？

女声合唱伴唱　啊……

　　　〔周朴园、鲁妈二人相视。

　　　（鲁妈、周朴园二重唱）

鲁妈、周朴园

　　　　啊，三十年，流血的伤口痛彻心！

　　　〔周冲在幕内喊："四凤！四凤！"

〔四凤挎着蓝花布包袱急匆匆地上。

〔周冲紧追四凤上。蘩漪跟上。

〔周朴园急忙避开，背着身子。

四　凤　（委屈地扑向鲁妈）（白）妈！

鲁　妈　（白）凤儿！

　　　　（鲁妈、四凤、周冲、蘩漪四重唱）

鲁　妈　（搂着四凤）

　　　　　　啊，凤儿，我们远远离开此地！

四　凤　（依偎着鲁妈）

　　　　　　啊，妈妈，千言万语不知从何提！

周　冲　（气愤地对蘩漪）

　　　　　　啊，母亲，辞去四凤这毫无道理！

蘩　漪　（为难地面对周冲）

　　　　　　啊，冲儿，我怎能告诉你这难言的秘密！

〔周萍上，他身着白色西装便服。

周　萍　（白）四凤！

四　凤　（白）大少爷！

〔周朴园急转身，紧张地看着鲁妈和周萍。

鲁　妈　（看见周萍，百感交集）哦，你是萍……萍……萍……

　　　　你是……萍少爷！

〔静场，周萍面对鲁妈，感到非常奇怪。

鲁　妈　（对蘩漪）（白）哦，太太，我们这就走。

〔四凤搀扶着鲁妈，二人怀着复杂的心情看着周萍。

〔周冲冲动地跑到四凤面前，难过地低下头。

〔周朴园负疚地远远望着鲁妈。

〔周萍欲追上四凤，却怕在周冲面前失态，又怕蘩漪阴冷的眼光。

〔蘩漪嫉妒地打量着周萍与四凤。

　　　　（四凤、鲁妈、周萍、周冲、周朴园、蘩漪六重唱）

四凤、鲁妈　永别了，我心中的萍。
周萍、周冲、周朴园
　　　　　　你带走了我的心。
蘩　漪　　啊，我多么伤心！
　　　　〔在沉痛的音乐中，鲁妈、四凤从高台左方缓缓下。周冲紧随着四凤喊着："四凤！四凤！"跟下。周朴园心情沉重地从台前右方下。
　　　　〔周萍冲出屋子望着远去的四凤，欲跟下。
蘩　漪　　（急切地）（白）萍！
周　萍　　（回过头，掩饰不住地厌恶）你……
蘩　漪　　（讥讽地）难道你还想娶她？一个女仆？
周　萍　　我爱她，你看得清清楚楚！
蘩　漪　　别把你当年的女人逼得太苦！
周　萍　　不要把你我的事情重述。
蘩　漪　　你要明白，我，我，我是你曾经引诱过的后母！
周　萍　　（心虚而被震撼地）（白）你！
蘩　漪　　这屋子里闹过"鬼"，在月黑风高的夜暮！
幕后合唱伴唱　啊！闹鬼啰！……
　　　　〔合唱再现蘩漪和周萍当年幽会时既紧张又激动的音乐。
　　　　（蘩漪、周萍二重唱）
蘩　漪　　啊，萍，没有你在我身边的日子里，我是多么地苦！
周　萍　　哦，那是我最后悔的错误！
蘩　漪　　你曾说你恨你的父亲，你爱我，你把心里的真话吐。
周　萍　　啊，我多么糊涂！
　　　　〔四凤出现在高台，像在梦幻中深情地呼唤。
四　凤　　啊，萍！……
　　　　〔周萍猛醒，追望远方的四凤，却发现烟消云散，一无所有。
　　　　〔众黑衣男人纷纷拥上，充满动荡感。

男声合唱　（煽动地）远处雷声隆隆，乌云密布！

周　萍　（喃喃自语地）我要去找她，去寻找幸福！

繁　漪　（恳切地）啊，请不要走向迷途！

〔众黑衣女人也纷纷拥上，充满了动荡不安的气氛。

混声合唱　啊！啊！……

周　萍　（下决心地）啊，我定要从这樊篱中走出，

去到遥远的煤矿担任父亲事业的支柱，

我是父亲的儿子，周家的少主！

繁　漪　（激怒地）啊，父亲的儿子，父亲的儿子！

（痛心地）啊！我恨我没有早日看透你的血骨！

周　萍　（愤怒地）啊！你让我感到厌恶！（转身欲下）

繁　漪　（激动地）等一等！（环视房间，万般感受涌上心来）

就在这间屋，你的父亲也曾对我说厌恶，为了他曾抛弃的女

仆，你的生母！

〔周萍万分惊异。

周　萍　我的生母，一个女仆？

哦，不，这是污辱，你用心歹毒！

繁　漪　你的父亲酒后曾把真相透露，

他亲口告诉，

他曾无情抛弃你的生母，

逼她走上了一条不归路！

〔周萍惊恐地坐在父亲的太师椅上。

繁　漪　他被天理责罚，良心惩处，

吃斋念佛寻求庇护。

他所有的丑事我都清楚，

他怕我，说我有病，逼我喝药，把我关进小楼成囚徒！

让我慢慢地渴死、闷死，渐渐地干枯！

可是你，你，你突然从南方的家乡走来，

　　　　　　带来清新的风，带来细润的雨，
　　　　　　你让一个绝望的女人投入爱情沁心的湖！
　　　　　　如今你却对我说厌恶，
　　　　　　像你父亲一样为了一个女仆痛苦，
　　　　　　你们同样地怯懦，对我却同样地残酷！
　　　　　　啊，我希望你清楚，
　　　　　　我并不是苦苦乞求，
　　　　　　你用心想一想，过去我们在这间屋，
　　　　　　说的话无数，无数……
　　　　　　一个女子，不能受两代人的欺负！
　　　　〔一道闪电，一声霹雳。周萍迅速冲上高台急下。
合　唱　　风暴就要掀起，掀翻这世间万物！
　　　　〔蘩漪追周萍至高台，狂风卷起，她用手挡住扑面而来的飞沙走石，决然追踪周萍而下。
　　　　〔音乐渐渐变得紧张、激烈、愤怒、狂暴。
　　　　〔大幕急速关闭。

第二幕

　　　　〔雷声隆隆，暴雨倾盆。幕间音乐仿佛倾泻出天怒人怨。
　　　　〔大幕拉开，男女黑衣人满台行走，象征着乌云滚滚。他们推搡、挤压、振臂、怒吼，有在地上翻滚的，有在高处奔走的，时而聚，时而散，灯光晃晃地照着黑压压的这一群。天幕上不时出现闪电，大雨在哗哗地下。
混声合唱　　啊！……啊！……啊！……
　　　　〔蘩漪从右方高台出，她裹着白色的披巾，步履蹒跚地在泥泞中滑行。
男声合唱　　哦！痴情的女子，你在找什么？

〔他们围上蘩漪，推搡、讥讽。

女声合唱　　哦！失望的女子，你在找什么？

〔她们推开男子，领着蘩漪走下高坡。

混声合唱　　哦！那是他的脚印，看那污水中的旋涡！

〔蘩漪顺着脚印泪眼迷茫地望着左前方。

〔二男二女黑衣人挤在蘩漪周围，快言快语，尖刻犀利。

（男女四重唱）

黑衣人　　他早已忘了你，你成了他昨日的罪过！
　　　　　他正在爱着她，她给他带来最后的快活！
　　　　　你这么憔悴，她却像绽开的花朵，
　　　　　不要太痴迷、太愚钝、太执著，
　　　　　莫要再错、错、错！

〔蘩漪竭力摆脱四个黑衣人往前走。她心力交瘁，摔倒在地。

混声合唱　　啊！弱小的女子啊！
　　　　　你驱不散这阴霾的龌龊！
　　　　　啊！可怜的女子啊！
　　　　　你冲不破这黑夜的浑浊！

〔蘩漪挣扎着与狂风暴雨搏斗，在黑衣人中穿行，向着左后方走去，但常常又被黑衣人群压挤到台右。

〔鲁妈从左方高台愁苦焦虑地走出，她在寻找着四凤。

〔台左方的黑衣人突然散开，暴露出周萍和四凤，他们俩正在激情地热吻。

混声合唱　　啊！……啊！……啊！……

〔炸雷一声巨响。

〔三束强光分别打在极度震惊的蘩漪、鲁妈、周萍与四凤身上。

〔灯光骤暗，强烈的音乐继续，并渐渐安静下来。

〔灯光渐亮，出现室内景，前方仍有一桌二椅和沙发。

〔周冲靠着桌子睡着了，桌上放着小帆船。

〔蘩漪失魂落魄地从中间上,湿淋淋地,脸色异常苍白。

〔蘩漪发现周冲,无限爱怜地搂着他。

周　　冲　（醒来发现蘩漪）（白）妈妈！您上哪儿去了？我一直在等您！

蘩　　漪　（凄楚地）（白）哦,冲儿！

周　　冲　（想引起蘩漪高兴）（白）妈妈,刚才,我梦见了蓝色的大海！

〔周冲让蘩漪坐在椅子上。

周　　冲　　海鸥飞翔,白帆向远方,

　　　　　　哦,妈妈,我们在一起,还有哥哥,

　　　　　　离开这个家,去寻找一片净土,沐浴海上阳光！

　　　　　　在海天相连的地方,

　　　　　　弥漫着自由的芳香,

　　　　　　没有欺骗,没有背叛,

　　　　　　只有真诚与欢畅,

　　　　　　那是平等博爱的天堂！

　　　　　　在鲜花盛开的地方,

　　　　　　有一位美丽的姑娘,

　　　　　　多么清纯,多么明朗,

　　　　　　还有温柔的目光,

　　　　　　她是我倾心追求的梦想！

　　　　　（热烈地）哦,妈妈,我要和四凤……

蘩　　漪　（突然地）她！……是个下等女人！

周　　冲　（惊异地）啊,妈妈,您怎么能这样讲？！

〔周朴园从右方上。

周朴园　　蘩漪,你上哪儿去了？

〔蘩漪取下披巾,拧干披巾的水,搭在椅背上,缓缓梳理淋湿的头发,不理睬。

〔周冲也失去了兴致,生气地摆弄着小帆船。

周朴园　　我在问你,去了哪里？

〔蘩漪仍不理睬。

周朴园　（生气，迁怒于周冲）怎么你还不去休息？
周　冲　　雷雨的夜晚，无人能安憩！
周朴园　　这个家的人都变得离奇！
〔蘩漪拿起小帆船仔细把玩。
周　冲　　这个家需要民主自由的空气！
周朴园　　年轻人夸夸其谈，脱离实际，
　　　　　蘩漪，我看他变得越来越像你！
蘩　漪　（将小帆船递给周冲，微笑地）（白）冲儿，去睡吧。
周　冲　（气恼地看了一眼周朴园，从蘩漪手上接过小帆船）（白）是。
〔周冲从左方下。
周朴园　　蘩漪，我再一次问你，去了哪里？
蘩　漪　（站起，在屋里走动）我在花园里赏雨。
周朴园　　这简直不可思议！
　　　　　这简直是恶作剧！
　　　　　你脑子混乱，赶快去休息！
蘩　漪　　不，我就在这里，请你给我出去！
〔蘩漪坐在沙发上。
周朴园　（气愤地）（白）你！
〔周萍急急从高台左侧上，浑身淋湿。
〔周萍发现父亲，不敢进屋，背身站在门外。
周朴园　　真奇怪，一种感觉涌上心来，
　　　　　难道我年老体衰一下子暗淡了往日的光彩？
　　　　　所有的势力、荣耀和权威，
　　　　　都慢慢离我而去风光不再。
　　　　　（掏出怀中佛珠，忏悔地）哦，死去的侍萍今又重来，
　　　　　活着的蘩漪像僵尸冰冷苍白。
　　　　　女人啊，她们在叹息、悲悯、诅咒、责怪，

　　　　　　　我是不是太不近情理，冷酷横蛮？
　　　　　　　啊，世上的事情啊真让人想不明白，
　　　　　　　岁月的尘土啊，你将把我掩埋。……
　　　　〔周朴园叹息着从左方下。
　　　　〔周萍发现蘩漪坐着，想溜下。
蘩　漪　（站起）不要这样躲着我，
　　　　　　　心怀鬼胎，算计着我。
周　萍　我要收拾东西走，
　　　　　　不再和你啰嗦。
蘩　漪　走？就这样丢下我？
周　萍　难道你还想给我套上沉重的枷锁？
蘩　漪　当年的你我，在爱河中漫游，
　　　　　　可这一切竟灰飞烟灭，逐流随波。
　　　　　　萍，我在周家难以忍受，
　　　　　　眼泪伴着日出日落。
　　　　　　每天吞咽那黄连般的苦药，
　　　　　　忍受人前背后无端的指戳。
　　　　　　萍，你的生母曾被逼上绝境，
　　　　　　难道让我也寻死觅活，面临灾祸？
周　萍　哦，你不要再说……
蘩　漪　萍，我向你哀求，
　　　　　　我最后一次向你哀求，
　　　　　　你，不要走。
　　　　　　即使要走，请带上我！
周　萍　哦……
蘩　漪　日后，你可以把四凤接来一块儿生活，
　　　　　　刀山火海我跟着你过，
　　　　　　只要你不离开我！

周　萍　　　哦……

蘩　漪　　　哦，萍，不要对我冷落。

女声合唱伴唱　啊……

蘩　漪　　　在我生命的黄昏里，你依然照耀着我！

〔蘩漪激动地一把抓住周萍的手，周萍背过脸，无奈地接受。

〔蘩漪深情地把头靠在周萍的肩膀上。

〔周萍心烦地摔开蘩漪。

周　萍　　　我恨这缠身的荆棘藤萝，

心里燃烧起一把火！

你给我滚，滚开，滚开！

蘩　漪　　（失望地看清了自己的命运）那么，一切都完了，

我像在冰山深谷坠落……

（绝望、发狠地）刚才我在鲁家看见你同四凤！

周　萍　　　什么？你去了鲁家，你跟踪我！

蘩　漪　　　我看见你爬窗进屋像贼一样偷偷摸摸！

周　萍　　　你！

蘩　漪　　　我听见你像三年前对我一样地无耻诱惑！

周　萍　　　哦！你这可怕的怪物，

你这令人憎恶的妖魔！

蘩　漪　　　你，你，你要干什么？

周　萍　　　我要你死，我要你赶快离开我！

〔周萍愤怒地从右方下。

〔灯光骤暗，只有一束冷光照着蘩漪。

〔舞台后方高台前落下一道纱幕。朦胧中白衣女子们从高台左右缓缓而出，她们像是雨中的精灵。灯光照射在纱幕上，风雨飘摇。

女声合唱　　仿佛像一场梦，

世界一片朦胧，

我像失去了灵魂，

一生把一条幻影追踪。

心为爱供奉，

却被如此作弄！

〔蘩漪披起搭在椅背上的披巾，走到风雨飘摇的纱幕前。

〔远处有闪电。蘩漪伸开双臂，仰天接受雨水的洗礼。

蘩　漪　　　泪水和着雨水流，

女声合唱伴唱

呜咽伴着雷声隆隆。

啊，雷雨，熄灭我的心火吧，

抚平我的创痛！

我要挣脱躯壳飞向天空，

黑夜的那一边，是否有苦海的彼岸？

是否有苦难的尽头？

啊，仿佛像一场梦……

〔蘩漪拖着湿淋淋的披巾，精神恍惚地下。

〔白衣女子们步履沉重地从高台左右下。

〔纱幕缓缓升起。舞台灯光渐亮。

〔四凤急急从高台左方上。

〔周萍从右方上。

〔四凤在高台中间站定，看见了周萍，她满脸泪水、雨水。

四　凤　（白）大少爷！

周　萍　（白）四凤！

四　凤　（白）萍！

周　萍　（白）凤！

〔四凤从高台冲下，周萍迎上前去，二人相拥。

〔鲁妈从高台左边上，她正在焦急地寻找四凤，突然看见了自己的一双儿女。

（四凤、周萍二重唱）

四凤、周萍　刚离别，又相聚，
　　　　　　心中只有你！

四　凤　　啊，萍！带我走吧，赶快离开这里！

周　萍　　啊，凤！我们要向着自由双飞比翼！

四凤、周萍　双飞比翼！

鲁　妈　（冲下高台，百感交集地）（白）孩子！我的孩子！

四　凤　（发现了母亲，激动地）（白）妈！

鲁　妈　（白）怎么？你要跟他走？哦，不！不！

　　　　（鲁妈、四凤、周萍三重唱）

鲁　妈　　你们不能在一道，你们不能在一道！

四　凤　　哦，妈妈，女儿和您分别在今宵！

周　萍　（拉四凤）我们走吧，越快越好！

〔静场。

鲁　妈　（拉四凤）（白）四凤，跟妈走，赶快走！

四　凤　（白）啊，妈！（几乎晕倒）

鲁　妈　（赶快搀扶）（白）四凤！

周　萍　（白）四凤！

四　凤　　妈！

鲁　妈　（白）什么？

四　凤　（白）我……

鲁　妈　（白）你说，孩子，你快说！

四　凤　（白）我，我……我跟他……已经……有了……（哭）

鲁　妈　（白）怎么，你说你……

四　凤　（点头）（白）大概已经……三个月了！

周　萍　（上前）（白）四凤！

〔强烈不谐和的音乐，震撼心灵。

四　凤　（跪在鲁妈面前）

　　　　　　哦，妈妈，我苦苦向你哀求，
　　　　　　我的心已归心爱的人所有，
　　　　　　哪怕是天涯海角也跟他走！
　　　　〔周萍走向四凤，跪下，二人紧握手。
　　　　（四凤、周萍二重唱）
四凤、周萍　生死相依到白头！（二人相拥）
　　　　〔鲁妈看见跪在自己身边的亲生儿女，悲痛欲绝。
女声合唱伴唱　啊！天打雷劈我的心欲裂！
鲁　妈　　老天哪，老天哪！
　　　　〔无比心酸地看着四凤和周萍，深情地拉着他们站起。
鲁　妈　　孩子！我苦命的孩子啊！
　　　　（四凤、鲁妈、周萍三重唱）
四　凤　　啊，妈妈，我对不起您，我们相见在日后！
鲁　妈　　啊，孩子，我心头的肉，一生的愁！
周　萍　　啊，凤，别难过，牵着我的手！
　　　　〔繁漪拉着周冲从左方急上。
繁　漪　　谁想从这里溜走?!
　　　　（对周冲）他们，瞒你，骗你，害你，
　　　　　　一对私奔的情人，内心是多么地丑陋！
　　　　（周冲、周萍二重唱）
周　冲　　啊！春梦惊醒，我的热血在奔流！
周　萍　　啊！有嘴难辩，我的内心多愧疚！
繁　漪　　（对周冲）你说，你说，不能再沉默低头！
周　冲　　（冷静下来，对周萍、四凤）哦，真诚与自由，才能被爱情接受。
繁　漪　　（气愤地）啊！你不是我的儿子！你不是我的儿子！我要是你，（指周萍、四凤）就打他们、烧他们、杀他们，和他们斗！

周　　萍　（对蘩漪，愤怒地）啊，世上竟有你这样的母亲！

蘩　　漪　（感慨地）母亲，（对周萍）你，你，引诱我，母亲不像母亲，情
　　　　　　妇不像情妇，你，你，你这没心肝的衣冠禽兽！

四凤、鲁妈　哦，天哪！

周　　萍　（拉四凤）四凤，不要理她，我们走！我们走！

蘩　　漪　（冲上前拦住周萍和四凤）大门已经上了锁！你的父亲就要下楼！
　　　　　　（煽风点火般地四处奔跑）来人哪！来人哪！
　　　　　　〔穿黑衣服的男仆们神色惊奇地从前方左右出。
　　　　　　（男声合唱）

男仆们　　　发生了什么，发生了什么，半夜像炸了窝！
　　　　　　〔周朴园从左方出，惊异地发现了鲁妈等人。

蘩　　漪　（幸灾乐祸地）我要叫你看看你的儿子、儿媳，还有亲家婆！
　　　　　　我要叫你把他们看个够！

四凤、鲁妈、周萍、周冲、众男仆　哦，天哪！哦，天哪！

蘩　　漪　（对周萍）为什么还不给你这个妈磕头？！
　　　　　　（蘩漪、四凤、周冲、鲁妈、周萍、周朴园六重唱）

蘩　　漪　　我要报复，胸中烈火燃烧！……

四凤、周冲　我在发抖，心儿在狂跳！……

鲁　　妈　　我无处躲，无处逃！……

周　　萍　　我在发抖，脸儿在发烧！……

周朴园　　　侍萍她终于来到！……

周朴园　（向鲁妈）（白）侍萍，你到底还是回来了。

蘩　　漪　（惊）（白）什么？！她，她是……
　　　　　　〔急忙拿起桌上侍萍的照片，极度惊异。

周朴园　　　她就是三十年前投水自尽的萍儿的母亲侍萍！

蘩漪、四凤、周萍、周冲　啊！……

众男仆　　　她是侍萍？她是侍萍？
　　　　　　〔四凤质疑地望着母亲，鲁妈痛苦地低下头。

周　　萍　（半狂地）哦，不，不是她！

〔周萍神经质地走向鲁妈，突然与四凤打了个照面。

四凤、周萍　（惊恐万状地）啊！

周朴园　　　哦，萍儿，她虽然出身清贫，也是你的生身母亲！

周　　萍　（突然又看了一眼鲁妈和四凤）哦，不，不是她！

四凤、周萍　（受到强烈刺激地）啊！

〔周萍猛然从高台右方冲下，四凤从高台左方冲下。

〔鲁妈和周冲喊着："四凤！四凤！"从左方跟下。

〔周朴园喊着："萍儿，回来！萍儿，回来！"欲跟下。

〔蘩漪从呆滞发愣的状态中惊醒，神经质地举起手中侍萍的照片，朝周朴园发出凄惨的狂笑。

蘩　　漪　哈哈哈哈……

　　　　　（对周朴园）这是报应，报应！

　　　　　　你，一个善人，一个名流，一个富豪，

　　　　　　你，虚伪的面纱已被撕破，

　　　　　　浮华的大厦就要倾覆，

　　　　　　想不到你也有今天这般失魂落魄！

〔在蘩漪的狂笑中周朴园狼狈地下场。

蘩　　漪　（猛然看见手中侍萍的照片）一个冤魂今天复活，

　　　　　　闪电啊，你像阴曹地府的光，预示着灾祸！

　　　　　（突然发现四周无人，害怕地渐渐清醒）

　　　　　　啊，冲儿，我的孩子！

　　　　　　啊，萍，你在哪里？啊！……

　　　　　　乌云追赶着风，

　　　　　　风吹灭了火，

　　　　　　我都做了些什么？

　　　　　　哦，萍！哦，萍！

　　　　　　那魔鬼已张开血口，

那厄运正磨刀霍霍，

你快跑，你快躲，

老天哪，保佑我心上的人，

你回答我，你回答我，别对我沉默！

〔霹雳一声炸雷，大雨倾盆而下。

〔暗转，激烈的音乐。蘩漪在黑夜的雨中奔走。

（合唱声响起）

混声合唱　啊！……啊！……啊！……

〔灯光渐亮。室内景及桌椅沙发全无，天幕呈疾风暴雨状。

〔后方高台站满了黑衣男人、黑衣女人，做乌云翻滚的颠簸状。

合　唱　啊！电在闪，雷在吼，大雨瓢泼！

啊！心在颤，血在流，泪雨滂沱！

〔周萍半疯似地从右方跑上，在雨中捶胸顿足。

周　萍　老天哪，这世上为什么会有我？

酿一杯苦酒，吞食生活的苦果。

蒙受人间的羞辱，为了这孽债罪过！

不幸的人生啊，你鞭挞我，你唾弃我，

为什么还让我这样活？！

〔蘩漪急出，寻找着周萍。

〔周萍滑倒在地，蘩漪冲向他，跪在地上，慢慢扶起他。

（二重唱）

蘩　漪　啊，萍，请你原谅我……

周　萍　啊，我铸成了大错……　心已破，受尽折磨！

合　唱　啊！电在闪，雷在吼，大雨瓢泼！

〔在合唱声中，周萍推开蘩漪跑下，蘩漪跟下。

〔风雨中，四凤从右方跑上，与从左方跑上的周萍几乎撞在一起。

四凤惊吓地后退，扑进追随而来的鲁妈怀里。

〔周冲急急赶来安抚四凤。蘩漪、周朴园从不同方向急上。

周朴园　（紧逼着周萍）萍儿，不能忘了人伦天性，
　　　　你要跪下认你的母亲！
合　唱　啊！心在颤，血在涌，泪雨滂沱！
　　　　〔在合唱声中，众人心情复杂地看着周萍。周萍怔怔地望着天，在鲁妈面前跪下。
　　　　〔一声炸雷。随着闪电，舞台上忽明忽暗，狰狞可怖。
　　　　〔周萍缓缓起身。
　　　　〔在雨中，六人均像雕塑般凝固，逐渐清醒地整理自己混乱的思绪。
　　　　（四凤、周萍、周冲、周朴园、鲁妈、蘩漪六重唱）
四　凤　他，他是我的哥哥。
周　萍　她，她是我的妹妹，同样的血脉血亲……
周冲、周朴园　他，他们是亲兄妹，发生了感情……
鲁　妈　我，害了自己的儿女，我的罪孽不轻……
蘩　漪　我，我没想到是这样，哦，萍……
　　　　〔合唱。
六人与混声合唱　啊，命运！命运是多么无情！
　　　　〔在强烈的音乐中，四凤冲上高台，周冲紧跟。四凤急下，周冲、鲁妈喊着"四凤"紧跟下。
　　　　〔霹雳一声炸雷，台后传来四凤和周冲凄惨痛苦的喊叫声。
　　　　〔周萍呆滞地跪在台右侧。
　　　　〔周朴园瘫软地跌坐在台左侧。
　　　　〔蘩漪呆呆地站在台中央，欲哭无泪。
合　唱　雷雨啊，你冲刷这肮脏的世界吧！
　　　　〔在合唱声中，舞台上三束光分别照着蘩漪、周萍、周朴园。
　　　　〔蘩漪怨愤地看了一眼周朴园，又心情复杂地看看周萍，她伸开双臂，仰望天空，浑身颤抖。
蘩　漪　（无限凄惨地呐喊）啊！……

〔随着强大的乐队与合唱声,蘩漪突然倒在地上。

〔全场灯光暗,只有一束冷光照在倒在地上的蘩漪,慢慢地熄灭。

〔大幕徐徐关闭。

〔剧终。